垄间击缶

董华 著

北 京 出 版 集 团
北京十月文艺出版社

序

垄间击缶者

孙　郁

　　前人谈到京西，感兴趣的多是旧时的遗迹，马致远当年的小令《天净沙·秋思》名气很大，所写的"古道西风"处，现在还有人常去寻觅。言及京西历史脉络，还可以上溯到很远的年代，像北京猿人遗址即是。这个地方有些神奇，掩藏着不少旧岁遗产，熟悉现代文化史的人，还记得民国读书人到妙峰山采风的旧事，京西的神秘性，在云雾般的文字里飘来飘去。但这里的人的日常生活如何，城里人未必熟悉，前些年作家凸凹先生的系列小说，写到房山的山山水水，才让我知道一点那里的情形。而对于这个地方的民风，四季劳作，岁土尘心的立体感受，是读到董华先生这本《垄间击缶》后才有的。

　　我最早接触京西人，在二十七八年前，那时女儿所在小学搞手拉手结对活动，家里住来房山乡下一个女孩儿。便感到郊区孩子，与我老家山地的孩子，过的是相近的日子。京西人讲话，有一点口音，燕赵的古风略含于此。后来认识凸凹先生，到他所在的地方走过一次，巧的是他与我女儿的小友是一个村子里的人，朴素而热情。房山、门头沟一代，风光特别，人也有趣，由此也吸引了许多艺术家。画家张仃晚年住于京西山里，大约是要沾沾山里的仙气。我与友人去造访他时，见舍前山林竞秀，草木葱茏的样子，好像明白了老人何以定居于此的缘由。

北方乡下，民风大抵相似，但地区间差异点也是最有意思的地方。《垄间击缶》所记农时、民谣、节气、人事，与我的故乡略有不同，杂糅了许多元素。我们过去读北京地区的风土志类的书，都是有点士大夫的趣味，《帝京景物略》《日下旧闻》《燕京岁时记》，有读书人自娱的惬意，不免超痛感地静视。董华先生是土生土长的山里人，七十岁时完成了乡土小志，写出故土的百态，杂树野草，各类人物，都有可观赏之处，多了乡土人自审的目光。作者敏感于天地间风雨痕迹，触目处杂思种种，又能以镜子般的笔，映出时光深处的灵魂。这需要将自我对象化地打量，由回望过去，到凝视自身，乡土的画面里，也含着自己的影子吧。

京西人的口语，保持了古人的动感与活气。《垄间击缶》记录了许多片段，都很有意思。印象深的是农家的语汇，并不像一般方言那么土，有的显得文雅，说明燕赵之地的百姓，受古风的熏陶很深。比如谷雨节第一天下雨，房山人叫"天苍雨"。天阴久雨，百姓做笤帚小布人挂房上，名曰"扫天晴"，以求风来吹走湿气。犁是乡民必用的工具，老百姓将"犁刀"叫"犁镜"，形象而有诗意。有的词语，简约形象，比如将麻袋扛在单肩，谓"立肩"；横在脖子上一挂，叫"卧肩"，就有点像绘画语言了。京西古代出了不少名人，贾岛就是房山人，他的那个"推敲"的典故，今人还在传诵。汉字表达的音色感，是在此有着很久的传统的。京西也有许多土语比较特殊，味道不同于汉人特色，比如"哈忽人"，指人有点异样，智商较高。我疑心是北方游牧民族留下的痕迹，它是如何在这里形成的，大概需要求教于方言研究者。

乡间社会是一本大书，刘绍棠写京郊的运河，是风俗画的一种，每每有梦幻之色流出，似乎将诸多暗影遮蔽了。刘恒笔下的京西土地，民风种种也透出忧伤，撇开他的历史隐喻不谈，就民众与土地关系而言，是有另一种体认的。百姓对于土地与河流的感觉都有彻骨的地方，生命体验呢，就带出本原意味。我们现在许多乡土笔记，好像是绣出的花，样子很好，却没有味道的。好的乡土作家描绘阡陌之态，就有野草的气息，人物与土地关系，写得活而深。城里人要模仿此道，真的难矣。

大凡画出乡村世界风俗图的，多少有些慈悲之心。人在草木间所悟，未尝没有文人要寻的道理，得其妙者，文字也是有滋有味。乡土文学重在写民俗之风，村里的乡贤、半仙、郎中、媒婆、小贩、车把式等，都有不少难忘之事，有的甚至有传奇色彩。在土地里待久的人，对于草木的分辨与庄稼的认识，整理出来都是学问。土地里的人，保留着初民原生的内觉，这些都市里没有的根性，透出几许人间的真意。赵树理、柳青都涉猎了此点。村民在看似单一的世界，却刻出变化的风景，农民史，也是中国文化史的核心点之一，想起来并非没有道理。

法国学者伏尔泰有一本出名的书《风俗论》，谈及古中国的风俗时，说语言、风尚一直没有什么变化，是看到了现象的一部分。但洋人要了解中国乡下世界的原色调的遗存，也并不容易。中国乡下人看似远离城里的文气，但对于天人之际的感受力，是不亚于读书人的，有的溢出了儒道释的审美范畴。我在东北插队时，与目不识丁的村民一起劳动，他们的生死观，和应对尘世困境的态度，是饱含着别样的生命哲学的。《垄间击缶》所写车把式等行业人"有自己的暗语"，"行走江湖，博闻广录"，就智性而言，岂是一般城里人可及。许多中原作家对此体会很深，他们写村庄的七行八作，都各有哲学，其中江湖性与野性里的流韵，在京西的世界照例存在。中国民间的风水之迹与图腾里的神灵之气，细细品味其间的道理，都是难以道尽的。

"垄间击缶"是个很好的意象，让我们想象一下：一个老者迎着山风，在田地中独自击缶而歌，那是怎样惊人的画面。面对苍天的时候，心是敞开的，此为别一类的声音，淡然之中，古风扑面而来。人到暮年，所思所想，已经可以绕过道学的旧路，留下纯然的东西。我们来到世间，与草木一般，都有周期。日月之下，无不转瞬即逝。但人是有性情之光存在的，能够记所由来，道其欲往，故常常有超然的灵思在。即便是旋律单一，不成体系，也是可念可感的。文人心念于台阁者多，乐于垄间者少，所以也往往听不见天籁。来自民间的人，劳其筋骨时，又能参天悟地，在声音里就有苍凉而辽远的隐含。由此也可以印证，带着草香味的乡间谣曲，总比市井里的靡靡之音，要有意思得多。

2022 年 9 月 4 日

Contents **目　录**

四
岁
土
尘
心

一

———

齐民本纪

生活在幸福里的人，容易淡忘过去。改革开放刚至四十年，过去干过的农活儿，使用过的工具，有些农村老人已记不全了。青年人更无法得知。泱泱中华文明，乃一大的整体，其中农业文明，是重要体系。按现代意识划分，可将历史文化遗产作物质和非物质的区别，引申到农耕上，即可以确定为：农具——物质文化遗产，农技农艺——非物质文化遗产。以古老农具、农艺为根基，中华农业帝国大厦卓荦于世界数千年。然随着社会向现代化发展，这曾给后稷子孙带来高贵的体味终被尘封，亦属必然。现在我们要做、所能做的，是将这些散发着祖先气息和贯通祖先气质的成果记录下来，让后人看看，一辈辈人是怎样走过的。这些农具、农艺不一定用得上了，但它所闪耀的中华智慧和所承袭的农田伦理，却如古代黄花梨的座椅一样，今天坐着虽然不一定舒服，但它精美的雕刻、牢固的制作，以及深厚的蕴涵，不能不使人敬而生畏——仰之弥高，借此强健我们敬祖报本的筋骨，也说不定！

——题记

家山有传二十四节气

二十四节气嘛，嘿嘿，那可是能说明咱五千年文明的"压箱底儿"的好货。它起源于黄河流域，延续至华北和西北地区。时间早，远在春秋时代，古人就划分出仲春、仲夏、仲秋和仲冬四个时段。而对于这四时的认识，以物候气候对应，时光也是漫长的。它是由先民一点一滴看天，一点一滴察地，逐步积累，吸收了无数先人的生产和生活智慧，在实践基础上总结出来的一套规律。至秦汉时期，二十四节气臻于完备，完全确立，《淮南子》所记载的已与后世完全相同了。

中国原以农业立国，切合农事的二十四节气，是中国的伟大创造，也是先于其他国度，在农业方面科学而理性的探知。

它的最大功用是指导性和实用性。曾用它进行思想武装的中国人，看它就像西方人看《圣经》，甚至看得比那更金贵。

我接触过一些土生土长的老式农民，他可能连《千字文》开篇"天地玄黄、宇宙洪荒"都弄不清，可让他说说二十四节气，先什么，后什么，怎么连贯，他可是一点儿不会说错。

过去生产队时期，上级来的下乡干部，若说不准二十四节气，农民会从骨子里瞧不起他；一般人讲不出二十四节气，农民不认他这

"同类"，说他不是"根本人家"，是"混混儿"。忘了爹，忘了娘，纯粹的农人也忘不了二十四节气。

二十四节气编制的口诀多好啊！由阳历攀数的是："春雨惊春清谷天，夏满芒夏暑相连。秋处露秋寒霜降，冬雪雪冬小大寒。上半年来六、廿一，下半年是八、廿三。每月两节日期定，最多相差一两天。"

遵从阴历，逐月的节气歌谣是："腊月大寒和小寒，立春雨水正月间。二月惊蛰和春分，清明谷雨三月间。四月立夏和小满，芒种夏至五月间。六月小暑和大暑，立秋处暑七月间。白露秋分在八月，寒露霜降九月连。十月立冬和小雪，大雪冬至冬月间。最冷时节在腊月，大寒小寒又一年。"

妙，真妙！由此再给搭配上物候的变化，利用某种生物、动物（树木、花草、昆虫、鸟兽）的出现和花开花落的时间，按其指征来安排农业生产，就清清楚楚、非常直观了。整个乡土中国的演进都贯穿于这样的季节变换。

农村孩子，一小儿就被大人灌输了这些知识。

我也是种过地的人，在农业地图上爬进爬出，后又读了一点儿书。处在新老交替当中，我这曾吃种田饭今使卖文钱的农家后人，为了温习一下当年，也为了使古老的文明遗产不至于完全湮没无闻，就想叨叨一回，将二十四节气在我们京西地区的展现一一道来。

立春 又叫"打春"。二十四节气之首，三阳始布、四序初开。

传统国画颜料中有一个美好的名字：萌黄。近水溪边先得绿，它是早春时节水边垂柳刚刚萌发的颜色，像茸茸的鹅黄，远望淡如烟雾，若有若无。知时节的有心人，不会错过乍见萌黄的惊喜！要知道，时节虽仍然寒冷，但一点萌黄告诉我们，大地深处正酝酿着浩大的生机，天地就要苏醒了！

南宋张栻《立春偶成》有句："律回岁晚冰霜少，春到人间草木知。"

"春打六九头"，你打扫春节期间的炮仗皮时，会发现碎纸下边，野蒿棵子已绿莹莹映入你的眼帘。

立春日有时出现在腊月底，也有时出现在正月初，还有的年份发生一年俩春或当年无春的情况。如果一年赶上两个立春，老人会说："一年打俩春，豆子贵如金。"预兆此年旱涝灾害多于往年，庄稼可能歉收。

在立春日的头一天晚上，有的人家将一截高粱秆从中间劈开，均匀地放十二颗黄豆，然后用线将两半高粱秆捆上扔至水缸，隔两天捞出打开，顺向看，哪颗豆子湿得厉害，就认为哪个月份的雨水大。

立春的这一天，山乡人要吃豆芽干饭。寓意种下的种子都能够发芽、出苗。还要折一根椿树枝，放火上燎了，扔进水缸里，认为这样做能解除瘟气。老人说，立春阳气上升，如果在一个竹筒里放上鸡毛，插进地，立春这一刻，鸡毛就会自动飞出来。

雨水 雨水节气到来，平原的冰河开始解冻，山里依然春寒料峭。农事活动为春种做准备，整理农具，清理猪圈、羊圈、牛棚，将清除出来的肥料运到地里。这些粪肥是富含氮和磷的有机肥，非常利于庄稼生长。还要修整梯田，将头年夏天被冲毁的地堰豁子重新垒好。一年之计在于春，繁忙的春种即将开始。

倒春寒，在这一时节容易发生，气温虽然回升，地皮却还没完全解冻。有时下一宿的毛毛雨，天气反倒更冷，下到地面会结一层"冰釉"，人们管这叫"护皮冰"，走在上面非常滑。初春正是往地里运粪的时候，苦了背粪的人，很多人都为此摔过跟头。最严重的是一个屁股蹲儿摔下，别人哄笑，他却痛得直叫唤。他摔了"尾巴桩儿"（尾椎骨），这伤痛起码一个春天都不好受，活儿照样干，可休息时坐不下，要坐也是"侧棱（音zhāileng）框儿"，半个屁股着地。谁痛谁心里知道，不少山乡人都有这体会。

惊蛰 二十四节气之三。二十四节气中，只有这一个节气是以动物的习性命名的。

蛰，是藏的意思。惊蛰是指天气回暖，春雷乍动，惊醒了蛰伏于洞穴或土中冬眠的动物。

"万物出乎震"，飒飒细雨或滚滚春雷，惊醒了沉睡一冬的走兽和昆虫，它们纷纷离开蛰居的处所，重返大自然。无论动物或植物，自然生灵们愉快地吸收着天地的滋润，尽情舒展生机。

陶渊明《拟古·其三》有云："仲春遘时雨，始雷发东隅。众蛰各潜骇，草木纵横舒。"

在山乡，天上第一次打雷时，人要全身抖动几下，说抖抖身子一年不长虱子。过去，虱子是寄生于人身上的常物。城里人和乡村的人都遭其害。其身子小若芝麻，短粗，六足。未嘬人血时，干瘪成两层皮，嘬了人血，即膨胀为圆体，大了数倍。着人身，其痒难耐。乡村人对付它的办法，是把衣服用火烤，它经受不住烤，掉到火中，听着啪啪作响声，人心里特别解气。城里人则通过常换衣服，来解此烦恼。

有这么一个故事：有一天，山里的虱子觉得日子不好过了，就往城里走。同样，城里的虱子也觉得日子不好过，就往山里走。两伙虱子在卢沟桥上遇上了，城里的虱子问山里的虱子："你是哪里的，到城里去干什么？"山里的虱子叹口气说："嗐！别提了，我家住破棉袄，一天三遍烤，别说吃上肉，性命都难保。"城里的虱子听了更伤心，言道："唉！我还不如你呢。我家住绫罗缎，一天三遍换，别说喝上血，脚都没地儿站。"互诉了苦衷，它们就留在了卢沟桥，所以说卢沟桥的虱子（狮子）数不清。

冻人不冻地，惊蛰地化通。"九九加一九，耕牛遍地走。"春耕大忙季节到来了。农谚说："过了惊蛰节，长工不能歇。""九尽杨花开，农活儿一齐来。"京西地区的农业生产，这时重点是把地保墒，给返青的冬小麦灌溉、追起身肥。另及早春作物的播种，如顶凌播种大麦，再者薯类育苗。

春分 春分的"分"，其义有二。一者，此当春季九十天之半，平分了春季。其二，春分这天，昼夜相等。山乡的农活儿，为上山砍梢子，给黄瓜、豆角预备搭架。还要拾掇地，清理石头，清理碎枝干草，把可燃物点着，待火着大了盖上一层土，叫作"炀灰火"。熏过的土就变成有利于庄稼的钾肥。栽蒜栽大葱，早结籽以备播种。

清明 清明节到来，逐渐转暖，残雪化尽，草木萌动，冬季的萧条完全改变了。一眼望去，自然界清朗明畅。"清"，表示百草发芽绿青青；"明"，表示春光明媚。最为显著的是山坡上的山桃花竞相开放，像半空飘摇而落的一个个降落伞。小溪的流量也忽然大了起来，人们管这叫"桃花水"。紫花地丁开在石墙，菊苣花开在枯草中。春的气息日渐浓重，天空有大雁飞过，家燕等候鸟也陆续从南方飞来，喜鹊等其他留鸟更是忙着搭窝，准备繁育下一代。

清明节上坟，亘古习俗，不必格外言表。

此际多风，有谚语："清明刮起坟头土，一刮就是四十五（天）。"说清明这一日起风，当年春天的风会刮很长时间。其外还说"早刮二（天），晚刮三（天），半夜起风刮一天"。山里人有这经验。

打清明起，真正进入春天，人称此为"长天大日头"。活茬儿越来越重。菜窖里储存的过冬鲜菜，除土豆要留够种子以外，萝卜、蔓菁等都吃用完毕。缸里粮食所剩不多，而地里野菜和树芽还未长齐，山里的日子进入青黄不接的缺粮时期。

清明节栽树，容易成活，大家不想错过好季节。

谷雨 二十四节气之六，春季最后一个节气。春深气暖，得见春雨。北方的春季雨少，"春雨贵如油"，盼望春雨是个心事。若按期望而来，农民最喜不过，种植谷物的耧铃声愉快地在桃杏花纷落的坡地上响起。

《月令七十二候集解》："自雨水后，土膏脉动，今又雨其谷于水也……盖谷以此时播种，自上而下也。"

"谷雨前后，种瓜点豆。"此一时节，地上小草统统发芽，树上新叶绿上枝头，坡上山蛮荆花（毛杜鹃）红成一片。山中有了布谷鸟的叫声，告诉人们快快播种。农田活计，主要是种春棒子和糁谷。

春种时节欢快而繁忙，田间地头欢声笑语，老年人不时说上几句笑话，年轻人则互相调侃，娱乐的气息把忙和累都挤跑了。

有一种鸟儿应季，它比鸽子略大，羽毛华美，头上长冠状羽毛，鸟喙较长，发的声音像牛叫，山地人叫它"地牛"。倘若听到它的叫声，预示今年会是一个好年景，可是它不爱叫唤。

假如在谷雨节的第一天下雨，叫"天苍雨"，是今年风调雨顺的好兆头。老人讲：遇上"天苍雨"，种在石头盖上都会打粮食。

立夏　立夏时节，万物繁茂。树绿了，草绿了，山绿了。杏花、梨花、海棠花、李子花相继开放，人们伴着花香，每天都早起晚归忙于春种。春种一粒粟，秋收万颗子，时光宝贵。

山乡人种玉米，在大块地，用两头骡子拉犁，一个组合三个人工。一人牵牲口，一人扶犁，牵牲口的掌控方向，扶犁的掌控开沟深浅和行距宽窄。在他俩之后是一有经验的中年妇女往豁开的沟中撒种。撒种是否均匀，全凭这一妇女。还有一两个青年在组合之外耕不到的地方用镐锗一锗地头，将地块补种齐，名为"锗漏犁"。

一块地耕种完，卸犁，换上"盖"。盖是长约三尺，宽约二尺，梳子样的木制农具。牲口拉着盖，一人站在盖上，用盖把地耙平，确保种子盖得严实。孩子或来添乱，耙地时蹲在盖上，搂抱着大人的腿，随着盖的前行而颠动，他觉得是最好玩的事情。

旱地种谷比种玉米简单。耩地的农具叫作耧，一张耧由一个有种地经验的长者和两个青年组合而成。耧上有一个木斗，斗内隔开成两个室，一个放谷种，一个放捣碎的干鸡粪，耧斗下部有一个控制种子和鸡粪流量的开关。拉耧的小伙儿将襻绳套在双肩，往前拉，长者在后边扶着耧把，不停地摇动。能否出全苗，能否均匀，全靠扶耧把式的这一关。有钱买籽儿，无钱买苗儿，播种量一定要比正常多一点。不拉耧的小伙儿则用双脚把耩过了的垄沟踩平。扶耧的不换人，两个青年互相轮换，一天下来仨人都累得不轻。

种完了玉米，看那地还有闲处，就在玉米地间作蔓菁和黄豆，地沿上再种豆角。待豆角长出，第一排玉米自然就成了豆角的秧架。在谷子地间作的是高粱和小豆。还在田边地头点种上倭瓜、麻子、豇豆和大青豆。一地多得，一点儿不让地闲着。另一些小块儿地和山坡地，用来压山药或种绿豆、小豆等多种杂粮。以有限的耕地，生产更多的粮食，体现了山乡人的智慧和吃苦耐劳的品行。

平原上栽白薯、查苗、补种、间苗、定苗，中耕除草、治虫，一并进行。

小满　二十四节气之八。陶渊明《读山海经》："孟夏草木长，绕屋树扶疏。众鸟欣有托，吾亦爱吾庐。"

孟夏天气，还未真正酷热。花事虽然不再繁华，但树木生机葱茏，渐渐成荫。鸟雀和鸣，上下枝条，出入叶底之间。微雨，好风，草木，花鸟，无不充满欣欣然的活力。小满之名，来自农作物的生长。庄稼的籽粒盈实为满，小满则是稍稍充盈，籽粒灌浆之初。既耕且种，庄稼在和风细雨中发育成长，渐有起色。将满而未满，因为有憧憬，也是美好的时刻。

山乡，则是另一景象。当地有"立夏领头青，小满叶子圆"的说法。小满时节，树叶全长圆了。

梯田种完了，山乡人开始上山种胡萝卜和土豆。种胡萝卜先把地刨松，然后让能手撒种。胡萝卜籽儿很小，带羽状的毛边，播撒时非常讲究技术。全撒完了，考验入土的菜籽稀密是否适宜，即随意在浮土上边摁一个手印，在这一手印下能数出四五粒种子，就算合适，闲话甭讲。然后用镐头平拖，扒拉一遍，就完成了整个过程。

种土豆，也叫"压山药"。取出地窖里储存的土豆，每个土豆按芽胚切成二三瓣，依行距刨五至十厘米深的沟，将芽胚掩上土，边刨边埋，比种萝卜轻松。

山地上干活儿，年轻人心气儿很盛，贪玩的心还有，他会利用休息时间，用山核桃树皮卷一个"喇叭"，长约一米，粗如牛腿，一头大一头小，管它叫"牛腿嗡"。牛腿嗡的小头用一细山核桃树枝的皮做引子，使劲一吹，呜呜哇哇，声音高亢。待傍晚收工迤逦而归，暮色中的他边走边吹，似一支雄壮的队伍凯旋。家里的孩子听到牛腿嗡的响声，忙跑出家门争抢，给大街添了热闹。春天的活计有苦有累，但也有声有色。

种地靠人，收成靠天，山地没有水利灌溉，收成好坏全凭老天爷。平常年景，山地亩产二百斤左右。细粮几乎为零，粗粮杂粮一应俱全。有很多的野菜和树叶可以充饥，因此这里老人说："一百二十行，不如武装郎。"这"武装郎"指的就是山地农民。自耕自种，自给自足，粮食不够，野菜来补，生存条件造就了山地人的习性。

可以说，山地产粮虽然有限，灾害也经常发生，却饿不死勤劳朴实的山地居民。"穷进山，富入川"，平原人相信这一点。

芒种 二十四节气的第九个。契此和尚有一首《插秧诗》："手把青秧插满田，低头便见水中天。六根清净方为道，退步原来是向前。"

大和尚讲的是实理，够俗人琢磨一气的。

而芒种之名来自农作物。《周礼·地官·稻人》评述："泽草所生，种之芒种。"郑玄注："芒种，稻麦也。"

芒，指麦、稻等结穗并生有芒刺。芒种之名其义为：有芒之麦已可收，有芒之稻已可种。在中国北方，大麦小麦已经成熟，晚谷、黍、稷类也当及时播种，收割忙，抢种忙，故又称其为"忙种"。尤其是小麦，赶在暴雨与冰雹时有降临的时节成熟，抢收极为急迫，俗语有"麦熟一晌""龙口夺粮""麦割伤镰吃白面"等等说法，再加上打场脱粒，遇雨抢场，其紧张繁忙程度不难想象。

"端午节"能吃上新面饺子，是对劳苦人最大的补偿。

"春争日，夏争时"，夏天的忙以时辰计算，不可不急。

此际，山地的春种进入尾声。谚语道："过了芒种，不可强种。"又言："过了芒种不种谷，平地还种十天黍。"山地的梯田或者坡地，除等待夏末种荞麦、蔓菁和萝卜以外，其他五谷杂粮已种植完毕。倘贪心再种，晚过芒种节气，种下了的到秋天也熟不了，只落得一把秸秆。

山民还能从布谷鸟的叫声中得到启示。比如，布谷鸟的叫声如果是"布谷哈哈",即表明还可以种,如果是"布谷沙沙"则一点儿缓和的余地也没有了。不过,"哈哈"和"沙沙",全凭老庄稼人盘算,生巴虎子解释不了。

关于种地经验,庄稼人相传"麻三菜四,荞麦一五更",是说在正常天气里上述种子的发芽出土时间。此外,涉及天气的,也有"大旱不过五月十三""五月十三分龙兵"之论。这讲的当然是农历。

"五月十三"作为特定预期,是农民在天时不正的情况下,心理所能扛住的底线。数个月大旱已经形成,所有指望在此一举。老乡讲那是"关老爷磨刀"的日子。关老爷所磨的青龙偃月刀,能不用水吗?久旱无雨的一春,在这日前日后,无论如何要降一次雨。这是农民的自信心,是天然打击磨损不了的韧劲。

夏至 此日,白天时间最长,过了这一天,白昼即日渐缩短。民间有"吃过夏至面,一天短一线"的说法。

天气炎热了,时令进入盛夏,是庄稼生长最旺盛的时期。"过了夏至不种黍",转为农作物的中期管理阶段。

玉米从初期到成熟要耪(除草松土)三遍地。操作的程度分别为:头遍浅,二遍深,三遍除草根。耪头一遍地用小锄,人蹲着,一挪一挪往前蹭,连松土带间苗。此际最难受,是因为二茬玉米种在麦茬地里,割过了的麦子还留有坚挺挺的麦茬,耪地就要卸麦茬,那手掌背必然会被麦茬蹭伤。没见不流血的。耪二遍地时,庄稼已经定型，是玉米的"喇叭口"时期，半人高了，根系已很发达，更需要土质疏松，促其吸收营养，所以得用四五尺长的大锄进行深耪。不十分遭罪。第三遍，玉米已长大，钻出了天穗，为了减少杂草与庄稼争肥，并减少剩余杂草继续结籽，要用大锄耪掉草根，将搂起来的土连埋带盖，不让杂草安宁存在。同时从长远看，地表干净有利于秋播小麦，免得犁头挂杂草。做一寻二眼观三，农民干活儿可不是那么简单的。

玉米喜水喜肥，但不喜过度干旱和水涝。在玉米生长过程中，起码要浇两次水、追一次肥。

谷子就像猫有九条命，生的能力强，跟农民的关系"铁"。它耐干旱，耐贫瘠，不十分牵扯人的精力。产量是低了一点，亩产难上二百斤，但它又是玉米以外重要的粮食作物。谷子难耪的时候是耪头遍地。小苗出土，才两三寸高，就要除草、除掉酸枣树拐子，给它间苗。这项劳动，男人往往比不过女人。别看小伙子能蹦能跳，能背能扛，可让他长时间蹲着，一手拿小锄除草，一手不停歇地间苗，难有忍耐性。一会儿他就蹲得俩腿发酸受不了，不得不时而站起身来晃一晃。最难堪的不是这，是他夹在妇女群里，左右都挨着姑嫂姐妹。妇女心灵手巧，眼光准，用不了多久就把棒小伙子甩在后面。她们会不断地回过头来奚落五大三粗的小伙子："快些吧，这么笨谁家给媳妇哇！"小伙子自然脸上发烧，加紧进度，但又出现了质量问题，一不留神把应保留的谷苗和应剔除的莠草弄了个相反，被长者发现，即刻遭到训斥……

莠子这东西，最能以假乱真。它和谷子长在一起，于幼苗之期最不容易厘清。一旦弄混，便成定局。

莠和谷不容易区分，还在于谷子有多个品种，品种不同，出苗的标志色便也不同。每年耪谷，生产队长或有经验的老农都要大声提醒："注意啦，今年地里绿秆的是谷苗，红秆的是莠子，别留错了。"而到另一块地，又说："这块地红秆的是谷苗，绿秆的是莠子。"还有时说："长得干净的是谷苗，带茸毛的是莠子。"给年轻人一次次"上课"，年轻人则一次次接受"军训"。

"谷锄三遍不见糠，棉锄三遍白如霜"，盛夏之季，人们没有计时的习惯，全是日未出而作，日入了深山老林而息，蹚着露水进地，踩着星星而归。一天劳动十几个小时。无论男人女人，都尽显疲惫。这也是一年四季当中，乡民最为沉寂、娱乐活动最少的时候。

小暑 杜甫在《江村》中写道："清江一曲抱村流，长夏江村事事幽。自去自来堂上燕，相亲相近水中鸥。"

杜甫所作，在表述他的闲适之情，而现实并非像他感受的那样清幽可人。一个月内，小暑大暑接连而至，真正进入一年中最热的时期。盛夏溽暑。溽者，湿也，热也。"挥汗如雨"，是真切的形容。

自夏至以来，又是半月，太阳光直射点已稍稍南移，在黄经105

度左右。入夏及至而今，天地间热能储蓄已久，又加雷雨频至，热气上下蒸腾，时已绝少感觉有凉风拂过，扑面而来的都是热浪连连。

"小暑大暑，上蒸下煮。"小暑恰在中伏之时。伏者，阴气迫于阳气而藏伏地下。暑气既增热毒，又添烦躁，农人实实没那有闲阶级的风度。

潮湿多雨的季节来了，农历到了五月末或六月初。"六月六，看谷秀"，农民一宗宗希望和喜悦出现在眼前：谷穗一个个秀出来了，如一群留着木梳子背儿头的小小子潜在田间，煞是喜人；玉米也开始"卖花红线儿"（玉米穗的粉红色雌蕊）了，红扑扑的，像女孩儿的脸。小暑节气中耪地，最苦最累，在玉米秧比人高的地里，男人光大膀子，女人穿短衫，手握大锄，汗如雨下。玉米叶锯齿状的边缘在胳膊、肩膀和胸脯上划出一道一道血印，汗水流入伤口，钻心地疼。但是没有人叫苦，因为这已经成了生活的一部分。

锄地何为？其由在"锄头有水，锄头有火，锄头有肥"。旱天耪地打乱了地表的微小气孔，减少水分的蒸发；涝时耪地能疏松土壤，加快水分的蒸发；土地疏松透气性强了，能促进庄稼生长振发。

火辣辣的太阳，把大地烤得滚烫，把人的皮肤晒得黝黑，汗碱和泥土是衣服上最显著的标志。阳光下的田地，闪动着皮肤的亮光，荡漾着锄头的声响，却也能听到开朗的笑声。人们就是这样，为了全年的生活，苦中吃苦不觉苦，苦中作乐苦也甜。

小暑节里，蝉鸣叫了。山里的蝉有几种，有的叫声节奏明快，长短交替，有的从头至尾一个腔调，不变音。还有的唧唧唧唧连续不停，好像兴奋交感神经太强盛，没有停歇的时候。又一种，看上去也就手指肚大小，但声音既长且慢，它自己悠扬得很，却没有人给它起名字。

山民最喜爱的是一种鸣鸣蝉，小孩子最爱学它的叫声。这蝉对空气湿度特敏感，能提示人关注天气变化。如果在早晨太阳出来以前叫，预示今天很可能下雨。如果在连阴雨的天气中叫，就是说天气很快就要放晴。

大暑　大暑赶在"中伏"前后，是一年中最热的时间段。气温最高，农作物生长最快，大部分地区的旱、涝、风雹灾害也最为频繁，抗旱排涝和田间管理的任务很重。

山区进入雨水最多的时节。一年的劳苦也有了甜头。农人得愿，终于可以歇伏、"挂锄儿"了。劳动日程转向了不紧不慢地割蒿草和沤绿肥阶段。

田间小路上，人随身携带的家什不再空了。有的篮子里搁着豆角，有的背篓里装着蔓菁和倭瓜。脚步悠悠，心儿悠悠，如踩着五彩云头。

此一时，萤火虫舞得最欢。夜间，它与天上的星星交相媲美。这些个小灯笼，孩儿们爱玩。他们原以为它发光的地方会烫手，可逮住一只，用手指摸一摸它的腹部，竟一点儿也不烫，让人好生奇怪。

谚语说："大暑小暑，灌死老鼠。"暑期特别爱下雨，有时连续几天甚至十几天不停，让木制的大驴槽都长了蘑菇。老不晴天，人特别忧郁，老人就用布片做一个手拿笤帚的小布人，挂在房檐下，叫它"扫天晴"。风吹来，手拿笤帚的小布人晃晃悠悠，转来转去。不久，天气放晴，老人就说："瞧，还是我有主意吧！"

立秋 二十四节气第十三个，秋之始。天象类"八节"之一。辛弃疾《西江月·夜行黄沙道中》道："明月别枝惊鹊，清风半夜鸣蝉。稻花香里说丰年，听取蛙声一片。 七八个星天外，两三点雨山前。旧时茅店社林边，路转溪桥忽见。"

"立秋"二字一见下，惹人颇有惊秋之感。

立秋三候徐徐送来秋气：凉风，白露，寒蝉。虽然此时尚在末伏，暑热未消，但一早一晚，已经有了凉爽的感觉。

"悲落叶于劲秋，喜柔条于芳春"，春天的欣喜还依稀不远，劲秋之悲倏忽已到眼前，不由人不生发光阴流水的感叹。

仁心及物的先民，于一春一秋之间，所见出的是生命之代序，所感怀的是宇宙之无穷。

立秋期间流传多种谚语。如"早立秋，冷飕飕；晚立秋，热死牛""立秋十八天，寸草结籽""秋后有一伏""立了秋还有十天伏""立了秋，把扇儿丢""立了秋，把晌儿丢"（歇晌睡午觉为农民的夏季习惯）等等。

山地谚语，另有针对性，他们说"七月立秋，晚田不收（农历）"，意思是山里冷得早，播种晚的作物不等成熟就受冻了。山里的春天来得晚，而秋天却比山外来得早。立秋前后，人们再种荞麦，假如按照山外模式"头伏萝卜二伏菜，三伏种荞麦"的话，这儿不等荞麦灌浆，已经是山黄叶萎，连种子都收不回来了。

在山区，还有一古老风习，即在立秋这一天，摘一片桃树叶贴在孩子肚脐，叫作"贴秋叶"。贴上了秋叶，能够防止小儿在秋天里闹痢疾。你说奇不奇？

立秋当头，无论大棵小棵的大田作物，还是瓜果杂豆，都陆续进入成熟期，人们除了及时采收瓜果梨桃，还因为时间充裕，不歇响了，能有工夫采集大山之宝，拾蘑菇、摘榛子了。山里边有说法：立秋以前的蘑菇吃了有毒，立秋以后才无事。拾蘑菇、摘榛子的人多，留下顺口溜："拾蘑菇摘榛子，爷爷顾不上亲孙子。摘榛子拾蘑菇，儿媳顾不上老婆母。"

山里在自然状态下生长出来的蘑菇味道美。山民有这口福。按季还有几样野生物，比蘑菇还好吃。一种是木耳，个头不大，口感却比人工培植的强上十倍。再有木灵芝，专一在桃树、梨树的受伤部位盘绕，长出像半个伞、若碗口大的新物种来，当地管它叫"木鸡子"，此物做熟了，入口清香，特别有营养。

最奇特的为"马勃",也有人叫它"马包",可算是山地的奇珍异宝。在夏末雨季最常出现,且生长速度极快,一眨眼就能长得像瓷碗那么大。几步以外刚见它时,白色的小东西像线团儿,像乒乓球,待走到跟前,那么短工夫就长得像大白面馒头。掰开来看,里边是灰色黏稠的液体。老人说,发现它莫出声,更不能长时间拿在手里,必须快速地近前把它踢到一边,接着拿起掰开,它就不会变了。

过了这一季节,再发现马勃,它已是灰褐色,而且在头顶有一个小孔,拿起来,手指轻轻一捏,"噗"的一下,一股灰黄色烟雾从孔洞喷出,直冲面门。一下一下捏,烟雾就一股一股喷,把孩子们逗坏了。

处暑 入节在每年八月二十三或二十四日。按《月令七十二候集解》:"处,止也,暑气至此而止矣。"处是终止、躲藏的意思。昼夜温差增大。昼暖夜凉,有利于作物体内干物质的制造和积累,庄稼成熟较快,民谚有"处暑禾田连夜变"。夜间转凉,白薯最受用,常因为薯块膨胀,白薯垄崩开大口子。

"处暑找黍",粮食作物里边,黍子是最早成熟的品种。

农民常说:"七月十五定旱涝,八月十五定收成。"其义为全年降雨局势已定,作物丰歉已在目中。"处暑不出头,割了喂老牛",这番意思是说,倘若大秸秆庄稼此际还未秀出穗来,那么下霜以前就很难形成粮食,还不如趁早割掉喂牲口呢。

这一季节里，有一种昆虫在晚上叫得特别响亮，其声明快，吐音清晰，好像不停地在说"拆拆洗洗，拆拆洗洗……"老奶奶绽开笑容，乐着告诉孙儿："拆拆洗洗来了，该拆洗衣裳絮棉衣了。"过去，缺衣少穿，人们对付穷困的方式是在春天把冬日棉袄里的棉花撤出来，当夹袄；而临近冬天，再把夹袄絮上棉花，又当作过冬的棉衣。

处暑，又是挖药材的季节。人说处暑以后的药草活力大，药性足。

黄芩是必须要采的。黄芩味苦，性寒，具清热燥湿、泻火败毒、止血安胎的功效，山民把它的茎叶当茶饮，能清热祛火，防治感冒。想当年，解放全中国，大军南下，北方抽调很多干部随军南下，人们上山拔大量的黄芩秧子熬成膏，让南下的干部带上，有效解决了北方人到南方水土不服的问题。

其他可以做茶的草本，还有毛尖、石竹、党参、黄精、玉竹等，给老人滋补身体十分管用。

花椒成熟了。采摘花椒这项劳动，适合妇女。妇女心细，手巧，她把一根绳拴上木钩，将花椒树枝钩下来以后，用脚踩住下边的绳头，再将篮子挂在树杈上，腾出双手，就可以飞快而灵巧地采摘了。花椒嘟噜长在枝杈的锥刺间，一季下来两手都会被扎伤，手指肚被戳破以后，留下的尽是黑黑的斑点。好看的风景也在这期间出现了，在高矮不同、一层层石板房的屋顶晒的花椒，竟如红红的云霞一般，一片一片，一沓一沓，映照了天空。榨上了椒籽油，一街两巷都流动着麻酥酥的清香。

白露 风明显增多，气候宜人，干活儿出汗不多了。夜间草叶爬上的露水，在早晨定了露珠，在晨曦下，显出珍珠一样的光亮。凡庄稼都改了"愣头青"面容，饱满金黄的谷穗，弯弯地低下头；玉米棒挣脱束缚它的外衣，从顶端绽放慰藉农人的豪情；成林的高粱，大红的穗头像姑娘娇羞红了的脸，又像一个个火炬，指向高空；大豆摇铃，把憋得鼓鼓的腰包向大地主人炫耀。

有一种秋蝉鸣叫得最响。声音发自高高的树梢。长鸣中带着颤音，有些爽快，有些苍凉，人们管它叫"秋凉儿"。

秋季是一个收获的季节，《史记·七十列传·太史公自序》中写道，"夫春生夏长，秋收冬藏，此天道之大经也。"很好地诠释了岁时之象。

"三春难抵一秋忙"，秋收的高潮开始了。平川上除了收割粮食，头茬儿棉花也进入采收期。山地打核桃的人上阵了——"白露的核桃，满仁儿"了嘛。

"白露割谷。"谷子驴驮人背车运，入场。入了场"掐谷"。掐谷的一群妇女用的是"爪镰"，一种像乐器中云板一样的工具，铁板制的，朝外一边略有锋刃，里沿的小布圈儿套在大拇指和食指上撑着，手掌大小。场上数个老汉负责收拾谷草。用一把谷草当"腰子"，将掐掉谷穗的谷秸一捆捆地捆好。安置妥当，给牲口预备过冬的饲草。

割了谷子割豆子。割豆子不能在大天白日，它要在太阳未出来以前、早晨空气湿润时进行。白日风干物燥，伸手一拉豆秧子，还没等动镰刀，那豆荚就啪的一声爆裂，里边的豆粒随之蹦出老远，再想保全它已万万不能。

场院多日人员火爆。这里是堆积各种粮食和给粮食脱粒的地方，也成了无劳动能力的老人和小孩儿看热闹的地方。正午时刻，将谷穗摊好，进行"打场"，只见连枷飞舞，一片"扑通、扑通"的声响，多远都能听得见。喜悦而忙碌，劳累而安详。

给谷穗脱了粒，把谷瓢挑到一旁，还要留着喂牲口，那谷粒该使用扇车了。谷糠和秕谷被直吹出去，饱实的谷粒便积攒在了扇车边上。

豆子比谷子重，筛选不用扇车，而是靠"扬场"。挑走了豆秸，将豆子归拢一堆，双人一组便开始扬场。一人用木锨把带杂质的豆子倒入主攻手的簸箕，主攻手端着这一簸箕料方要扬起，张口喊了一声："呜呼！"那簸箕料便唰的一下跟随着声音泼出，顺着风向，半空画出一道好看的弧线，一回回挥挥洒洒。轻质的碎叶灰土随风飘走，重型的有次序地坠下。干瘪豆子掉在跟前，饱实豆子落在中间，沙粒则抛至最远的边缘。就这样，"呜呼！唰"，"呜呼！唰"，一声接一声，干净的豆子即一股接一股留下了一坨。扬场把式的头跟着簸箕起落，一低一扬，他嘴上的胡子也跟着一翘一翘，连下巴颏儿底下沾的糠土都被扫得来回飞腾。

打场声、扇车声、呜呼声、说笑声、叫嚷声，各种声音杂举，汇合成了场院绝妙的音唱。面对满场的粮食，人们喜在脸甜在心，在这新粮到手的季节，他们是天底下最幸福的人。

溢满幸福的场院，也是生长童话故事的地方。因由涉及风——假如扬场没有风，怎么办？扬场的老爷爷就捋捋胡子，撮起嘴唇，"嘘——嘘"打几个口哨，不一会儿风就来了，扬场得以继续进行。孩子不解，好奇地问为什么一打口哨风就来了呢？老人眯起眼睛，笑而不答。越是不说，孩子越想知道。逼问急了，老人故作神秘地盯着小孩儿说："我告诉了你，你以后千万不要告诉别人。""放心吧，我跟谁都不说。"小孩儿做了保证。老人小声地说："你知道吗？管风的神仙是个女的，叫风娘娘；管地的神仙是个男的，叫土地爷。""这我知道。"小孩儿插言。"还想听不？""想听。"老人继续："有一次，风娘娘从这儿经过，土地爷见她长得俊俏，就拿出好吃的招待她。风娘娘也觉得土地爷人不错，虽说不漂亮，人挺实在。一来二去，俩人竟然好了起来。""怎么好法？"孩子问。"你自己猜呗。"老人又接着讲，"因为风娘娘来无影去无踪，也不知道下次什么时候来，她临走，土地爷恋恋不舍地问：下次我想你时，怎么才能找到你呢？风娘娘想了想说：要不这样吧，以后你想我了就打口哨，我听到了马上就来。"小孩儿反问："你也不是土地爷呀？""听我说完哪！"老人训了一句，接茬儿再讲，"没想到，这话让山坡上种地的人听见了，所以呀，就此以后，人们无论是干活儿热了，还是什么时候需要风，只要吹几声口哨，风马上就来。"老人正得意于自己的知识渊博，小孩儿却问："是你听见的吗？"大家已经笑得合不拢嘴。老人不耐烦了，起身胡噜胡噜屁股上的土，抄起工具了断："没时间跟你胡扯了！"

故事神奇，是说给缠人的孩子听的，然而在深山峡谷确有吹几声口哨就来风的情况，是山地本就多风，还是声波振动引起了空气回流反应，说不准。

秋分　二十四节气之十六。天象类"八节"之一。又是一个昼夜均分之日。《春秋繁露·阴阳出入上下篇》："秋分者，阴阳相半也，故昼夜均而寒暑平。"秋分与春分前后都是风和日朗，温凉适宜的时节。赤子爱春，为其烂漫；志士爱秋，因其旷远，正所谓春秋佳日。

大好时光是给吃闲饭的人预备的，农民可没这闲逸的命。平原上农活儿正酣，最大项是抢收抢种。抢收的主要是玉米，抢种的是小麦。玉米要全部砍倒，腾地，将秸秆运走。运粪，撒粪，一切为了小麦播种。大小车辆，来来往往，人喊马喧，竟日不断。

"白露早，寒露迟，秋分种麦正当时。"节气推着人走。每日出工，天未亮；每日收工，黑了天。有时会遇上秋雨，但只要雨点不像细筛子筛面那样密，遮住了眼，活儿照样干。砍倒的鲜棒子秸浥了雨，抱起来汤拉水拉，挂了泥水更沉重，湿了袄，湿了衫，湿了眼眶咸水腌，湿了鞋的黄土泥坠脚面。

你以为白面是那么好吃的吗？你要是真心地心疼农民，就在这节骨眼儿上到田里看一看。

山区忙为另一番。山区人说："过了秋分没剩田，大的小的一齐衔。"辛辛苦苦种的粮食，豆子赶紧收回，别让它爆荚；棒子赶快掰，别等它秸秆软了半截腰躺下；土豆赶快刨，别让冷天来给冻着了；梨和海棠赶快摘，防止大风给刮掉……

寒露 "寒露百草枯。"地面露水更凉，快结成霜了。北方的雨季由此时结束。宋代谢懋《霜天晓角·桂花》吟道："绿云剪叶，低护黄金屑。占断花中声誉，香与韵、两清洁。　　胜绝。君听说，是他来处别。试看仙衣犹带，金庭露、玉阶月。"

秋风过后，衡阳雁南归。日照苦短，气温越来越低，大地正在散去它往日积蓄的热量。从白露到寒露，露水从视觉的"白"，变为体感的"寒"。一场冷雨突至，甚至会有冰冷瑟缩的感觉。秋已经深了。

寒露三候：寒露之日鸿雁来宾，又五日雀入大水为蛤，又五日菊有黄华。

在北方,寒露节气的大宗农活儿是刨白薯,收获过程是先割去薯秧,再下镐刨、运输和入窖储藏。

这时节,因为昼夜温差大,白薯最爱长,但为了稳妥,免受早霜的危害,一定要抓紧刨。一旦被严霜打了,薯叶会变黑、变焦,落了地人食不得,猪也吃着不香。而暴露在薯埂外边的薯头,会被霜打软,入了窖也容易着软腐病。

被现在人当蔬菜吃的白薯,过去是农民离不得的口粮。它虽然声誉不似玉米和小麦那么硬棒,却是农民的"保命粮",有它在,就饿不死。保存好了,能从大秋吃到来春、入夏。这还说的是鲜的,至于薯干儿什么的,一年四季都可以塞一塞肚肠。我就见我的父亲,当挖出一块大白薯时,能笑到耳根台,像瓷娃娃一样。

寒露时节,原先大片秸秆庄稼搭建的"绿帐子"被彻底取消了。眼面前好看的是麦苗。一拃来高,枯黄的田野里就它是绿色。浇过了一次冻水,它显得很知足,早晨阳光下顶着露珠的麦苗,叶叶支棱,金光闪闪,才不管往后怎么凉冻呢!

霜降 是秋天最后的一抹绚烂。在二十四节气里,霜降是秋分的第二个小兄弟。它和寒露一起,站秋天的最后一班岗。在古人排出的七十二候中,霜降有三候,初候豺乃祭兽,二候草木黄落,三候蛰虫咸俯于内。霜降三候,尤其一候,细解起来很复杂,故不多述。《礼记·月令》所称"寒气总至",是《月令七十二候集解》所称的"九月中,气肃而凝,露结为霜矣"。谚语其谓:"寒露不算冷,霜降变了天。"

气象学上,一般把秋季出现的第一次霜叫作"早霜"或"初霜",把春季出现的最后一次霜称作"晚霜"或"终霜"。终霜与早霜之间即称为"无霜期"。

田野上,阔叶树已陆续掉叶子了,而出叶最早的柳树,却还保持着树叶齐整,只不过是外相青苍,如老妪面容。

农田应干的活计是摘柿子,把一个个小红灯笼请下来。起大葱,砍白菜。谚语讲,"霜降不起葱,越长越要空","当节不砍菜,必得受霜害",即便是耐寒凉的大葱和白菜,也不能容它再长了。

别的农活儿还有:给未浇灌完的越冬小麦继续浇冻水,给越冬菠菜扎风障,给牲口铡饲草,给牲口棚、牛棚、猪圈铡垫脚,用谷子秸秆给来年防雨必须要苫盖的粮食勒苫子。农家妇人抓紧给育肥的猪粉碎饲料,闲来无事拿秫秸秆穿锅拍儿。

立冬 立冬了,相对悠闲。二十四节气之十九。北宋画界理论家郭熙著文《林泉高致》,内载:"春山淡冶而如笑,夏山苍翠而如滴,秋山明净而如妆,冬山惨淡而如睡。"点化了四时风华。

立,建始也,冬季自此而始。冬,终了也,生机收敛以越严冬。冬天来了。

寒来暑往、昼夜晨昏、月相盈亏，是前人生活中感受到的重要
周期现象。而春生夏长，秋收冬藏，不仅是自然的消长周期，也是先
民的生活节律。春秋代序如生命，阴晴变幻如悲喜，一切物色都与情
感、与内心相牵连。四季的轮转，也可以喻如佛家的"成住坏空"，
春之生发，夏之繁盛，秋之衰减，冬之枯槁。但是每到春来，生机依
旧，所谓生生不息。人依从于天地节奏，也要懂得冬寒时节的存蓄休
养，抚慰身心。

悠闲下来的日子怎么过？操纵点事吧。造肥，一年四季都短不
了，能干多少是多少。不让累着，不让闲着。山里的养羊户把羊群赶
到有棚顶的圈，御严冬；把晾干的叶子背回来，备冬春的羊羔食用。
青壮年上山砍窑柱和插木，供给煤窑所用；割荆条、柳条、横芽子
条、榛子树条，留待日后编筐子、篓子和篮子。

小雪 小雪封地，大雪封河，小雪节气显冷了，但还不是冻手
指、冻脚丫的时候。搂草、搂柴，大人能干点啥就干点啥，小孩子疯
玩。忙时吃干，闲时吃稀，由此而来冬三月的饮食，很少变化，早晚
必是熬玉米糁儿白薯粥，中午来一顿蒸白薯就炸了辣椒的咸菜条，杂
面萝卜丝汤。

大雪 大雪节三候：大雪之日鹖旦不鸣，又五日虎始交，又五日
荔挺出。

南北朝刘璠作《雪赋》，内中有语："若乃雪山峙于流沙之右，

雪宫建于碣石之东。混二仪而并色，覆万有而皆空。埋没河山之上，
笼罩寰宇之中。"

　　神奇的雪，它以瞬息遍布之能，使天地变如琼玉世界，万物面
目皎洁。一时之间使阴阳两仪混如一体，一切都包含在它的美丽之
中。雪封冻整个世界，但是雪层下却孕育着最早的生机。"瑞雪兆丰
年"，足量的雪，可保持地面及作物周围的温度不会因寒流侵袭而降
得很低，不仅为作物创造了现时良好的越冬环境，它融化以后还能增
加土壤的水分含量，供作物春季生长需要，而且，雪水中氮化物的含
量是普通雨水的五倍，有一定的肥田作用。故而，乡民叨念"麦盖三
床被，枕着馒头睡"，对连降瑞雪甚为满意。

　　大雪封门封不了过日子的情绪，土炕上安放一个大笸箩，阖家大
小围坐剥玉米。

　　冬至　冬至一阳生。物极必反。此一日，是北半球一年中白昼最
短的一天。而过了这一天，又是"一天长一线"了。

　　老北京习俗，无论城乡，把冬至日看得很重，有"冬至大如年"
的说法。"冬至饺子夏至面"，能否沿袭风习，起码能断定你是否为
北京人。

　　从冬至这天起，进入"数九"阶段，冬至为数九的第一天，待
九九数过，春天就回来了，又该种地了。

　　小寒　小寒，它与大寒、小暑、大暑及处暑一样，都是表示气温

的冷暖变化。换而言之，二十四节气的关节点，都是根据阳光照射的角度不同，有所对应的。闰余成岁，律吕调阳，也是围绕于此来解说的。小寒处于腊月初，滴水成冰，气温很冷，"腊七腊八冻死寒鸦"就是冲它说的。三九严寒，在此节期。地面如冰，院里撒的鸡儿，单腿站立都要不停倒换，只凭一只腿"金鸡独立"久站，冷冻它也受了。老太太爱说"狗吐舌头，鸡抬脚"，两种动物状态的"妈妈论儿"，把极热和奇寒做了比较。

因为过于冷，干土道都冻裂了口子。

大寒 时序轮转，小寒大寒又一年。大寒是冬季最后一个节气，也是二十四节气中的最后一个。《授时通考·天时》引《三礼义宗》："大寒为中者，上形于小寒，故谓之大……寒气之逆极，故谓大寒也。"寒气至极时，其实阳气已生，春光即将款款归来。极寒天气，门外是冰冻的世界，而一室之内流动着温暖，是一饮一食的生活情味。至暖是人心，这是永远不会变的。

两节里已无农事可做，它惠及于人的就是休养生息，准备过春节了。

推碾子、碾黄米（即黍子）、磨白面，蒸年糕、做豆包、生豆芽、炸馉馇、炸丸子、做豆腐，劈柴火、扫尘土、刷炕席，杀鸡宰羊、炖鱼炖肉、集市上购置年货，这些都是在大年三十以前完成的。

到了大年三十这天，春联、福字在门口贴上了，年画挂屋里墙上了，雪白的窗户纸贴上窗花了，鞭炮凑齐了，大小人儿衣帽和鞋有了新模样了。接灶神送灶神细密想过，一切料理无虞，赕等着"老祖儿"驾临，吃团圆饭了。

走亲访友，接闺女迎姑爷，磕头拜年，都在和顺气氛下进行。农村伦理，这会儿表现最鲜明。

天地风霜尽，乾坤气象和，灌满了整个节期。大人没事，小孩子疯玩，爱动弹的去逛逛花灯、看看戏，不爱动弹的就糗在家听书，听听"李元霸""施不全""五鼠""济公""姚广孝""刘伯温""刘罗锅""小白猿偷桃""王禅老祖""气死金兀术，乐死牛皋"什么的。

会种地的老人凑在一起，"盘盘道"，说一说今年是"几龙治水"。定为几龙，是根据历书查找今年正月的第一个"辰日"（辰为龙）赶在初儿，就是几龙治水。比如轮在初一，就说一龙治水，以此类推，最多有可能是十二龙治水。老百姓可并不喜欢"龙多"，他们说"龙多不治水，人多不干活儿"，治水的龙越少越好，多了反而面面相觑，彼此撤劲，哪个也不治水了。

算过了几龙治水，还要算算今年是几牛耕田。即正月的丑日赶在初儿就是几牛耕田。耕田的牛当然是越多越好，符合农人心意。

添足了好煤的一炉火，炉腔噬噬蹿着火苗，一把燀着炉火的铁壶，腾腾冒着热气，热气冲撞得铁壶盖呱嗒呱嗒响。老头儿坐挨二截仓，噻着烟袋锅，老太太端来炒花生、给茶壶续水，小辈儿撅着屁股趴炕沿，一边烤煤火，一边用心去听先前家族和睦、勤俭持家的故事。老也亲，少也亲，圆圆融融，真的如汪曾祺所讲"家人闲坐，灯火可亲"那般情致。

我的朋友们啊，我的种过地和没有种过地的朋友，我的弟兄！在我脑海中不时萦回二十四节气。在我少小时的记忆里，节气是最守时践诺的，从不玩什么"忽悠"的小把戏，搞什么"模糊"的小伎俩，它们该来时，一定会来，该走时，一定会走，绝不拖泥带水。在我的印象中，那时村庄里的人们很少说假话、空话、谎话，即使偶尔有之，也达不到主导地位。这与节气的影响和暗示有没有关系呢？我想肯定是有的。节气虽然不说话，但是它的巨大的存在和警示作用，人们不可能习焉不察亦不觉，否则，就会生出许多乱子叫你无法收拾。就此我干过它的活儿，吃过它的饭，穿过它的衣，受过它的恩泽，所以我对于我经历的农田岁月，对于二十四节气中的辛劳和趣味，真的丢不下。以上我已经兜底坦白了二十四节气在我心中的着落，我还想说说古老的说法，以使各位简要地掌握这门知识。按照老说法，一年里的三百六十五天，三天为一气，五天是一候，十天算一旬，九十天立一季，四季轮回，年复一年。天气、气候、节气、季节几个词是这么来的。我们老祖宗看天时的基础是依农时，依庄稼的生长规律，天和地对应着看。的确，节气用自己的"守规矩"，为中国人立下了规矩。生活在这个世界的人，守时守序，按部就班，这看似四平八稳，不思进取，但是，他们内心的稳定、平和、谦恭，与天道是多么合拍！只要不离开地球，我们老祖宗的这一套东西都是很符合科学逻辑的。我的朋友，你们能和我一样这么认识吗？

人类是自然的孩子，过去和未来都是这样。今天，过度的工业文明和虚拟技术营造出一种人类可以高于自然的假象，自以为是。其实，以节气为桥梁，重拾人与自然的和谐，方是真正的大智慧。四时合序，万物有灵，其意义，岂是简单的"风花雪月"而已。

到了我这把年纪，真的是抬眼一村都见古物，满街都是圣人。二十四节气被我唱完了，余兴很大。一腔情绪飞腾，竟然浮现出一个小小子的许多往事。爷爷手把手教干农活儿，怎么使用镐，怎么磨镰刀，怎么捆庄稼、给谷子麦子打腰儿。父亲带着去外村山上打草，他在小推车后边咕颠儿、咕颠儿跟着跑，劳累半晌，父亲掏出一颗煮鸡蛋，他直嚷"有福"。跟随奶奶找野菜捋榆钱儿，多高的树都敢爬，多悬的地界都敢闯，为了把小篮子填满，光脚丫不知挨了多少蒺藜扎。上学了，奶奶亲手缝了一条羊肚手巾当书包，里边装了练写生字的滑石板，他背着幸福地去上学。为了交钱凑学费、买书本，奶奶每日一早抠鸡屁股，查看老母鸡是否下蛋。妈妈负责一家人的饭食，见得最多的是她抡动铁勺，不停地搅动粥锅。小哥儿几个睡一炕，稀粥喝得多，冬夜长，夜尿频，轮番撒尿，竟把大沙罐子当的尿盆滋得满满当当。十七十八力不全，就参加生产队劳动了，割麦子的镰刀总爱钝，割着割着就听干麦秸秆"叭、叭"放炮仗，继续割就很费劲。派去拉耧，拽着脖子猛拉，手却按着兜里边不会飞的阿嘞儿和鹌鹑鸟。暴雨下抢场，雷电大作，推着就像岳家军里高宠挑的滑车那般的抢权，咕噜噜猛跑，转而进了场房屋避雨，一屋的汗息味呛头；发现了玉米秆结的黑疸，翠皮包着的黑疸牛腰子一般大小，连忙掰下带回家，让妈妈炒一炒，剖开来的黑疸肉上的黑丝儿跟火龙果密布的黑籽形色差不离，切成片经荤油一炒，那是世上最好的美味。休息时刻，在秦家老坟的大桑树底下，听会种地的陈家表大爷给讲"欲知五谷，但视五木"等圣人书里的道理……一幕幕往昔情景，在眼前复活。

那个小小子是谁呢？是我。时光过了七十年，这些物事在我心头仍然存活。一折折想起，心还是那么火热。

让我心酸的，是给过我好儿的亲人和邻里，您们都不在了。我望见那些土坟，想象您们无法躲避冬日的寒冷、夏季的酷暑和雨水连连。您们还惦记着儿孙的衣食温饱，那一块块爱不够的庄稼地吗？

安常守顺的最后一茬儿农民过去了。包含无数先人智慧，沁着劳苦和忧伤，生发了民俗俚趣的农业生活，也被您们带走了。

古典农业文明落幕了。

遥远的耧铃声

耕、耩、锄、刨，耩是农田四艺之一。

春争日，夏争时，有白地（指尚未种庄稼的农田）要抢种。农民对大秋作物的指望，从播种就开始了。耩地是播种的主要手段。

耩地不难，但干好了不易。庄稼把式的要求：保苗、省种。一个好庄稼人，讲究什么农时下多少种子，出苗时一行是一行，不紧不疏，没有缺苗断垄，一疙瘩一块，或"一垄绳"；出苗匀实；整块地的边边角角，都有苗。

耧，作为一件农田播种长期使用的生产工具，20世纪80年代以前还比较常见，现在很少见到了。它所形成的古老农艺，也淡出了人们的视野。

现在的农村青年人，已说不出耧是个什么形状，即使农业博物馆里有实物展陈，但没有说明，对耧具上各个配件的名称及其功用，他们也迷惑不清。

伴随中国几千年农业文明的这个播种工具，是中国农业史上的一项伟大的发明。据史乘记载，耧为汉武帝时任搜粟都尉的赵过创造，流传民间称为"赵过耧"。这是铁器出现以后，生产力的再一次发展。耧的整体外形，像一个倒置的、不规则的三角形。耧体分三部分：前部使用人力或畜力拉动的两根木杆，叫"耧杆"，耧后靠人掌握播种深浅、间距宽过人身躯的扶手，叫"耧把"。耧中间属于配置密集的核心区，上边敞口装种子的锥形薄木箱叫"耧斗"；耧斗后下方的矮框承接流出的种子，矮框上的圆孔如同一个水壶嘴，叫"仓眼儿"；仓眼儿上的卡板，调剂出子量，叫"闸板儿"；与闸板儿作用相关，带着线绳，走动时晃来晃去、发出有节奏响音的小铁块儿，叫"耧锤儿"；耧锤儿与仓眼儿之间还有一截弯曲的粗铁丝，它搅动耧斗里的种子外流；耧斗下斜伸的那一根独木，叫"耧腿儿"；耧腿儿顶端包裹一个三角形鼓腹的铁护套，用来划破地皮，叫"重斤儿"。从仓眼儿以下，至耧腿儿，至重斤儿，中空，种子顺着腔眼潜入地层。重斤儿后边还悬挂一个半圆形的铁圈儿，拴挂在耧腿儿上，用来掩埋种子，叫"蚂（音mà）弓儿"。人力拉动耧前行，除了肩襻绳，还有一根扣在肩襻绳中间，贯通前后，连接耧腿儿的一根细拉绳，叫"千斤"。整个耧具木制部分，以牢稳结实的榆槐木居多，榫卯结构。耩地过程，就是把耧的各个部件功能组合，运用生产技术，将种子按照垄播撒到田地里。

耩地这项活计，不论使用牲口，还是人拉，都不是一两个人的活计。一般地说，一张耧要有拿耧的把式，牵牲口的妇女、小孩儿，或拉耧的壮劳力。后边还要跟着一个推砘子的（石制，圆形，直径一尺左右，安装在一根劈开叉、长约五尺的独木杆前端，木杆后有一短横木把，抵在腹上使用。播种后，由人推着它将垄眼松土压实）。耩大块地，同时上两三张耧，加上干其他活儿的有十多个人。耧具运行开了，你来我往，耧锤儿敲击耧斗，发出"嘎噔嘎噔"有节奏的声音，十分悦耳，田里人也陶醉其中。

有一个规矩不能不说，一起耩地的人若是多，在正式播种之前，几张耧进地，要先商量定子眼儿。由一名老把式把他掌的耧的子眼儿定好，耧斗灌上种子，原地摇几下，其他的把式看着。老把式谦和地询问"行不行"，大家说"行"，其他把式也都照这么办。各张耧人员都调配好了，还要细心，拿耧把式让自己的搭档试着走几步，然后停下，他俯下身子扒开垄眼看下种是否匀实。如果合适，就按预定的办，不合适，再调整。"活儿，活儿，活儿是死的，人是活的。"农民爱说的这句话，意思是干活儿这件事可灵活处理，不必墨守成规，一切因情而异，因人员条件而异。即便农田上的大把式，也不是完全凭经验资格吃饭。

"插耧紧三摇，拔耧慢三摇。"这耩地的诀窍，农民都懂，而放在今天就要说明白，为什么有"紧"有"慢"？刚插耧时，下籽腔眼里的种子还没完全畅通，不紧摇几下，耧里的种子下不去，开始种的地边就种不上，而到了结尾地边再紧摇，不放缓速度，就会造成起耧时泻籽儿如注，浪费种子。农民对种子都十分珍惜，不愿无故消耗。

在这种意识下，农民是既希望出好苗，又要求节省种子。过去，大户人家雇人耩地，拿出一小袋种子，对雇工说："这块地，这点儿种子，你给耩了吧。"这里雇主和雇工都是好庄稼手，主家说过了，就等着看拿耧的眼力、手上功夫了。这拿耧把式接了活儿，先在地头蹲着抽一锅烟，然后站起身迈步量地，算计要耩多少眼儿，有了一个大谱儿了，拿小碗分种子，量出大概够一个垄眼儿的种子，先耩一根地。这一根地耩下来，那耧把式心里就更有数了。一块地耩完了，种子正好。普通的田间劳动，有这般掌故，这般细腻，这般神奇吗？神奇！农田里有判断，有设计，有计算，有实践，中国农民既聪慧又朴实的风格，今天仍能引起我们对他们的敬意。

在实际耩地中，还有关节点可言：拿耧把式和帮耧的相互配合，很重要。论关系，就像说相声的逗哏捧哏一样。如果不配合，单靠哪一个，地也耩不好。有的拿耧把式，太懒，把耧当拐棍推着，耧就死沉死沉的，累的帮耧人脖颈子暴青筋，弓着身搋拉（这时你就明白耧上的拉绳为什么叫"千斤"了），很难把路线走直。遇到这样的懒把式，帮耧的招数是将耧把掂起来，使耧腿儿入土不深，费力不大，而播种质量就不好说了。真正的好把式，讲究与他搭帮的是个"绝配"，帮手"有眼力见儿"。尤其耩山坡地，地头短，回转身时候多，到了地头，这拉耧的要知道弓一弓身子带一带千斤绳，让耧往前多走一点儿，拿耧把式就势一提把，将耧向前一扠，就耩到地边，非常完美。倘用牲口耩大块地，牵牲口的帮手要懂得牲口习性，有的牲口胆小，"向窄"（京西土话，指道路上有阻碍，能通过但需小心着来），钻树行子不敢过，这时帮耧的就要使用肩膀抗牪口的脖子，不让它偏离走线。不然，树行子里耩过的地，就会后垄并前垄，乱哄哄一片。帮耧的虽说不掌技术，但他钳制技术的发挥，最终会起到关键性的作用。一个组合搭配得好，相互之间都会感到轻松，帮耧的挺胸抬头，步幅匀称，拿耧把式架耧的姿势舒展优美，一步三摇，保持清爽的节律。如果不协调，拉耧的一阵快一阵慢，就会让拿耧的把式着了忙，左右招架定不下心，不但地耩不好，而且还费劲。按老辈子的传习，耩地劳作，是拿耧的把式说了算，一天干多少定额，以及歇歇、起歇、收工等，都听把式的。

半辈子用心，才能熬出一个好庄稼人。耩地，这里边还有很多说道，同样的播种，因为种子不同、节气不同，庄稼把式拿捏的分寸也不同。

比如耩黍子。黍粒滑，容易下籽密，耩地时必须防止它顺屁眼流，耧把式要将闸板儿下按，使耧眼儿变小。拉耧的，迈步要稳，不能大步流星，走快了，若碰上草根、土坷垃，种子就会在那儿咕嘟撂一小堆。耩芝麻，芝麻粒要掺黍子，因为芝麻扁，不爱下籽，需由黍粒带动，而且它发芽拱地的劲儿也小，容易憋在土里。而黍籽粒滑溜，芽尖，有拱劲儿，能把芝麻芽带出来。再者，耩芝麻还要看天气，看墒情，地皮不能太湿，几天内没有雨情。播下时，不能用脚踩、砘子压，只能用大锄板去揉搓垄眼儿。假如耩芝麻后很快降了大雨，被"呱哒了"（京西土话，指被突然的猛雨浇淋，状与"落汤鸡"义同），芝麻也就不发苗了。耩麦子，播种期长，可根据上茬儿庄稼情况，从白露节种到立冬。它关注的要点，是不同农时的下种量。农谚："白露早，寒露迟，秋分种麦正当时。"老话儿说"白露麦子九头十八尾"，是说它种得早分蘗强。若在白露节前种麦，那不是为了真正的麦秋，种下的麦子发苗盘垛，开春只能割了喂牲口。播种量的掌控因于农时，区分十分明显：下种在白露头每亩八至十斤，白露尾十三至十五斤；秋分十五至二十三斤；寒露尾三十斤。立冬节里种麦，其类型犹如老人求子，子息毕竟先天不足，生长力弱，有的当季能发苗，有的不出。捂在地里的叫"冻黄儿"，来年春天才出土，播种量每亩在四十斤以上。要使它跟上节气，长成壮苗，那就要在早春管理上下功夫了。

…………

一季季庄稼，一年年绿，一个个时代，一辈辈人。多少个世纪轮回，中国农民以劳动技巧及其运用，生产实践中所得的对于岁时物象的认识等，使中国农业领先世界水平。

俗话说："庄稼佬儿上梁，自在王。"是说在自然经济状态下，农民的乐观属性。农民苦，农活儿累，世间或有人悲悯，但"坐地棵儿"的农民顺生、认命，自有排遣之道。真干活儿时有乐，干得漂亮时有大乐，这个特点不在庄稼地的人捉摸不着。辛辛苦苦，并且快乐着，这就是老辈儿的农民。农村男孩儿从小到大，承袭着先辈的秉性，从学会锗坑、点豆、条埂等小农活儿，到什么农活儿都可能被派上，不觉钻进了大人堆，他们有一种被认同的成就感。尤其扛着耧跟把式去耩地时，走在了街上，他们特别希望让人看见，那一刻的快乐就像今天乡镇干部受到提拔重用一样！一来二去，他们掌握了全面的农活儿，懂得了种田伦理，知道了干活儿圈子里有权威、有规矩……一代接茬儿农民就此长成！时至今日，社会变化已如霄壤之别，当下农村青年争相以新新人类面目出现，没有了过去农民的爱好和对先民农业文明的那份崇拜。那曾漫撒于平川坡岭、伴和"二月里来好春光"歌声的耧铃声，那曾歪嘴叼着短烟袋杆儿、悠闲样子耩地的拿耧老农，那口里嚼着羊叶角、兜里按着鹌鹑蛋的拉耧小年轻……无论声影都湮埋在了快速发展的时段之中。今天的人谁还能记得多少过去的农事，谁还有兴致回身去谈及往昔时光的农事话题？一些"古话儿"，不说也罢。

引耕道情

　　齐如山老人在他《中国风俗丛谈》自序中说道："中国旧日风俗之美，真使人怀念不已……风俗与政治固然不能完全分离，但也不会因朴实而阻碍进化。所以我要把旧日好风俗写出来，请大家看看，不但很有趣味，或者对现在之浮薄风气，有所补救，也未可知。"

　　依此初衷，他在《中国风俗丛谈》里专列了《农事的好风俗》一项，写到了"揪苜蓿""拾麦子""吃大子瓜""擘叶子""理筶帚""放麦苗"等华北风情。内容虽然涉及农事，但毕竟不是书写大型的、剧烈的农田活动，他是怀一颗实善之心，以自己闲适的目光，去观赏农村的小风景。情如细雨芭蕉，幽痕而已。若了解大型的、波澜壮阔，且情绪舒张的农事活动，则非农业地里滚过的人不能得真髓——且听我说"农田四艺"之耕田。

　　耕，作为"树艺五谷"、生产意义的起始，理所当然地被尊为四大农事活动之首。

　　耕田，就是用犁杖把农田的表土翻过来，使之疏松，为播种做准备。

　　北京地区农民向来将"耕"读作"jīng"，称耕田为"耕（jīng）地"，与现代汉语中"耕"的标准读音"gēng"不同。这就奇怪了，难道是历代农民流传错了吗？我认为不是这样。按许慎《说文解字》"耕"字解："犁也，从耒，井声。"许慎认为耕是形声字；其表意部件为"耒"（农具），表音部件为"井"。也就是说，起码在汉代，耕字读音就为"井"了。jǐng与jīng，声母韵母相同，只在声调上有强弱变化。由此可见，尽管人类社会发生了几千年的变化，"耕"的古音jīng，仍保留在劳动者中间。

按农时，耕地分为春耕、夏耕和秋耕。依使用动力，它分为牲畜和机械两种。20世纪60年代以前，耕地主要使用牲畜，包括骡、马、牛、驴。至于用人替代牲畜拉犁，北京地区见不到。过去穷人家的地微少，也贫瘠，养不起大牲畜，自家那一点儿薄田，就靠家人起早贪黑用镐刨，以达到耕地目的。周立波反映土改的长篇小说《暴风骤雨》，其中"分马"一节生动地反映了农民对占有生产资料的渴望。

春、夏、秋三季，皆有耕地农事，然因着眼点不同，耕地意味也就不尽一样。

如果将夏秋季节耕地与春耕进行比较，打个形象的比喻，那么，春耕时的柔畅像唱昆曲，而夏秋耕地的图景则像上演威武雄壮的京剧大戏。

春天耕的地，一般都是头年大秋没有耕完的小地块，或土薄山坡地。因为北京地区的气候适宜种两大茬儿，小麦、玉米生长需要厚土肥田，耕和种都先围绕这两种作物的农时进行，因此，耕地上的"大进军"为大项庄稼开道，在夏季秋季见了分晓。剩下薄田窄地，可种一些为大秋总产量"添秤"的小杂粮。位置不重要，这来不及秋耕的地，就待来年春天再耕了。

一年之计在于春。农谚："惊蛰地化通。"数九歌："九九加一九，耕牛遍地走。"此时天气暖和了，坡田返了地气，土质十分松软，踩一脚都落下一个脚窝。经历了一冬的萎靡，农人重返田野，有说不出的畅快。恰此时农活儿逼得不紧，人省心，牛马省力，耕地时身后有喜鹊喳喳叫着飞下来啄虫，又增加了情致。在一年农事中，春耕是最身心舒松的，好比一场大的赛事前的热身。牵牲口，吆喝牲口行走的帮手喜眉笑眼，神情舒展，持犁把式一概神色从容，面目有如长天白云似的悠闲。"不言不语儿，心里唱曲儿"，那是春耕地里的农人写真。

春耕虽不及秋耕各方面效果好，然及早春耕，仍能起到补益作用。保墒而外，还有灭虫和灭草两重功效。春耕地，把苏醒的虫蛹翻出来，因昼夜温差大，一部分虫蛹将被冻死，一部分会被鸟雀啄食，大大降低害虫的产生。杂草刚冒芽，耕了后，就把这些处在萌芽状态的杂草捂死在土里，可减轻以后锄草的强度。"谷雨前后，种瓜点豆。"惊蛰节耕地，为播种谷黍、瓜豆类及栽白薯等做了预期准备。

夏耕和秋耕就不像春耕那样温和了。因为节气不饶人，后续播种期卡在那里，不抢耕出来，按时播种就将束手无策。夏耕，为"三夏"大项之一，是割麦之后的农田程序，接茬儿种玉米。玉米本来可以在小麦成熟期间套种，可连续两年不予深耕，土地发板，减少地力，会影响到玉米产量，所以明智的农人在经过套种后，必须来一次深耕。夏耕，也叫"暴耕"，也叫"抢茬"，听名称就够急如星火的。秋耕，是为了种麦，有节气限制，仍然是时间紧、任务重。为了大麦二秋适时耕种，生产队时期那真是全民参战，收的收，运的运，拉庄稼的大车回程捎带运粪，粪堆落了地立时铲，有人扬撒，后边紧跟着犁把式耕地，人欢马叫，一环套一环。那个场面，说它热火朝天，一丝不差。

过去农民耕地使用的犁，也叫"犁杖"。在所有农具中，这一种外相最为笨重。新中国成立初期，农民使用的犁有"洋犁"和"笨犁"两种。笨犁是传统类型，各种犁的原始版，它的整体造型像直立着的微缩恐龙骨架。最主要部件为犁头、犁镜和犁弯子，后边为把手。犁头是一个扁方形木块，为桑木或榆槐木等耐磨损的硬木，像大象鼻子似的在犁前部探出，挨着地表面，直接和土地摩擦。"耕地看犁头"，它是耕地前行的瞄准器。文化人称的犁刀，农民叫"犁镜"，靠它翻土，使用过程中锃光瓦亮，光可照人。犁弯子为连接犁把手和犁头的铁部件。犁镜和犁弯子均为生铁铸造。使用笨犁耕地，入土较浅，犁刀损坏也不容易更换。洋犁，从大的结构上与笨犁相同，而部件不一样，首先犁头不是方形木块，是一个直径约十厘米、可以滚动的铁轳辘儿；犁弯子也换成了不怕磕碰的木制品。洋犁入土深，翻起的土浪花大，犁刀损坏了更换方便。这在生产队时期是很新鲜的玩意儿。当年京西坨里村"永丰社"搞得好，彭真市长曾奖给一副双轮双铧犁，当地农民还记得是九龙山铁工社（九龙山在北京东部大郊亭）生产的新产品。可惜，这副犁没怎么用，原因是牲口拉不动。

耕地，也有术语和技术含量。首先，耕地工作量的计算单位不以亩计，称为"斠"（此字不确，取音同jiào），"一斠地"可多可少。耕地方法有"扶斠"和"绞斠"两种。扶斠是从整块农田中间插犁，扶起驴脊梁背似的土坉儿，然后一环环向两边耕。绞斠正相反，是从地两边向中间汇拢，剩下的一犁地最见把式功夫，这一犁插犁从中间冲开，叫"挑墒"，要走线精准，翻出的土恰好将两扇的鲜土合垄，把豁子荡平了。这一手挑墒，最见功力，是把式表演的好机会。耕地技法不同，优长也就各异，耕地路数也就要逐年改变，比如同一块地今年用了绞斠，明年就用扶斠。

生产队时期，使用牲口耕地是大车把式的活茬儿，车把式是摆弄牲口的高手。由于车把式不经常跟社员在一起，此时即是他们表现自己的大好时机。除了上述的功夫，他们还要把自己的神采交给社员检阅。一犁犁破土一层层浪，一记记响鞭震天宇，在犁把式大步流星的行走中，油黑的泥土被犁刀翻卷抛出，农田里像涌起浪花。牲口越有劲，翻出的犁花越大越漂亮。大地在翻卷，大地在流动，激荡着把式的心，微笑、自信，且还有一点儿陶醉。田野如歌，翩然歌起；大地如画，人在画中。

若说耕地给犁把式带来了威武，那耙地就给犁把式带来了潇洒。那分表情、神态，现在人叫"酷"。

耙地，农民叫"盖地"。俗话说："三分耕，七分盖。"它是耕地最后一道程序。盖地的作用，是把一道道波纹状的鲜土擦平。盖地时，一些甩在表面的土坷垃被碰碎了，一些沟缝填上了，地合上眼，有利于保墒，一些划拉出来的小虫也会被鸟啄吃了。盖地的物件，本身就叫"盖"，与梳头用的篦子相仿；盖有木头架，长方形木架上别着编织的酸枣树茎条，整体长度一点二米左右，宽度半米有余。

盖地这活儿，有一定危险性，还是由犁把式来完成。把式叉开两脚，踏在盖中间横掌后边，左右两手挽着缰绳，随时控制牲口走向，身子后仰，口中"吁吁——哦哦——"地吆喝，盖就在鲜土层上左右摇摆、晃来晃去，把式腰里披着的、甩在胯下的一大块蓝汗巾，跟着飘动，非常显眼……一切韵味，尽显犁把式的潇洒。盖地段落，有点像冲浪那样快乐、刺激。

耕地时节，调动了各方面的情绪，犁把式兴致勃勃，其他人也乐乎不已，为田间盛大农事分头出力。生产队饲养员要给牲口喂精料，给牲口吃黑豆，名曰"加钢"。犁把式收工了，还有专业性很强，独他会做的"盘套"，收束犁田物件，为一日完工之尾。铸犁铧的手工匠游走于乡间，等等，此不多叙。

大概从20世纪60年代中期起，京郊各县建立了拖拉机站，机型主要是"东方红55"。大拖拉机耕地又快又深，十分吸引种田人，可是由于农机少，各村都要预约排队。没奈何，为了应对需求，机车小组采取轮换分班的办法，一台车几个人轮番作业，"歇人不歇马"，昼夜连班。有时半夜三更，从这村转移到那村。沿途路口，有生产队长打着手电筒迎候。那时大拖拉机是紧缺的机械资源，机手既辛苦又有几分傲慢，队干部唯恐服侍不周、应酬不到，影响耕地的进度和质量，常派能说会道的人去跟班搭讪。"没有酒，拖拉机不走；没有肉，耕不透；没有烟，耕不到边"，"少酒无菜，三犁两盖"，若怠慢了他们，就给犁刀定尺浅，耕出来的地看起来跟面箩筐似的，里边却留下很多生茬，当然不利于以后收成，这是那一时期农村生产队长的忧虑、懊恼。

70年代，京郊生产队有了手扶拖拉机，各村也逐渐购买了大拖拉机，拖拉机的紧缺情况有了缓解，使用大牲畜耕地就渐渐地少了。

到了80年代以后，历史翻开新的一篇，社会情形、农村情形，大家都看到了，不用多说。

锄禾往事

农民愿意做农活儿，是骨子里有的东西，与生俱来；大约到了能够掂起锄把子的年纪，就有了亲近劳动的意识——这一点，与贾府的宠儿不以"通灵宝玉"为光，有很大不同。因了年纪关系，年幼的农家子对于长大家什还使不动，而莽撞地拿镰刀，又有危险，为了培养初期劳动技能，就只有多磨炼小薅锄。先学剜野菜，后学锄地。

——待学会了锄地，就算在农业行当上"开了蒙"，半桩小子离扎入农民堆不远啦。

锄地究竟是怎样一项活计，有多大劳动强度，它背负哪些个文化孑遗，包含哪些个失望与希望交织的心曲，坦率而言，一辈子匍匐于土地的老式农民今天谁也不愿对此再进行情景回忆。他们干够了！有关锄地，倒是唐代李绅有一幅造像，他的《悯农》诗（其二），千百年来触痛了天下人的良心，诗道："锄禾日当午，汗滴禾下土。谁知盘中餐，粒粒皆辛苦！"二十个字，道尽了农人的酸辛。可是，锄禾为什么在"日当午"，锄者是壮汉还是老幼妇孺，锄头为大锄还是小锄，农田是山坡还是平地，"禾"又为哪一种稼禾……诗里却没有说。这其中，有的方面当是诗人不解，有的可能只是凭栏远眺，未在实处上接触"三农"。但尽管如此，他的"锄禾"，也比五柳先生的

"夫子自道"，更入门径，更能给农民以安慰。五柳先生惬吟的两句诗："晨兴理荒秽，戴月荷锄归。"虽然也言及了锄地，但由于缺少了人民性，诗面上标注的只是士大夫阶层的孤高自许，一如今日各路明星似的有玩"秀"之嫌。李绅看到的劳动状态，他所描绘的锄地场景，在中国起码存续了一千多年……

应该让城市里的人和现今绝大多数不再以农为业的农村后代们知晓，小锄这件不大的东西，在农田应用上最广泛，在农事中使用周期最长，在日月流转中最易磨砺人的性情。

通常状态，用小锄（北方地区称"薅锄"）锄地（北方话称"耪地"），取"蹲"的姿势。这个"蹲"只是姿态，不可能双脚并拢地蹲坐下去，它是脚后跟时时替换够着屁股，一撵一撵地前行，身后留一个个足尖的印迹。那矮下来，蜷缩成球体的形状，真正地叫"一窝三折"。

与其他只为岁时之用的农具比较，锄头适用性更强。它不像镰刀只针对细秆类作物，如谷黍、麦子、豆秧等收割，也不同镐头只对掩埋类作物和硬秆类作物起作用，而是无所不需，无所不能。并且，它的通用技术贯穿所有农作物从出土到生长的整个过程。一年二十四个节气，除了冬三月，除了作物成熟期，会有八九个节气离不开它。

锄地事项从旱地里刚钻出草芽——京西称"马耳朵草"开始，就不是一件可稀松懈怠的农活儿。老早以前就有"早清儿赶早儿，响午晒草儿，晚上赶了（音liǎo）儿"的说法。至于到了锄草灭荒的紧迫阶段，农民除了在心里叨念老辈人传下来的"草死苗活地发暄"一句体己咒，便愈发勤奋地折磨起自己的皮肉来了，下狠力气与之决战。大会战期间，也会因为农时不同，农作物种类不同，而各有各的疲劳点，各有各的挂相。如旱季里榜坡地上小苗，恰在"赤日炎炎似火烧，野田禾稻半枯焦"之际，甩了鞋光脚丫蹚土，土都烫脚。这会儿生产队长见大伙儿打不起精神，会以"不榜完这块地不准回家吃饭"的话诈唬，甚或粗野地大骂。嚷过骂过，十几把、几十把锄狂舞，就觉得坡地上"狼烟四起"，前前后后，一个个像野貛拱地似的在田地里突突。人腰酸腿软胳膊疼，全没了人样。有露水时节，人一进地，露水就打湿了裤腿脚面，锄也容易挂土。榜一个时辰，薅锄把儿裹满了泥，滑滑溜溜，疙里疙瘩，攥起来胀手腻手。庄稼矮时，田里还通风，庄稼长高，田垄里就像扣上了蒸笼一样地憋闷，还不算庄稼叶子拉人，伤口划痕经了汗沤钻心地疼……

文化典籍上曾经力挺锄头的灭草之功，汉刘熙《释名·释用器》："锄，助也，去秽助苗长也。"《农书·锄治篇》："稂莠不除，则禾稼不茂，种苗者，不可无锄耘之功也。"皆欣然将锄看作农民的生命伴侣。对不对呢？也对。可殊不知，一朝锄头的出现，竟使农民与之"相爱相杀"了两千多年！可叹白铁无辜，它在推动中国农业社会前行的同时，却也成了捆绑农民于土地、消耗人精力的利器！

人使唤锄，锄也折磨人，一茬茬儿草根农民埋头苟活的习性形成，不能说和锄头没有干系。是锄与他们的身家命运定了终身。

简简单单的生产工具，造器至简而多用，反应灵巧而轻便，它里边蕴含的机理和牵引农民情绪的地方多着哩：有本心，有农艺，有田间伦理……

用小锄耪地，一般是三遍。它讲究"穿堂过眼外搭一锄"，在第一遍时去掉"围脖草"，把根子周边亮出来，也叫"卸枷"。锄的时候要求拉通锄，不能堆起一堆土，山地人管这叫"狗绕门"，也不能倒着耪地，这叫"倒扒沟"，只有外行和孩子才这样干。耪麦茬玉米地，叫"小锄带麦栅儿"，锄掉麦根，是很累人的活儿。拿谷子黍子来说，在锄治过程中即显农艺。谷黍属于旱田春播作物，耐贫瘠，耐干旱，春天给它锄第一遍草的时候，就跟着定苗，按老话的专业术语叫"瓦苗"。它要求右手拿锄，用锄尖左一下、右一下地锄成单行。S形留苗叫"羊拉屎"，要求左手提苗，提成"根根透风"，不许双棵、多棵并在一起。谷黍不同于他类，它籽粒滑溜，下籽密集，民间有"有钱买籽儿，无钱买苗儿"的说法，故而播种量大。出了苗，密囊囊，一垄绳时候多，缺苗断垄时少。它每棵只生线虫儿似的细根，若不及早定苗，容易出现连根，成了滚毡，毛茸茸一坨儿，发不起苗。在定苗上的讲究，谷子喜欢稀疏，黍子喜欢搭伙。谷苗稀一点儿，后期谷秸生长高大粗壮，谷穗像狼尾巴一样粗长。黍子在行列里是一撮一墩。这么处置，首先是种群上的原因，其次是收割上的考虑，透镰，收割起来"爽利"。综合各种指数，农民给谷黍定苗立下了规矩，叫作"一二三的谷子，四五六的黍子"，就是说一垄株距，要见空当儿，谷子，可以一棵两棵三棵地单线成垄；黍子，必得四棵五棵六棵地扭抱在一起；一趟趟在田垄里断开的样子，就如同文句里使用的"、"号。谷子地次年容易长"莠子"，莠子是由掉在地上的原谷退化演变的，变回了草。谷不种"重（音chóng）茬"，避免混淆，也是老辈儿经验之一。

玉米地里的锄头活儿，始终是重头戏。一年收成丰歉与否，要看大田玉米。它至少得锄三遍。头一遍称"开小苗子"，定在苗已出齐，长出两三片叶子的时候。锄地姿态是骑着垄背，左一锄右一锄，掏垄。伸锄时，只用眼神一扫，就选准了壮苗，将旁边弱苗剔去。过锄后，土分两旁，苗垄呈浅沟状，晾苗。锄头遍地，作用为定棵、松土、除草和增加地表温度。锄第二遍地，在玉米苗长到齐腰高，长出七八片叶子时，俗称"喇叭口儿"期。方式为"掏马口""贯大档儿"，挥锄气势可以纵情一些，锄地增添了保墒效果。第三遍锄地，在玉米"吐花红线儿"前后，目的在于保证籽粒饱满贯顶，果穗不生虚尖子，并为秋播小麦时土地干净做相应准备。锄二、三遍地时，玉米株已经遮挡了人，不能骑垄，就该使用大锄。最后一遍是"见草下锄"，不让草复活，就把草挂在玉米秧子上。

说到这里，就不能不说大锄这件工具。打个比方，如果说薅锄是适用于短兵相接的手榴弹和短枪，那大锄就是瞄准敌人集群的过山炮，远距离有效杀敌。这大锄由锄板、锄钩、锄柄三个部分组成，总长约两米。锄板近乎方形，宽长各约六寸，锄板上有"裤儿"，锄钩鼻子插入锄板"裤儿"，顺周遭砸上铁楔，化明矾浇注，铸牢固。锄钩呈拱形，长约一尺，熟铁铸造，在锄板和锄柄之间起连接作用。大锄的柄长三四尺，一般使用梨木旋制而成，木制光滑细腻，粗细不秃噜、不胀手。几辈人传下来，锄板变窄，大锄柄也会像大秤杆儿一样油亮。耪大锄地和耪薅锄地截然不同。它十分讲究姿势，在迈出左腿时，左手要在前面；出右腿时，右手要在前面。左右轮换叫作"倒把"，一步可前进五尺。姿势不正确，累人不说，还会被人笑话。每一锄，是一个锄角先入地，跟着把锄放平，扽着向后平拉至前足，要使出腰上那一股劲。一锄耪过，款款前行两步，就听"咔"的一声土响，第二锄又入了地。节奏清晰，沉实有力。此一招法，20世纪60年代初像剧《朝阳沟》剧中，有拴宝向银环姑娘面授锄艺的口诀："你前腿弓，你后腿蹬，心不要慌来手不要猛……"说的基本如是。大锄耪地适宜玉米、谷子、高粱等宽垄作物，运锄要拿捏有度，锄浅了一层皮，不顶用；锄深了没（音mò）锄钩，费力气；应以不伤及庄稼根的深度为最好。老辈人还传下一种"套锄"的方法，即前边下一锄，跟着在原处再锄一次，以此来确保锄得深、锄得透。有一个老故事也有意思，是说"淮右布衣"朱元璋当上了皇帝以后，怠慢功臣故旧，当年一位旧友不敢贸然进言，便以忆苦思甜的方式，拐着弯儿点醒君王，说起"胯下青龙马，手持钩镰枪，大破瓦罐城"的往事，暗示朱元璋抢过锄、耪过地，不该忘记都曾是受苦人的出身。

农田之中四艺，锄地是农田管理的中心环节。它历时长，影响大，适时而高质量地锄地，直接作用于收成。在漫长的历史中，农民与锄相依为命，不断地认识自我，不断地发现和总结锄地的功用，以最简洁的口语形式，保留下农耕文化的档案。尤其是那些代代相传的农田谚语，无论在中国南方或北方，至今仍像明珠一样闪闪发光。比如："旱耪田，涝浇园""种在犁上，收在锄上""早间（音jiàn）早定，苗壮粒重""深锄加一寸，顶上一茬儿粪""棉锄多遍白如霜，谷锄多遍不见糠""谷锄四遍二八米，麦锄四遍一九面""粮食增产靠三宝：施肥、浇水、勤锄草""头遍挖（间苗），二遍抓（深锄），三遍四遍大锄拉（浅快锄）""锄草不论遍，越锄越好看"等等。

世人读了鲁迅的书，以为农民都像"闰土"一样木讷，呆头呆脑，张口即说农民没文化，脑袋瓜"缺斤短两"，其实让国人吃饱肚子这件大事，哪一个朝代不是凭农民的勤劳和聪明智慧托举的呀！就说"旱耪田，涝浇园"一句谚语，愣是将辩证法推行到了农田。仅凭这一点，你心里的农民能不换个过儿吗？农民在种田上种出了窍门，让你已经产生了信服，但如果说他们还有"农民版"的质量监控，一定会让你觉得新奇。这个模式叫"翻家垄"。锄地人在一块大田的地头先一字排开，每人认领一垄，锄到那边地头折回，如甩龙尾，由队列末尾再打头，依次按反顺序来。如此循环，一就是末，末就是一。这个方法公开透明，不必挑拣，相对合理，赶上苗垄草多草少，谁也不得起急。遇到地中间有"斜子"（短垄），劳动量比人少一半，是他的运气。遇了坟头，少榜了几步，那锄地人大喜，高兴嚷嚷"死人接活人"！是他一番乐趣。然而，"翻家垄"的真正目的，在于检查活茬儿质量。有的人单图快、省力，往往不守规矩，锄一锄盖一锄，前一锄将后一锄的草蒙上，老话叫"猫儿盖屎"。猫儿盖屎什么样，现今楼房养猫的人恐怕领会不清。猫是一种爱干净的动物，它拉了屎总要抬爪儿挠土，稀稀拉拉盖上，这在农村很常见。农村广阔天地有很多土可供猫抓挠。把干活儿稀松说成此状，唯有农民想象得出来！用了"翻家垄"法，人的记忆定在那里，日子远近都脱离不了干系。

君子怀德，小人怀土，古语有之。方今之世，说不清还有多少人对农田记忆感兴趣。然而，中国以农业立国数千年，这真真正正地属于国家记忆。从农村走过来的五十岁以上的人，直到今天还有两个情景忘不下：一个是农田送饭，一个是田间送水。锄田紧张的时节，下田早，各家各户会送早饭。差不多同一个时辰，挎筐提篮的农家妇人将早饭送到地头。有大耳罐子装的稀粥，有用豆包布包裹着的干菜团子、杂面饹饹，日子稍微殷实一些的，送小米焖干饭、豆面鱼儿萝卜丝汤。那是一个喧闹而和顺的场景。见家里人送饭来，锄田者拎着锄三蹦两蹦地奔到地头，深情地瞧一眼家人，然后忙不迭地看送来的饭食。手顾不得洗，就揪一把带露水的嫩草搓一搓，然后往裤褂上一蹭，就开饭。人有站的，坐的，蹲的。有家里忘记带筷子的，下田人不埋怨，将地边的柳条、荆条撅下来，捋巴捋巴，当筷子用。一起吃饭，有时不顾你家我家，你在我家罐儿里盛一碗汤，我在你家菜盆里夹一口菜，仿佛一个大家庭，乐在其中。送水，那肯定是在炎热的夏季。田里人辛苦，生产队委派了送水的社员。送水掐着钟点儿，总在半日"歇盼儿"的时刻送来。水是从村里深井刚打上来的，叫"井拔凉水"。挑水者怕水溅出桶外，水筲压着几片蓖麻叶。地头歇着的人，只要听见扁担钩上边铁环击打筲梁，"哗啷哗啷"响，立时来了精神，就会有人嚷："大凉来了！大凉来了！"多沉得住气的人也会抬起屁股眺望，性子急的前去接应。到了跟前，不容送水的将水筲放平稳，就抢起了水舀子，等不及的，干脆将水筲倾斜，手扒着水筲、嘴对着筲沿狂饮。喝过了，摩挲胸脯，连打几个饱嗝儿，大声喊："痛快！"那一刻的清爽，比今日喝冰茶过瘾，比遇着老板发"红包"、单位发奖金，还快活、长精神！

　　…………

　　"七月十五定旱涝，八月十五定收成"，"立秋十八天，寸草结籽", 那就到了"挂锄儿"季节, 辛苦了大半年, 演练"小薅锄翻跟斗"的庄稼把式, 就此落下了锄禾的帷幕。

刨收见春秋

　　过去有这么个笑话：收秋之时有人到人力市场找短工，遇上了一个不太壮实的青年，问："小伙子会干什么活儿呀？"小伙子一拍胸脯，挑起大拇指，胳膊向外甩，张口答："家里家外——全活儿！"说完，嘴角还有些撇。"家里会什么呀？""蒸馒头烙饼，大条面水揪疙瘩，捏饺子片儿汤。"雇主高兴："那家外呢？""摘栗子，打柿子，上树摇苹果……"小伙子口齿利索。"力气怎么样啊？"雇主接茬儿问。小伙子答："装八斗粮的口袋不用捆，捆了也扛不起来。"人们听了哈哈大笑。

　　其实这是一个反话段子。家里做的那几样饭食，反意为：蒸馒头不成，塌锅——变了"烙饼"；扯大条面入锅黏成了坨儿——成为"水揪疙瘩"；饺子下锅煮破皮——成了"片儿汤"。反面理解一丁点不差。"摘"这，"打"那，"摇"什么，跟果木采摘行为不相符，全属错位。至于连装八斗粮的口袋都捆不动（一斗粮合十五市斤）、扛不起来，那更算不上爷们儿！

　　谈天说地为营生。这则笑话除了形容农民对不懂庄稼活儿、"四不像"之人的奚落，更多地包含农民的智慧、幽默和品行上的取舍。在农忙时候，这一类笑话是他们为了减轻强体力劳动的苦涩，炮制的带一丝甜味的精神抚慰剂。

农民到了秋天，心情处于亢奋期。按老辈人格言式的农谚，来安排农事。"处暑找黍，白露割谷"，这个秋收尺码在中国北方非常普及。谷黍是大田早熟的小粒粮食作物，处暑节将至未至，村庄里便洋溢着兴奋的情绪，家家户户早早准备好了秋收的工具。

未曾开镰，田野里即有一哨人马——护秋人。黍子熟了，人惦记，"大老家"（麻雀）也惦记。下午时刻，常看到几百只鸟儿集中在大树梢上，叽叽喳喳地叫一番后，"轰"的一下起飞，像低空一片云散入田地，去祸害庄稼。虽说"丰收之年，不怕鸟儿弹"，但任由鸟儿糟害，人们还是不依。黍穗刚上粮食，护秋人就在地里扎草人、木杆上插草帽、挂花花绿绿的布条子，以假作真吓唬"大老家"。有在地头游动的老头儿、老太太，也常会用木棍敲打庄稼叶，并时不时发出"噢——噢——"的恐吓声。"人鸟争食"，土地上先上演了一出大戏。

接下来，选个好天气，开始初试秋镰了。

黍子一熟，金黄色黍穗弯着腰，天然就是个笤帚姿态，穗头细杪像被梳过一样清丽。人见了都想摸一摸。收黍子，是用短把儿镰刀割穗头，割下的部位要能够完整地保持黍莛儿。一把一把地割下，凑成一个大黍穗头，然后捆上"腰（音yào）子"。收工时，或是用车拉、牲口驮，或是用架筐、背筐运送到场院。黍穗收罢，黍子秸秆照旧直挺挺地立着，"黍丫巴"还透着一星半点的绿。等到人闲了，再收拾它——打黍秸。

黍子进场，"场头"开始忙，他是场院的大管家。黍穗晒了三五天，即开始脱粒。搓黍子是很热闹的一道风景，生产队妇女有的戴草帽，有的蒙头巾，凑在一起十分开心。这项活计，谁都不愿落空——因为能得到扎笤帚的笤帚杪。搓黍子的工具，最好是粗麻石，一把黍子"吭吭"搓几下，摔打摔打，黍粒就全掉了。其次是新搓板，再次是倒扣着的簸箕。这种劳动，常在后半晌的树荫下进行，有时忙碌到月上东山。

黍粒搓了，黍头不见了，笤帚杪拿回家了，黍子粒摊晾在了打谷场上。

进入白露节，就该割谷了。谷子比黍子种得多，坡地、平地轮茬儿，过去品种有大青谷、小白谷、绳头紧、谢花儿黄，后来前几种遭淘汰，谢花儿黄被选为当家品种。种植方式是四垄谷夹两垄黑豆。谷长得高，黑豆矮，便于庄稼地通风，不爱闹"黏（音nián）虫"。俗话说："麦割伤镰吃白面，谷割伤镰一包糠。"割谷虽说不是细致活儿，但也有一些讲究。开镰之前，有经验的老农要到田里转一转，掰着谷穗看一看，看它几成熟，再做决定。而谷子又怕风摇掉粒，熟了就得抢着割。

割谷的镰刀，有两种，大多数用"裤镰"不用"钉（音dìng）

镰"。裤镰头沉，能使上劲，钉镰头轻，容易把镰刀把儿拉劈。谷秸质硬，割起来发艮，割谷使用的镰刀要磨得飞快，伸出腿，能把小腿上的汗毛刮下来。割谷规程，两人为一个合作单元，前边割的负责打"腰儿"、撂好铺子，后边跟上的续堆，给捆上。捆谷的人要"懂事"，他可以使腿顶住谷个儿，下手捆紧，却不能用手来回地揉；揉多了，谷粒也就掉了。收工前，割谷的都要搬谷个儿、码垛。五个一垛、十个一垛，均可。五个一垛，是四个谷个儿谷穗朝上，相互靠拢，上边再顺着一个。这样堆放保稳，又可防小雨淋。谷垛在地里堆放多长时间，没准头，如平地上割谷，当天就用马车运回；如果在山坡，靠驴驮，那就看整体的时间安排了。早了晚了，山梁上会传来"咿咿""哦哦"的吆喝驴声。

谷子进入场院后，可容时间的事项有几种：掐谷穗、轧场、捆谷草、打苫子。但不容喘息，抢种完麦子，即是脚后跟打后脑勺的急活儿——刨白薯和花生。

"秋风萧瑟天气凉，草木摇落露为霜。"刨白薯是在霜降节气。

白薯于昼夜温差大之时，最爱上"体重"。但又绝不能因为它贪长而纵容，遭受冻害；受了冻害，不宜保存。

作为大田作物当家品种，刨白薯既是大项农活儿，又是一个"系统工程"。刨之前，可任由生产队社员"索"白薯叶；割下的叶子晒干，既可食用，又可作上等猪饲料。而后，该拉白薯秧子了。这拉秧有点讲究，要会使"寸劲儿"：左手提着薯秧，右手镰刀刃向上倾斜，照准薯秧基部，"咔""咔"，一下一棵。留下了茬巴儿，而又不能带出"白薯拐子"。带拐子的白薯，刨时好辨认，薯块不容易丢失。割下来的薯秧，先苫盖在薯埂上，待刨到时再扯开，可以预防寒霜侵害露出的薯头。刨白薯，板镐、三齿镐都行，然各有利弊：使用板镐下力沉实，手法灵活，左一镐右一镐，先锼边土，待露出薯块，再一镐抄底将整体薯块兜出，刨时出现的"镐伤"，是将白薯碰伤或切了轱辘儿；使用三齿镐轻便省力，但一镐下去，没刨准位置，容易给白薯块穿眼儿。白薯分为春薯、麦茬薯两类，刨春薯时还略可粗放，刨出来的薯块在地里"趴堆子"，存放几天几夜没关系，而刨收作为"白薯母儿"的麦茬薯，则必须多加小心，避免受镐伤，装筐要轻拿轻放，不得"创皮"，还必须当天入窖。

刨了一季白薯，留给人最深的记号，是手指肚、手丫巴、手掌心染上了的白色薯浆（叫"白薯黏子"），沾了泥土，一个个黑点儿十天半月都抠不下去。

现在已作为瓜果蔬菜，被营养学家推为营养首选的白薯，因其产量高耐储藏，灾荒年月能抵御饥荒，故而在漫长时期的大半个中国，一直被当作"保命粮"，北京地区百姓土话有"大挡饿"之称。农民对它是爱恨交加，一日三餐，活下来靠它，吃得头大脖子细、腿脚发软、胃里冒酸水也是它——其功罪谁人评说？

寒露节，乃刨花生。待花生叶一小半都干了，为收获期。它刨早了不行，刨早了出"胖妞子"。辨别花生成熟与否，须先看叶子上斑没上斑，叶子花花点点上了斑，说明该刨的时机差不多。再刨几棵验看，检验花生壳上面的麻坑，麻坑清晰为适度；一把湿花生抓在手，剥开了看，是否有三分之一以上的花生壳"挂里子"，壳内有黑印证明花生粒饱满成熟。刨花生，选用三齿镐、四齿镐，刨下一镐，让花生秧在镐齿上哆嗦哆嗦，抖一抖沙土，然后提起整棵按趟放下。刨花生和刨其他掩埋类作物不同，无论怎样努力，都刨不干净。即使再用小锄细心翻几遍，来年都会遇见失落的花生果——这自然带给农村小孩儿奔向田垄拾花生的乐趣。

农民世世代代自称"土里刨食"，农田里名堂各式各样，把一切衣食之源统称为"刨"，着实附有心曲。虽则统称为刨，但具体叫法又不一样：砍玉米秸，说"锗"；收玉米棒，说"掰"；收高粱，说"扦"；收黍子，说"找"；谷子上场，下一工序说"掐"；棉花，说"摘"；麦子，说"割"、说"拔"；芝麻，说"杀"；白菜萝卜，说"砍"、说"起"……每一种收获，都隐含流汗的情节，都牵连农民不同的情愫。搁下这再说，中国农业社会存续了几千年，历史上贯穿南北的自然灾害时有发生，全天下皆为风调雨顺的好年景不多，在沿袭"靠天吃饭"的旧农业国，庄稼歉收、绝收现象相当普遍。因此，一年辛勤之归宿，"刨"所触及的收获，往往不全都是欢歌，有很多时还有痛苦、忧伤，甚至绝望。"场了（音liǎo）、地光、衣裳破"，纵横农民千秋心酸史。但，也就是因其百度忧欢，铸就了中国农民坚忍不拔的性格。纸上得来终觉浅，田头细观感慨多，农民和农田之间的依存关系，交织呈现的束缚和忍受、顺应和期待，简直就是一部永远读不尽的大百科全书。

从生产队时期过来的人，还记着这样一个场面：拾白薯。太悲壮、太伤感了！人们为了多拾得一筐半筐白薯，早晨天蒙蒙亮，晚上趁月光，于收获过了的白薯田里，一遍遍翻检。新刨开的白薯地像落了一群老鸹，黑压压一片，老老小小起劲儿抡大镐小镐，拼着命翻地。去晚了的人，甚至把白薯须子也捡回了家。人们被饥饿吓怕了！当然，为了多拾白薯，给生产队劳动时，有的社员就做手脚，故意多出镐伤，丢下白薯。学"老三篇"最红火的时候，号召学习加拿大的白求恩，农民经过时事体察，对加拿大的国名以自己的语法注释，从嘴上说出，"往家里拿大的"。后来有灵性人再附和，"家拿大"又调侃成了"大家拿"。"严重的问题是教育农民"，领袖人物这话说得一点儿不差。

农民是先吃饱了肚子，才能够相信理论的。他们以自身体验为判断准则，一切辛勤所得皆以为土地的产出最牢稳、久远，这或许就是自认"土里刨食"的农民的宿命吧。

经纬打谷场

打谷场，也称场、场院。

农业社会，与水井并重，人居不可缺离。

选择在无沙砾、空旷、敞亮、排水条件好之处。

《辞海》为"场"作解：平坦的空地。多指农家翻晒粮食及脱粒的地方。

所在一般配有场房，收存场上专用器具。也供下地者夏天避雨，冬季避寒，守夜人值更，以为安营扎寨之所。

虽不设围墙，也界线明显。

场上使用器具，重而大型的有连枷、扭轴、铡刀、囤圈、抢杈、扇车；小而轻型的有木锨、三股杈、四股杈、哈杈、沙耙、大小撞板、竹扫帚、杪扫帚、大眼筛、细筛、笸箩、簸箕、踏子、抬筐、大绳、绞根、砘子、混子、水缸、磨刀石等数十种。

连枷，《辞海》解释：一种手工脱粒农具。由手柄及敲杆铰连构成。操作者持柄使敲杆绕柄端短轴旋转，敲击铺在地面上的作物穗荚，使籽粒脱落。

扭轴，亦称"碌碡"。长一米余，直径六七十厘米，两侧中心嵌着"海眼"（供旋转的铁芯），带有框架的石头轱辘儿。用畜力拉着，于场上绕圆心运动，是轧场脱粒必须配备的重型工具。

扇车，也叫"风车"。《辞海》解释：一种人工清粮农具。由料斗及调节门、带摇把的风扇、外壳及机架等构成。工作时，摇转风扇，开启调节门，让谷粒及其杂物缓缓落下。谷物在落下过程中，轻质杂物被吹出机外，落下的谷粒由出粮口排出。用于清除谷物中的颖壳、灰糠及瘪粒等。兹将辞书中关键词的解说摆明，食谷受生之我，就要翻一翻农人词典，敛一敛打谷场上的风情了。

一 钢场

未曾打场先钢场。

经了一冬一春闲，雨雪后车轮碾轧，堆物、积肥，打谷场已一片憔容。

麦收临近，头宗要事即为"钢场"。

先拾掇场院。清除一切堆放物，捡走砖石瓦片，让场的环境看着利落。

下面所做是钢场实际内容。

头一项，泼场。用清水将整个场泼遍。场近处挖一个可长可圆存水坑，就近取水。水源地离场院较远，大人无须近前，只有村里孩子听了水车叮叮当当响，跟着水流向前跑，嬉笑打闹着追到坑边。

等着挑水的都是壮劳力，青年居多。见水灌满坑，早忍不住了，扔了鞋，挽起裤腿，围着水坑站成圈儿，扁担不下肩，侧身提筲梁，争抢着灌头一挑水。两只筲咕咚满了，夺路忙奔。脚步轻盈，像踏着琴弦。领着头的，从最远一面开始，由远及近，别人以此效仿。

一筲水洒成一个月牙，洒成了一个弓背，月牙和弓背多了，一片挨一片，又如鱼鳞相叠，一个大半圆扩展开来。来来往往，呱唧，呱唧，随着一趟趟湿脚印溅起来的一片片水花，逐渐均匀地湿遍全场，完成了一个大大的句号。

地湿漉漉，洇透了，趁潮乎劲儿耪场。十几把大锄，或从一面齐头并进，或从两边夹击，或分散瞄向中心点，抻开膀子耪。耪松软了，大场留下道道锄痕。接着，换了平耙，以平耙找平，直到凭视觉觉得修理平了为止。

泼场、耪场，只是和钢场对上榫。以下方为正规其事的钢场。众人抱来头年滑秸（麦秸），铺开，撒匀，金晃晃一片，像是盖了一层鹅黄被。这时，就看把式作为。把式打着响鞭，把一两头大牲口拉的扭轴赶过来，他把缰绳长长的一端拴在里手牲口笼头上，一端挂在自己肩上，开始了周而复始的滚轧。以他为原点，缰绳为半径，一轮一轮，由大及小，反复画着同心圆。随着圆周缩小，散乱滑秸轧伏实了，新场也就钢完了。之后，众人敛走滑秸，光溜溜、平展展，光洁如镜的场面显露出来。

钢场的目的，是把沙土压下去，打出来的粮食才干净。

光脚丫在新场上走一走，凉丝丝，心里舒坦得很。

二　麦子进场

盼啊盼，盼到了麦子进场。

绕过桑树坟，头一辆拉麦子车越来越近。马车装得有技巧，上宽下窄，虽然像座山似的高大，大绳勒紧了，并不显十分摇晃。麦车顶上趴着一个跟车的，向前打量。路好，道平，牲口和人松心。

头一日拉麦子，车把式已然做了装扮。驾辕的白马前额挂着红穗，把式的鞭子加了红缨，鞭鞘也换了新的。把式愈显精神，吆喝声洪润，甩起鞭子"叭叭"作响。

一辆车就是一道风景，一群孩子高兴地追逐，车把式两腿劈开，站立车辕，昂首挺胸、威风八面。

场头指挥，车把式一声："卸车了！"七八个人扛着杈子围了一边，把式和跟车的解开了驳棍，松了绳子，撤出了绞根，几把杈子一同插进麦车中上部位，一齐呐喊，多半车麦应声落地。很快将车卸干净，车把式鞭杆一扬，一抖响鞭，马车出场，又奔向了麦地。

场上干活儿，全听场头招呼。场头精通百般活计，掌握节奏，扣准天时，既指引不干"愚活儿"，又保证效率。此时，他已安排了人铡麦根。

两条板凳上搭一块门板，放好一口铡刀。掌刀人站在门板上，铡刀两侧，各立一人。一人靠着刚卸下的麦垛，搬麦牛子（即麦捆）入刀，把住麦根，另一个人把住麦头。

讲配合。递麦牛子入刀的，要使麦牛子紧贴刀根，铡起来省劲。接麦头的往里扔，接麦根的向外甩，对他二人要求，不能让这些东西挡道。其中最累的是摁刀者，不停地探身、压臂、摁刀。运力要足，"咔嚓"一刀下去，必使首尾两断。有的麦牛子大，连滚入刀两三次，方才铡断。摁刀者身形总是一仰一合，就管他叫"磕头儿"。

晚上卸了最后一车麦子，要将当天麦根运到大粪坑。先往那里卸，泼水、压土、倒大粪，造肥待以后。秋天耩麦子做底肥。顺脚清除麦根，当下是避免混淆，便于打场脱粒。

一眼观三，农人做的活计遵循有道，是有程序的。

三 摊场

摊场要来好些人，但多半不是主要劳动力。

非主力社员来了是摊麦牛子，扯麦腰儿。扯开了麦腰儿，把麦头往里扔。显见散开麦头多了，主力社员用抢权一车车推走，分散到场的四面八方，成为一片片的麦堆，再用木权挑开，摊匀。

摊场很重要，关系到轧场效果。它不是随意将麦子抖开就行，要使它们互相支架着、蓬扎着，让阳光照射透。上边太阳猛晒，下边热气蒸，能听到干透的麦秸秆爆开声。如果摊不好就轧场，麦粒不容易下来，麦鱼子就多。

过去，小家主种地，麦子少，也缺少场。晾麦子，在院里晾，脱麦粒用搓衣板垫着搓。家庭妇女挽着袖子，吃了早饭、中午饭就搓，胳膊被麦芒扎得尽是花花搭搭的小红点儿。过麦秋，怕阴雨天，每天都是由院里把麦子盘到屋里，过后又将麦子盘到院里，盘来盘去，那份勤苦，过来人想都不愿意想。

摊场的活儿适于有耐心的中老年人，不适合青年，青年干不痛快。干完了又像什么都没干。歇也歇不了多会儿，总得要翻场。一行人持木杈一字排开，一个跟着一个，把摊开的麦子从一侧翻到另一侧。一回回翻过，抖搂开，越是在中午，越是紧干。

晒了一天，还没晒好，到晚上就要堆起来，苫上。苫麦用苫子和苇席。苫子是谷秸和麻筋打成的。秋天拣粗的谷秸选出来，叫"苫子秆儿"，打苫子时候，在场地两端各钉两个木橛，橛与橛距离大约两拳宽，纵着拉两道细绳，沿细绳铺麻筋，一回回放苫子秆儿，一根根用麻筋紧勒，绕个扣，终而成了平时捆着、用时打开的苫子。闲置忙用，苫麦垛，苫子顶管用。若有新席旧席，一并也用六七领。

四 轧场

轧场那天，所有能干活儿的几乎全来，如临一场决战。

牲口要喂饱，打场用具要备齐，赶牲口、放轴的，要给送饭。知道把式辛苦，过去地主要管一顿烙饼摊鸡蛋。

响晴的天，全体杈子上阵。麦子早晨摊开，隔一小时翻一次。麦秸晒得嘎嘣嘎嘣响，白光闪耀，明晃晃刺眼。赤脚入里，麦秸烫脚。

将近午时，轧场了。

一盘碌碡，一犋牲口，加上放轴的和赶鞭的俩人，一个工作单元，叫作"一轴"。有条件的放三盘轴，差的放两盘轴。就像推碾子似的，一步压一步，转着圈轧。

碌碡，选最粗的，一个五六百斤，像个老牛腰。

最开始，人和牲口都特别累。挑起的麦秸两尺多高，特别暄，人和牲口走不动。赶鞭的"哦""哦"轰赶，放轴的斜挎大绳，拽着腰跟着转。暴土扬尘，灰头土脸，啐出的吐沫，擤出的鼻涕，全是黑的。只剩挂着尘土的睫毛下的两只眼，还闪光。

歇人不歇马。人累了，口渴，可以替换下来，喝喝水。拉碌碡的牲口，不能歇，一干到底。

暄腾麦秸轧平了，就省劲了。中途用杈子挑两遍，抖一抖头遍粒。底下的受力小，把底下的翻上来，挑松了麦秸再轧，剩余麦粒再轧一遍，就轧得周全。

估摸四个钟头，全轧透了，场头扒拉开麦秸看看。自己点点头，认为行了，该起场了。

牵出牲口，卸了套，先拉出去打滚儿，解解乏，打两个响鼻儿，算给它解放了。大黑驴体壮膘肥，浑身油亮。黑家伙一见青草，就昂着头直叫。它先仰脖子，后撅尾巴，叫起来"儿——啊，儿——啊"

吼半天，难以喝止的叫声比马的嘶鸣还震耳朵。再渴也不能给牲口饮水，当时饮会炸肺！

轧好了场，起场。

起场是糙活儿，也要求细致。每一杈子，上下抖搂，抖净麦粒。将麦秸挑成一堆。挑走麦秸，场上剩下一层麦粒。归拢麦粒，不可使竹扫帚，用杪扫帚。扫不动了，用撞扳推。撞扳带两个矮木轱辘儿，伸出十数个大象牙似的长齿，像古代兵器滑车的抢杈，推麦秸最顶用，省了一杈杈跑。沙耙的形状虽像平耙，但耙子齿微翘，耙起来，齿尖不划地，用项为搂麦粒上的浮遮物。麦粒聚成堆，苫好，就等风了。

搂走了麦秸，要打垛。盘算好麦秸数量，打好底子，最有经验的一个人站在垛中央，接应四面挑上来的麦秸，一杈杈地续，打匀、打圆。一层层加高，最终成其两三人高、上大下小的圆垛。供垛的人，一边往上扬，一边清理垛身，使之成为美好造型。

五　扬场

扬场是一件技术活儿，除了把式，另配备俩人：一人供料，一人打料。一组人员，都是干活儿能手。

把式是主力，用簸箕扬。他经验十足，到了半下午，树梢一动，见起风了，风不大不小，正合时机。韬略从他褶子眼里射出，纵观了场地，扬一簸箕试试风向、风力，就定好主意往哪一边扬，该使用多大力，像诸葛亮借东风那般运筹。

供料讲究手头准，扣上一锨正好大半簸箕，扬起来合适。

把式"丁"字步站好，侧过手接料，双手从左下腰间抢出去，腰、臂、腕、扭、抢、抖，一系列动作浑如一体。姿势舒展，神情既庄严又自若，是一个农人技艺的完美展示。逆着风扬起连毛带戈扎的麦粒，在空中画出弧形，既澎湃又轻盈，像彩虹般美丽。微风穿透彩虹，带走碎壳、枯叶，干净麦粒自然落体，"唰唰"声里在地上形成了一坨，饱粒在前，瘪粒在后，麦糠、麦鱼子各落一边。臂参三昧妙，足落五云齐，观摩诗境中人姿态，可否这般比拟？渐渐，麦坨增宽、增厚，像一条很美的晾脊大鱼，平静而卧。

风是完成任务的中介，是必须借助的力量。没有风，扬上去的麦子整起整落，等于白干，吹不走杂质。风一停，必撂下木锨和簸箕，静静等候风来。这时候，最能催醒人的意识，过去农人进庙烧香，为何祈求风调雨顺？得及时雨，庄稼长得穗大粒满；丰收的庄稼收回来，就需要风调。风遂人愿，轻轻吹着，人扬场不高不低，轻轻省省就拿到了纯净粮食。

打料者使用杪扫帚，扮装将帆布口袋或者麻袋底儿窝成三角，三角套头上，后身罩口袋皮。这么做，头部就能躲过麦子雨袭击。在飞扬的麦舞中，把扬远了的麦粒归拢，把麦穗、麦鱼子分离，轰出去。

分段掐开。麦子、麦鱼子、麦糠，了了分明。

麦子扬场很脏很累，可是一众人，从未听得说脏说累，麦粒堆起的金山就是无限的喜悦。喜悦早将疲劳赶跑了。

最后，大眼筛子筛麦穰子，细筛子筛麦鱼子。拿麦鱼子，又看把式手艺。会筛的，三五下，就能使麦鱼子在筛子上集中成小碗那么大一堆，一捧就干净了。

打第二遍场，又一个轮回，程序同上。拆了垛再轧一遍麦秸，回收麦粒也收集垛底、场边、场面上的土麦子。

麦子打了两遍，已无挂碍。趁人力充足，顺手就把再垛起的麦秸垛封顶了。封顶，边摞麦秸边踩实，麦糠弄泥，大铁锨往垛顶扬，大铁锨拍，摊大饼，抹一巴掌厚。麦糠俗称"阴阳瓦"，麦糠泥不裂口儿，下多大雨，斗笠形麦秸垛都不渗漏。保护好麦秸，也是一项产值，冬天当牲口饲料，春天供社员所需。当年盖土坯房，房顶压箔、垒墙、搭炕，压箔脱坯全是和滑秸泥。坯分条子坯和方坯，垒墙用条子坯，搭炕用方坯。方坯，二尺四寸见方，条子坯是方坯的一半，一尺二寸，全按木匠尺计算。用滑秸由生产队长批条，向出纳交钱，保管员过秤，每百斤两三块钱。像垫鸡窝的一星半点就不收钱了。因为大家需用，封顶就很仔细。远处看，场边耸着尖顶隆圆的麦秸垛，像个大花盆。好看。

这些全部完成，收拾家什入库。

六　抢场

麦季，叫"龙口夺粮"，雨水多。

哪个麦季，都不会一帆风顺，都有抢场事情发生。

老辈人曾经讲，过去麦收季节常遭雨袭，短则罢了，若一连几日不开天，牲口槽也长出了蘑菇，把农人愁坏了，用笊篱捞麦子，虽不经常，也不罕见。

天有不测风云。麦子正午摊在场上，人们干得正欢，一阵狂风大作，传来几声闷雷。风是雨头，眼见西北天空黑成了锅底，闪电舞着金龙，乌云像飞奔的野马，卷过来。

电闪雷鸣，场上人赶紧收拾！抢杈、木锨、大小撞板交错，人都带小跑。看场老爷爷，赶紧搬来了苫子。

家里人知道遇上情况，撂下吃奶的孩子，撂下喂猪的泔水盆，门都不锁，一个个颠颠儿地往场上跑。

刚降落的雨点稀。接着雨点大，落地摔开像铜钱。随后为风裹着的倾盆大雨。草帽被风刮跑了，雨衣被风撩开了，雨水直浇身体。湿衣服紧贴身上，头发打了绺儿，已无能力分辨出是雨水，还是汗水。

为了夺粮，为了活口，庄稼人豁得出去。

好在还算及时，麦粒未受到损害。

抢过了场，雨还下，人们走不了，挤进了场房屋。几十口子人，没处坐，一个个站立。男人脱下褂子拧水，女人两手捋头发、揪开汗衫透风。男人馊汗味呛鼻子，女人体香味幽幽，香的、馊的，杂味充满了一屋。

房檐流水，成了帘子。半桩小子禁不住屋子闷，挤门口看雨。"哇，下雹子啦！"一声呐喊，屋里人一惊，有的看，有的不看。蚕豆大冰雹，雨水里蹦高。

倏地，一股凉气上身，湿身子起了鸡皮疙瘩。

雨停了，个个水鸡子似的回家，街道已成河，河水漂着麦糠、麦鱼子和麦秸秆，河上飞着"黑老妈儿"。

七　麦场风情

麦子上场忙碌、纠结，不假，但也不是无闲话可说。

多少辈子传习，麦场延续麦场快活。

麦子打好，装麻袋入囤，小伙儿来扛。一麻袋麦子二百斤重，两个年纪大的人抄手抬起，小伙儿探身，其中一人拟一把，麻袋立于单肩，称"立肩"。若使重麻袋横亘脖颈，称为"卧肩"。小伙儿可以单手扶，也可以不扶，麻袋稳稳而立，走起步来像唱歌一样轻松。这么棒小伙儿，姑娘心仪。说不准入了寒冬，那贴着艳红"囍"字的房舍，会是她嫁去的地方。

场上净了下工，小伙子们比力气，抠磙、翻碌碡。赌抠磙，在磙盘蹲下身，脚尖踮起，两手抠磙底，看谁有力气能使磙换大砣。几个砣，往往指向千斤。赌翻碌碡，挑选像老牛腰那样的，五六百斤，看谁一努劲，将躺倒的碌碡竖起来。下巴颏儿啃着碌碡石，脖子青筋暴流，胳膊三角肌聚成了青蛙，屁股给力，大碌碡便竖了起来。精力充沛的青年，以这样的方式增强体魄，不枉是庄稼人子孙。

光溜溜场上打几个"二起脚"，拧几个"旋子"，来一圈"蝎子爬"，翻几个跟头，甩一趟"纺车儿"。张三、王六、郑石头、翟大毛就此"习武"。

嘿嘿，月光下的麦场还是青年谈情说爱的净地哪！先问你见过月亮场吗？那太诱人了。月亮从东坡树上露头，树枝还遮挡一些，只一小会儿，冰盘大的一轮月悬于天际。月表亲亲蔼蔼，看得清晰，就觉得它离得近，迎上去能抱住它。月亮场好白啊，一地皎洁，让人不忍心踩。明月当空，银河恬淡，还有什么环境比得上这里圣洁、静谧？传来了笛声，一曲接着一曲，《五哥放羊》《三十里铺》《沂蒙山小调》《唱得幸福落满坡》《喜洋洋》，笛声悠扬，等着心上人到来，也说得上"吹箫引凤"吧……

小东西凑热闹，自不一样。很多动力气招式他们不会，就滚铁环、抽"汉奸"，就支起架子摔跤，就在场上打滚儿，拍手唱儿歌：

打、打、打蒙儿场，

你放猪来我放羊……

还有两个人玩的游戏，叫"背缸盖"。俩人背靠背倒钩胳膊，背起另一个离地，念一句，颠一下。头几句是一齐念："大缸盖，小缸盖，胡萝卜缨腌咸菜。又好吃，又好卖，老牛打水——卧下……"念到此处，俩人蹲下，对白。一个问："地下有什么？"答："有井。"问："井里有什么？"答："有蛤蟆。"又问："蛤蟆怎么叫唤？"同叫："咕呱！""咕呱！"俩人背靠扣手站起，重来一遍，还是一个仰身一个驮，轮流颠。

有生古小子，轧场时混进场，捉弄赶鞭的。见赶鞭的往外手轰牲口，瞅准机会，提前喊：

"谁是儿子？"等来恰是赶鞭的吆喝"哦、哦"。孩儿们就乐，大人笑。见到铡麦根蹦出了青蛙，"我的、我的"，追着抢。

看场老爷爷端着烟袋锅，蹲在场房门口台阶上，乐得合不拢嘴。一根艾蒿绳的青烟，拂着笑纹。

老爷爷也爱传授气象知识，每每在"歇盼儿"时候，一一讲起。"早看东南，晚看西北""小龙斑，不过三，大龙斑不过天""山戴帽，雨来到""晚霞没有雨，早霞不出门""水缸起裙，大雨淋淋""天上钩子云，地上雨淋淋""蚂蚁过道燕儿低飞，庄稼佬不信拔艾蒿""雹走老路"……一套一套。老猫房上睡，一辈传一辈，老爷爷的知识是从他爷爷那里得来的，他又传给下一辈。

还要提及两样，一是参加打场的人，与其他处生产环节不一样，空身来，空身走，所有农具都寄放在场院，直到封场。二者，对于种子粮的处置，要单打单放，不能暴晒，要晾干，精心保存起来。

八　大秋来了，掐谷分谷

三夏不如一秋忙。

麦秋忙，忙得集中，忙得心急如火，时限不算长。这赶三关似的忙，是一锥子见血，忙得痛快；而大秋的忙，忙得没完没了，不入冬，不算完。

入秋之后，暑气渐消。小风一刮，水汽杀得特别快。肉皮干爽了，感觉舒服了。秋风吹动着草，用手一抓，扎手，有骨头了。棵棵小草都顶着小穗，就是"立秋十八天，寸草结籽"，这就白露到了。

庄稼地，成熟的庄稼喜人。扦高粱、找黍子、割豆子、掰棒子、刨白薯、刨花生、杀芝麻、摘棉花、摘柿子……直至打黑枣儿，捆秫秸，项项跟趟儿。

毛驴驮谷子下坡，人背豆子下梁，马车拉玉米、高粱登场，轻快明朗。

田野越来越通透，留下树叶的绿，酸枣儿的红。花帐子似的庄稼奔了庄，进了场，那场院就色彩斑斓，气象万千。

各路庄稼进场前，场头老爷爷已经用心。哪种庄稼适合放哪儿，以及前后顺序，占场地大小，早已成竹在胸。大秋上的场院，重重叠叠，却不再有麦收时节的硝烟弥漫，反而多了几分惬意和悠然自得……

今年谷都是活秧，谷穗沉甸甸，重得打手。掐谷消息传出，各户都知道了。

这是一个晴朗的早晨，晴空如洗，天边没有一丝云彩，太阳从坡嘴上爬了上来，马上就散射出美丽光彩，鲜亮鲜亮的。不期而然，场上聚拢了能抽出身的几乎全部家庭妇女。手指上挂着爪镰，胳肢窝夹着板凳，仨一群俩一伙，叽叽喳喳，聊着家长里短，等着掐谷。

场头大叔出现了，他顺手一划，跟着言道：今天掐谷都在这边。专人搬运，大小搭配，每个谷记一分半。发谷记数，收工清数，晚上打工分条子，一天一清。干草放整齐，谷要掐干净，捆草时瞅见没掐净，返工。丑话在先，大伙儿别伤和气。进行了一番叮嘱。一开始，巧手巧口的妇女，一边干活儿，一边打嘴仗，引来一片笑声。到后来就鸦默雀静，个个暗中攒劲，一天的活儿，半天要抢完。开场头一天，来个嘎嘣酥脆，干出个开门红。掐出的谷穗，用平底荆条筛子抬走，晾到太阳底下，占地越来越大。俩仨男劳力，扬着桑木杈，围着谷穗堆，挑来挑去。

那边，场头和生产队长交换笑脸，蹲着说悄悄话。大叔嘱咐队长：收了的黍子怕伤热，伤了热，黍子就不黏了……

两天后，一捆捆干草在场边码成了堆。

谷穗也晾透了，摊成片，有半尺厚。轧场把式套上牲口，挂上碌碡，一脸豪情登场。赶鞭的"哦，哦"，轰赶牲口。

轧谷比轧麦子轻松多了。首先，铺得薄，碌碡转几圈，就不喧了。牲口走着不累。其次，谷穗干净，不暴腾。再则，秋天有风，也不太热。

轧谷时候，也要不断地用杈子挑挑场，抖搂抖搂。俩仨钟头以后，谷粒子在地上已厚厚一层。谷穗变成了谷挠子。

场头看好了，让把式停下，叫他顺势把碌碡拉出场，牲口卸套。场上干活儿的人，听了场头一声招呼，一拥而至，撞扳子、木锨、扫帚一齐上。归堆的归堆，筛的筛，扬的扬。俩仨钟头，谷子、挠子各归了堆，把谷挠撒在不碍事的地儿。这还不是谷挠沤粪的时候，得打二遍落穣，它就该去垫圈、沤肥了。

从轧场开始，生产队长一直盯着，保管员拿杆大秤，场边等。会计抱账夹子，在树荫下看。各家各户代表，拿着口袋、攥着口绳，陆续往场里集中。

队长、场头围着粮食堆，估摸分量。会计扒拉算盘珠，按队长说的核计。一切商量好，队长宣布：头场谷按人头，每人分二十五斤。以下会计打开账夹和印油盒，社员拿着手章，在分粮表上摁章。保管员端秤，老农代表监秤，进行新秋分谷。

谷子不像黍粒滑溜，粒也略小，但小米干饭、豆面拉拉鱼汤的香味，早已透进老老少少的胸腔。

九　豆子之属

秋场，轧场取粒的作物不多。

除了谷，较大宗的是黑豆，农村也叫"料豆"，牲口饲料。今天推崇为黑色保健食品。

它比黄豆粒小，略扁，产量不高。植株矮，适合与谷间作，使谷垄透风。根瘤菌肥地。挂荚密，耐贫瘠，耐干旱。喂牲口，牲口膘肥毛亮，不上火。以人力畜力为主的耕作年代，黑豆几乎满山遍野种植。春天下过雨，野生豆芽到处都是。没多少人吃，只有野兔子嗑它。

长得好，通身是荚。割时别生攥，扎手。顺着豆荚轻拢，一铺铺摺地。除非特别干，不爆荚。

轧黑豆，一般先晾。太阳晒，小风吹，两三天豆枝就干了。套牲口轧俩钟头，头遍就行了。过大眼筛，豆秸棍、烂豆叶清除。扬场，和麦子一样打料。晾干了，生产队长、保管员、会计、老农代表一起检斤入库。生产队一般要储存两三千斤。这是上账的粮食，专供大牲畜。亏人不能亏牲口，牲口是人的指望。

黑豆秸太硬，像木棍，除了烧火，就是铡碎了沤肥。

绿豆熟透，容易爆荚。爆了荚，豆粒蹦落，空豆荚拧成麻花儿。有的先摘豆角，后割秧。趁早晨潮乎时候，一铺铺叠在驴驮上，驮回来在场角先摺着。隔一两天用杈子敲打一遍。扫了豆粒，晒干簸净，每人能弄个四两半斤。

豇豆，秧儿卷着运回场。含红粒和杂色的豇豆荚稀，也不爱爆，却不少占场地。脱粒靠轧，豆莟挠牲口爱吃。

种豇豆，为了春节蒸年糕。

十　高粱、芝麻

高粱，不多种，年年要种。

山区，半山区，主要种白高粱。粒儿白脑门露在外，黑屁股包着一半，外号叫"黑老鸹翻白眼"。

这一品种高粱，穗儿散，粒儿不掉。米涩，主要为煮粥吃。

种高粱，用途在于秸秆。用项：其一，穗头能做日常物件。其二，取穗下一截"格挡儿"，穿锅拍儿。其三，用高粱秆构筑器物。这方面含搭白薯炕铺底、装棒子勒"拘帘儿"、勒箔。过去土房子，不使用椽子，捆秫秸把子，这高粱秆能保一百多年。其外，糊顶棚做龙骨，白事糊车马，也以这秫秸做骨架。

高粱由地里扦回来，捆成了大高粱头。打开晒，长长秆儿，通红穗儿，绽开一片，格外引人高兴。队长敲钟，喊："掐格挡儿啦！"各家各户蜂拥而至。到场里一穗一穗地挑，秆直的、穗正的，择在一边。搓了粒，按粗细分类，掐下空穗，用来绑炊帚、笤帚，撅下"格挡儿"捆好，上下绑两道，防止以后变形出弯。到家挂房檐下，风干后，入冬有了闲暇，剥格挡儿，穿锅拍儿。过年包肉馅儿饺子，放在黄绿相间的锅拍儿上，更加诱人，更有年味儿。

不论红高粱、白高粱，用途相似。一种巴勾儿高粱，穗下垂，像个钩子。粮食困难时期，还推广几年青粒多穗高粱，长不高，种得密，一根秆结几个穗。穗儿短，出不来格挡儿，只一样得少儿喜欢，甜甜的秸秆。秋天捆把儿撂入白薯井，一冬春都当嚼甘蔗，美滋滋无比。

通凡，高粱拔地，喜欢水肥，没粪长不好，产量也不高。而从沿袭上考虑，总得要种一些，给社员提供方便。

芝麻进场，扫一片干净地，先一束束立着，戳起来。等芝麻干了角儿、爆开得多，将它头朝下，用镰刀头往大笸箩里敲打，投一次两次就行。以后再投，就为黄漂子、瘪籽了。出不了什么油，徒增酱渣子。

芝麻秸，四棱形，与芝麻荚断面相似。用项，烧火合适，其外，就含在了民间故事里：过去，大年三十，每家每户要在院里撒芝麻秸，不单图吉利，也为控小人。防的是姜太公媳妇"八叉神"（也就是掌管蝗虫的神）。姜太公未出山前，命运挺背，卖白面被大风掴了，干别的也不行，仰天长叹，老鸹屎掉嘴里，媳妇看不起。渭水河边钓鱼，直钩，媳妇看了生气，用牙给咬弯了，一会儿钓上很多鱼。太公生气了，以后就不理她了。姜太公掌握了封神大权以后，媳妇也要求给她一个名号，不封不成，太公就封了她一个"八叉神"。每年除夕夜里她偷吃偷喝。为了防备，院里撒芝麻秸，一踩就响，为吓唬她，也为警示外贼。

十一　砸棒子

棒子拉进场，像小山一样堆起来。

砸棒子前，剥皮。剥棒子皮，是个大活儿，需要组织人力。时间弹性，不必按点上下工。老人、妇女、儿童、放假学生闻讯，都见缝插针地来了。这活儿简单，从棒子尖撕个口，两手向下一捋就到底。嘎巴一掰，金黄玉米甩一边，玉米皮扔身后。转眼间各自身旁出现一抡小金龙，剩余的未剥玉米堆像开采了矿山一样，去了一条、一角……

一天过去，生产队长带领两名妇女，用大眼筛计量工作量。一筛子记两个工分。快手一天可挣二三十工分。

玉米剥完了皮，清场，摊开晾晒，入槽子，入拘帘儿。待风干后，用棍子砸、镩子镩、手剋……

砸棒子，有个演进过程。单干户时，给玉米脱粒，用穿锥镩，用穰子对着啃。速度太慢。后来，生产队把棒子装进口袋用棍子敲，这又费口袋。久而久之，就变为大场上整砸了。

这时场里热闹。生产队长把当天要脱粒的带轴棒子分给大家，上秤约，按脱粒重量记分。每人争取多少，各自量力。干活儿狠的，一天能砸出一千多斤，连续数日，累得胳膊抬不起来，手不能端碗、拿筷子。

砸棒子，棍子太轻不行，要用碾棍、镐把儿。所经程序，把堆成堆的棒子轴噼里啪啦一通砸；砸平，再归堆，再砸。直到玉米粒和棒穰子分开。干得快的抢大眼筛，筛粒子，留在筛子里的碎块儿，堆堆再砸。

深秋，天短。三四点钟完活儿，装麻袋入库。

棒子豆晾干，上牙咬"嘎嘣、嘎嘣"响，就算干透了，社员提着大口袋、小口袋，推着小推车来分粮。

分粮耗得很晚，最后用手电照亮儿看秤花儿。可生产队制度，不论多晚，分剩的余头，当天要检斤入库。这个作风，这份责任心，今天想来，都令人钦佩。

十二　涉趣儿

场里的活儿，一样样弄利落了。七零八碎粮食分完了。地里黑枣儿打回来，未咧嘴的棉桃摘回来，晒场边，一季的活儿就算干完了。剩下来的活儿，少许人铡垫脚，铡饲草，沤肥，打苫子。油坊、粉坊相继开张。

场里干净了，并不萧索，初冬之际，呈一片温和。四周麦秸垛像花盆，谷秸垛像城墙，碌碡像卧牛，扇车像骏马，都很好看。

天赐这么称心地儿，留着"木梳背儿"头的孩儿，盼久了。

到场上玩。藏蒙哥儿，甩龙尾儿，磕房子，弹玻璃球，拨洋人儿……大呼小叫，追追打打，给场里麻雀搅得飞上飞下，落不安稳。

丁零当啷，丁零当啷，铜铃铛响，贩运白薯秧、花生秧的骆驼进了场。看见骆驼机会毕竟稀少，孩儿们就停下玩，看怎样给庞然大物装载。来的人自备大杆儿秤，自己捆，自己装。见数量够了，抈了抈别在骆驼鼻子眼上的鼻梁棍，喊"色，色"。刚还站着"倒嚼"的骆驼就低了身，蜷起前边两条腿咕咚卧下，秧子捆挂在它身体两旁，挂得快看不见它了。赶骆驼人往秧捆上爬，滚到了骆驼身，跨在了骆驼两个大鼓包中间的凹槽上。抈抈缰绳，骆驼笨笨地屈腿爬起，昂着头，抬起大脚掌，啪嗒、啪嗒地迈步走了。孩儿们的目光一直追随过山梁，拍着巴掌跳着脚，齐声喊：

> 拉骆驼的向口外，
> 腰里掖着大烟袋……

也有物质收获——

木疙瘩上有蘑菇、木耳。场里粮食垛苫过棚布，坠帆布绳的重物为木头墩。桑木、榆木疙瘩爱长蘑菇和木耳，眼尖的孩子能够发现，战果就落孩子们手里。老爷爷慢悠悠踅过来，满是肯定："炒炒，比鸡肉还香！"

抠半含土里的豆粒。轧过的场，总有零星黄豆粒、黑豆粒、豇豆粒轧进土，半含半露。孩儿们自小受家庭影响，晓得粮食金贵，就蹲下身，各自寻找。有的用指头抠，有的用竹片拨，抠出拨出来，放在摊开的小褂上……别看最终是一捧，家长格外高兴。

翻花生秧，找"老鸹嘴"。花生永远择得不干净，直至铡花生秧，喂马喂驴，都见得到丢下的花生。尤其掩在根里的小花生，或者当时看的"水泡子"，就遗弃了。翻腾它，有收获是肯定的。倘意外翻出一个仁豆儿"骆驼羔子"，更是重大胜利，滋滋美！"水泡儿"干了，皱皱巴巴半个仁儿，可是好吃，黏黏的，甜津津，可香甜啦！边找边吃，剩余装进了小褂兜。上学，嚼几颗跟非农户同学显摆；进家，孝顺爹，孝顺娘，又获一次鼓励。

十三　冬雪谷场

冬雪覆盖打谷场，白茫茫。

麦秸垛、谷秸垛，轮廓明显，可是显得矮了。碌碡半个身，在雪里掩藏。

麻雀串房檐去了，喜鹊也无奈，颠着长尾巴，站黑枣树枝子上，喳喳叫唤不停。

看场老爷爷，枯守冬场。

外墙皮一块块脱落，露出土坯，屋内的黄土墙上揳橛儿，挂着小型铁筛、整绺儿麻绳、晾干的艾草辫儿，屋地摞几个装半下土粮的麻袋，墙犄角戳一杆大秤和一个铁秤砣的场房屋，不生炉子，只烧炕。烧芝麻秸、棉花秆、棒子穰儿，红光照映土坯房，小屋里边暖洋洋。

民兵排到场上训练来啦，攥着木枪，"防左刺！""防右刺！"喊声嘹亮。

"飒爽英姿五尺枪"，老人端详左右，就看头围花格头巾的姑娘面貌美，体格壮。

偶尔来赶小驴车拉麦秸的，给牲口棚拉饲草。也偶尔来背着筐的，掏一点麦秸，去垫鸡窝，或暖小猪崽。奔场来，先去场房屋，烤烤手，与老人说会儿话。

场里不允许放鞭炮。贴近年根，久未回乡的子弟回了乡，家里过足了放炮仗瘾，带着侄儿到场里扣麻雀。划拉开一片雪，撒了粮食，支起细筛子，拉着绳躲在远处。看见了一拨麻雀钻里吃食了，一拉绳，支棍躺下，扣住了麻雀。这个大龄青年的心气儿，与离村前的行迹分毫不差。

仨俩男孩儿来，老人最舒畅。让他们坐热炕头，羊皮袄给裹着小脚丫，把灶膛里煨的烤白薯掏出来，吹了吹灰，分给吃。接下来，给他们讲"秦琼卖马""王华买爹""孙庞斗智""甘罗十二岁做宰相"，讲"鲁班""济公""陈抟老祖""白猿偷桃"，好多故事；还会讲他们爹小时候怎么淘气，玩出什么鬼花样……

小小场房屋，是孩儿们的天堂。小小孩儿啃着白薯，如同含着蜜糖……怎肯离开！老爷爷口衔烟袋杆儿，烟袋锅一闪一闪，亮着红光。

十四　打谷场情思

从我记事就有生产队了。记忆最深切的就是这一时期的景象。

老辈儿讲，我们京西坨里村，京门脸子之地，要坡有坡，要田有田，适宜各种庄稼生长，可旧时光大多数庄稼主儿土地不多，舍不得专置半年闲的打谷场。天然分成四个街，娘娘庙以东为东街，河沟以西为西街，靠南坡为南街，靠北坡为北街。上千户人家，只郑姓地主和出过"武举人"的秦家在十字街心有独立大场。郑家场更大，场里搭棚养牲口，还能供马戏团演戏。其余庄户人家，地略微多的，有的场在村外，有的在坡上，也仅是选一小块儿地，扁巴扁巴，轧平做场。不少人家把庄稼运回家，谷个儿、高粱头堆放院里，以院当场。脱粒用连枷打，用手搓。花生就地摘，玉米就地掰，花生秧、白薯秧、玉米秸就地晾。晾到七八成干，使秫秸打好捆，往家里鼓捣。家家梢门外边，有秸秆垛成的土蘑菇。爱落麻雀，爱钻黄鼠狼。捡麻雀屎擦拭皮肤，肉皮可细啦。

一垛柴草，表明一户人家。外出挣钱的人经年而归，最想望见自家柴草垛，隔老远一望，立时心里火热。老娘支使老爹掏柴草，烧大铁锅，她下手烙贴饼子，闻着透鼻香！

从那时起，又一阶段，合作社变生产队，土地高度集中。我所见八个生产队，每个都有很大面积的打谷场了。

时间咋过那么快，凭我见的打谷场也成了云烟，见不着了！

农业上机播、机割、机打，往昔一切实景，杳如云鹤，无迹可循。

大打谷场彻底不存在了。建了民宅、大厂房，碌碡垒进了石头墙。

收割机"嚓、嚓、嚓、嚓"响着开进麦田，一伙年轻人屁股底下垫凉垫，坐在地边上，崭新的小汽车停在路旁，伸开脚为白袜子、干净鞋，交流着娱乐新闻。等着响过的声音响回来，等过来了就撑开布口袋。金黄色麦粒汩汩地灌进布袋，农机手与青年对应笑颜。这是一幅多么轻松闲适的麦收图啊！这么收麦子，正弥漫在五千年的中国文明史里。"粒粒皆辛苦"一跃进入了"粒粒皆轻松"时代。这是一辈辈躬身弯腰挥汗如雨的农人经久的期盼。十万年前，丁村人遗址没发现镰刀，只有无把儿的石刀，四五万年前的陶寺遗址，才见有石镰，而这已经是进步了。再往后青铜时代、铁器时代，金属制镰刀方自肇兴。这个样式镰刀，延续使用到了我父亲一辈。一次次生产工具的转换，展现着社会的进程、生产力的发展。

生产力改变农民命运，是无可争辩的事实，难解在于，拥有悠久农业文明历史传统的农业大国，中国人的世界观、价值观，原本在很大程度上都与农业社会乡土风俗、伦理道德有着密切关系，而目前这种关系已相当微小。近年来工业化、城市化进程加快，越来越多的农村变成了"空心村"，城市化发展一方面让人享受到了物质化的便利和舒适，另一方面也对中国乡土社会构成了冲击。

农民应该得到更充足的物质上的享受，可我总在担心，农民会失去天然的被泥土塑造而成的精神本质。大地永远是人类生活的背景，古典诗性的营养，古典诗性的襟怀，全仰仗土地。农民离开土地进了城，一如温室里同质化的花草，看着花花绿绿，却由于没有广阔土地的陪衬，显不出原本的茁壮，显不出强大的生命抗体。人虽在，魂没了；落脚点拔了，千百年来土地滋养人的故事也撇得无影无踪。还讲得出来我是哪村人，我还惦记啥吗？

喜耶？悲耶？搅和，辨识不清。

现代机具闯入粮田、棉田，闯入村庄、田野，轧碎的绝不单单是生产和生活方式，它轧碎的是人与乡俗、人与故土的情感。一辈辈所敬畏的天，所镇守的地，所在意的风调雨顺，全失去了关联。

吃粮的不种地，吃粮的不打场，社会大同，农民吃菜也要去菜市场。真的是脱胎换骨了。

新中国第一代孙，尚能回忆出当年景象，能随口说出二十四节气，见中看不中用的形象工程占了田，占了庄，会有那如割自己肉的

"崽卖爷田不心疼"的感叹。第二代、第三代孙，莫说与昔日无情，就连韭菜麦苗也分不清了。忘记粮食和蔬菜的本来模样，更不用说供农作物生长的土地了。在他们这些后人心里，已然轻捷的农业机械还不过瘾，还想着智能化带导航系统的机械出现，对于享受到了的一切，认为原本就是这样。

我经遇的那个时代固然劳苦，生活水平固然低下，可能够感受苦尽甜来的味道，又苦又累，又很带劲。劳苦中有属于个人的成就可述，这样的感受不会再有。土里刨食的一套活茬儿，各种农具，相聚一起劳动的亲和场面，以及自然而然产生的干干净净的持有感，而今已被时间带走，它们回不了家了。

不作他想。"雕虫蒙记忆，烹鲤问沈绵"，三首宋人古诗聊慰心肠：

范成大《四时田园杂兴》

新筑场泥镜面平，家家打稻趁霜晴。

笑歌声里轻雷动，一夜连枷响到明。

孔平仲《禾熟》

百里西风禾黍香，鸣泉落窦谷登场。

老牛粗了耕耘债，啮草坡头卧夕阳。

王安石《歌元丰》

水满陂塘谷满篝，漫移蔬果亦多收。

神林处处传箫鼓，共赛元丰第二秋。

——仅此而已。

金粪叉子银粪筐

庄稼一枝花，全凭肥当家，这句话在中国农村流传广泛。

粪肥在农业生产上究竟占多重位置，唯有正儿八经的农民参得深，悟得透。

有人讥讽别人，常以"茅坑里的石头——又臭又硬"为贬，殊不知茅坑里的石头也有"宝"。就有种田老人论道："一块石头四两油，没有石头你种个屎？"有一个隔年故事说的是：一个不会种地的坏心眼儿人，往地里撒粪时，把粪堆里捡出来的经受粪肥久久浸沤的石块儿扔过地界，本想坑害人家，却给了别人便宜。那家的庄稼长势奇好。他莫名其妙，而深谙此道的人对此并不言语，因为能和石块儿扭结在一起的粪肥，肥力更大，纯度更高。

几句闲言，从一个方面也说明"种地不上粪，等于瞎胡混"的道理。

出身农民的毛泽东，熟知中国国情，他曾以工人农民本色为例，宣讲革命道理。他说："尽管他们手是黑的，脚上有牛屎……"一下子就把泥腿子农民和他们的根本扯在了一起。

没的说，农民和粪肥具有亲缘关系。一年四季，耕、耩、锄、刨，农民为粮食增收而操劳；一辈子，辛辛苦苦，为粪堆涨涨落落，而不懈努力。

农民对于粪肥的认识，是从幼小就着手培养的。春夏日清晨，农家孩儿爱坐在屋门口阶条石上，等着看太阳，他的目光拴在了庭院。眼前的每片树叶都像刚洗过似的，碧绿碧绿，篱笆根草棵，支棱棱的，叶子尖顶着圆圆的露水珠。他用一颗幼小的心灵去感受家宅映现的恬静。只过一会儿，东方天空泛红，太阳从东坡头上冒出来，鲜红鲜红的，像脸盆那么大，特别圆，特别好看，使小孩儿看得入迷。兴许就在这时，家里大人叫着他小名，指着竖在墙根的扫帚说："趁着潮乎气儿，扫地去。"于是小孩儿抱起了扫帚，学着大人样，细致地将宅院漫了一遍。然后，将扫得的树叶、草棍和零零星星的鸡屎归一堆，用土簸箕撮起来，倒到院角的粪堆上。自始至终，未来的庄稼汉沐浴在晨时的阳光里。

这种发生在农民家庭里的儿童劳动，是一种灵魂的冶炼，农家孩儿在启蒙时期即已接受了的"扫帚响，粪堆长（音zhǎng）"的理念，终会影响其作为农民传人的一生。

"穷捡柴火，富捡粪，做小买卖瞎胡混"，农民对积肥的重视，深入了骨髓，每日进行修炼，任何时候看待粪肥都很宝贵。凡街坊邻居看得上眼的庄稼人，离门出户必带粪筐。即使穿一身干净衣，去串亲戚，也仍如是。进了亲戚家，从装着半筐骡马粪的筐里拎出果匣，送礼者和收礼者都很坦然，谁也不会认为礼品搁在粪筐就弄轻了心意。

　　农民旧时捡粪的家什，因地区不同，用具也不尽一样。一般山区用背篓，平原用背筐。所搭配的工具，背篓用粪勺，而背筐，则粪勺与粪叉可以兼用。使用背篓，虽然背篓在身后，粪勺扬起来从头上掠过，很不方便，但熟练了，捡起了粪只需半侧身，篓子稍微一扭，就把一勺粪蛋投了进去。到了冬天，捡粪工具的效能更显出区别。冬天的粪容易上冻，刚还冒热气的马粪，不一会儿就冻在了河滩或土道上，挂一层白霜，这时候使用粪叉就得先用脚把它踢活动了才能捡起。而粪勺则具优势，硬铁片卷成的粪勺可以"当当当"地砍，不怕粪冻。一同捡粪，也因年龄差异，捡多捡少很不一样。小孩儿腿脚灵活，比较沾光。见马车从眼前过，不论年纪长幼，都尾随其后，看见大骡子大马撅尾巴，就谁也不顾谁，奋力去追。见了新牲口粪，你争我抢。年老的人使用工具已不灵便，就干脆俯下身用双手胡噜。小孩子们嘻嘻笑着，一路小跑跨过老人边界，颠达着小背篓，去拾前边的一溜。有时小孩儿兴奋劲上来，追那没屙过粪的马车，能一直追出几里地。

　　应该说，新中国成立以后很长一段时期，国家曾将积肥作为了一项全民运动。有据可查，1957年9月24日，中共中央、国务院做出《关于今冬明春大规模地开展兴修农田水利和积肥运动的决定》；1958年12月10日，中共八届六中全会通过的《中共中央关于一九五九年国民经济计划的决议》，专门将指导农业的"八字宪法"——"土、肥、水、种、密、保、管、工"写入正式文件。之后又发布一系列有关积肥造肥运动的指示。由中央直接号召，发动全国人民积肥，这在新中国历史上无疑是空前的——很有可能也是绝后的。此一时期，曾任北京市委农村工作部长、北京市委副书记的赵凡，在全市工作会议的动员报告中，将造肥运动的任务、指标、方法、措施等，分解得非常详细。用典型引路，会上还表扬了京西矿区双涧子社马家铺村提前完成每亩积肥一万斤的任务，东郊区南磨房乡十九名乡社领导干部积极背粪筐，利用一早一晚到各村布置工作的机会沿路捡粪，短短七天捡粪四千多斤……

无独有偶，京西南房山县，县委书记李明、县长曹庶民，骑自行车下乡工作，每个人的自行车后架都挂背筐，去到哪儿捡到哪儿，把捡来的粪归入就近农田。"背筐书记"和"背筐县长"，他们的模范行动，至今人民也没有忘记。

"以粮为纲"年代形成的重视积肥的风气，延续到20世纪70年代初期。那时的基干民兵、共青团员特别发挥作用，冬天天还没亮，就有积肥小组的团员、民兵拍各家梢门的声音，挨家挨户敛尿盆，倒出来的尿液抬走去灌冬麦地。哪家拆土炕，清出了炕厢土；哪家扫房，扫下房梁土；哪家打扫炕席，扫出炕面土；哪家拆老墙，拆下大土坯——甚至锅底灶灰也算在了内，不用人去召唤，都有青年帮助出力……一切为了生产队的庄稼有个好收成。

——那真是一个人心纯洁、积极肯干的年代啊。

近时被人看得起的有机肥，是与以矿物质为原料、化学工业生产的无机肥相对应的概念。有机肥的产生，来自人类生产、生活环境中的衍生物质，在中国统称"农家肥"，乃天然有机质经微生物分解或发酵而成的一类肥料。它包括绿肥、人粪尿、厩肥、堆肥、沤肥、熏肥、沼气肥和压榨粮油的残渣种种。农田依赖有机肥，我国过去就有"地靠粪养，苗靠粪长"和"土换土，一石（音dàn）五"的说法。它的主要好处，是增加土壤的有机物质，熟化土壤，培养地力，起到土壤改良的作用。有机质的含量虽然只占耕土层的微数，但它是土壤的核心成分，是土壤肥力的主要物质基础。有机肥料对于稳定土壤的结构，为土壤中积蓄能量、酶、水分，通气和微生物活性等都起到十分重要的作用。

"米、田、共"，中国古时候将三者组合成"粪"字，是可以会意的，它形象地表明了粪与米、田相互依存、循环的关系。谷道轮回，没有粪肥臭，何来米粮香？这也是农民由生存体验得出来的又一条真理。

此间也要说明的是，在农家肥名分下，只依靠人力户外拾取及收集家庭生活垃圾为肥源，虽是农人之所为，但天然数量毕竟有限。若保证大面积农田足够使用，就必须扩展肥源，扩大战绩。由人的主动行为，产生大批量的肥料有沤肥、堆肥和棚圈（音juàn）肥。

沤肥是人工造肥的主要种类。它的基础物质为作物秸秆、根茬和野生杂蒿。此为前辈农民所信守的"秸秆还（音huán）田"的造肥方法，完全是取之于自然，回归于天地。夏季沤肥，原材料以麦根为主，辅以黄蒿，统一铡碎入粪池沤积。冬季沤肥，主原料只为铡碎的玉米秸。铡秸秆用铡刀，一般老小配合，优势在于小青年劲大、老头儿稳重。惯使力气的小青年立着身，一仰一合，只管摁刀把儿，老头儿就蹲坐在铡刀边，负责往刀口续料。因为铡秸秆容易起烟尘和碎末，入刀的老头儿一副武士打扮：头上系粗布风帽，脚上扣鞋罩，胳膊戴套袖，裤腿扎得倍儿严。他掐一把整玉米秸入刀口时，还要在刀床上滚一下，使秸秆紧贴着刀床顶端，便于摁刀者用力，铡出来的碎秸二三寸长。老年人的手头上有准儿，青年人的臂力有劲儿，"咔咔咔"，只闻铡刀响；"哗哗哗"，但见碎秆流。铡出来的碎料成了堆，车厢带栅栏的马车就把它运往沤粪坑。这沤粪，无论冬夏，环节一个样：底层铺碎秸秆，挑水泼透了以后覆盖一层土，然后浇大粪（没有人粪尿沤不烂秸秆），三个工序。如此循环往复，一层层叠加，直到坑里的沤肥厚度达到腰际。

堆肥的原料比较杂。既有作物秸秆，又有蒿草、嫩荆条，还有拆白薯炕拆下或拆老墙的大土坯，加上其他土混合堆起来。处置过程，和沤肥基本一致，也要泼水，也要泼人粪尿。临秋"挂锄儿"以后，生产队一项重要的农活儿，就是派出青壮劳力到远山近岭割荆蒿。割蒿人坐着大马车，带着磨得飞快的镰刀、盘好的绳子，再带着干粮，兴冲冲地出发，往往是顶着星星出征，见了月亮回程。马蹄踢踏山道，嗒嗒作响，趴在摞得高高的蒿草车上的男女青年，兴奋异常，一路欢歌笑语不断。

棚圈肥为常见肥种。它包括个人饲养的鸡、鸭、鹅、兔、猪、羊及生产队集体的大牲畜的粪肥。在所有畜类肥中，羊粪质量最高，牛粪最次；猪能吃能屙，纯为造粪机器。家庭养猪，是农民首选，既为了不糟蹋东西，又为零钱凑整钱，卖了猪得一个总钱，留着钱盖房子、娶媳妇、发送老人。弄到最后，庄稼主儿纯赚的，其实就是那几圈猪粪。猪多、肥多、粮食多，此理亘古不移。过去彭真市长树立京郊十二面红旗，其中房山县的惠南庄就是因为养猪成绩突出，被树了红旗。大牲畜的棚圈肥，也称"槽厩肥"，专指骡马棚里的粪肥。它的形成有人为和牲畜的相互作用。人要经常给牲口棚垫圈，垫圈物为碎秸秆和黄土，一层隔一层，均匀地铺好，适量洒水。另有一些铺垫物，是骡马所为，它们争吃草料，常把食槽里的干草截儿和麸皮豁出来。圈里肥，靠大牲口踩踏和淋了牲口粪尿发酵而成。起棚垫圈是两种活茬儿，同时展开，都要勤，十天半月倒换一次。起棚粪，活茬儿急，最好是当天起，当天垫，不能让干了活儿回棚的牲口没地儿吃，没地儿歇。起粪时，是抡圆了三齿镐铆足劲儿镨（京西土话，刨之意），镨一片，清理一片，用大板锨将其扬出圈外。垫圈土最好是沙土，铺沙土不沤牲口蹄子。夏天起棚粪滋味不好受，棚里热，尿臊味儿特别大，汗顺着光脊背流，眼呛得流眼泪。冬天也有冬天之苦，多半尺厚的棚粪有软有硬，三齿镐镨下去，像钢枪打棉花团，弹起了三齿镐，只听"嘭嘭"响，就是不出活儿。

积肥、造肥，肥种大致如此，而倒粪又是一项粗中带细的活计。不管是沤肥，还是堆肥，都必须"倒"。倒的过程就是粪肥的熟化过程。倒粪为两个人组合，一人持镐，一人拿锨。倒的方式，是由粪堆的一边起头，拿镐的人将高粪堆从上到下一条条劈下，把粪坷垃、土块捣碎，捡出混在其中的砖头瓦块与绳头布条之类杂质。一个工作面完成，拿镐的拄镐休息，看拿锨的将粪肥翻向另外一边。（冬天地冻，拿镐的费劲；夏天土松，使锨的活儿累，故油滑的人习惯于"冬不拿镐，夏不拿锨"——此备一说。）一个粪堆倒完，它变成了整体性迁移，粪堆向一旁挪了两三米。倒出来的效果，粪堆方方正正，见棱见角，看着都舒服。如是者，要倒三遍——"粪倒三遍，不镨自烂"。上述的这些粗肥，多归大田所用，而菜田使用的槽厩细肥，则另有讲究。此类肥不再与其他粪相混合，保持纯度。它质量好，肥效大，易发酵。成堆以后，必须及时倒，有时还要掺些沙土，溮点儿水降温，否则就看它起白烟了。若起了白烟，粪丝化成灰，肥力就会大大降低。

过去的瓜果蔬菜和粮食为什么好吃，味鲜，味美，味窜，了解了这些肥源和沤制过程，不难想出答案。现在生活倡导"低碳"了，减少对大气的污染成为时尚，而我们祖先奉行的"秸秆还田"的古老方法正契合了今日人们才认识到的科学构想——现代文明、现代智慧又回到了它的原点。据说，代表现代文明成就的美国、日本、西欧等发达国家和地区，正在兴起"有机农业"热，十分重视有机肥料，并且把有机肥料规定为生产绿色食品的主要肥源。尽管绿色食品比一般食品价格高上几倍，仍为其国人所喜爱。当下，泛于全国的肥料使用失措现象，殊为可虑。我国虽然已经解决了十几亿人的吃饭问题，但对无机肥的过度依赖，已经酿成灾害，曾以天然肥为主的我国的化肥使用量占到了世界总量的三分之一以上。过度使用化肥，造成了国内土地退化、土壤板结现象严重，生产能力下降；经雨水冲刷，土壤中的残留物又污染了沿海，造成海洋生物的物种减少，并发生变异。人吃转基因，禽类畜类吃含有重金属的混合饲料，而粪肥又流向土地，长此以往，从食物链到土地吸收链，不能不为我国的耕地安全、食品安全担忧。

佛留三百六十行，庄稼把式是头一行。中国古有"宁卖祖宗田，不卖祖宗言"之说。不知起于何时的"金粪叉子银粪筐"一句，蕴含着崇尚自然、敬畏土地，以可持续发展的眼光来赢得回报的思想内涵。对于这样闪耀着祖先智慧的格言警句，我们不但不能卖，就是忘记了也很可惜。

富庄稼与穷庄稼

把农作物分为"富庄稼""穷庄稼",那是早先京西农民的一句土话,很多缺乏农田实践的后生明白不了。其实,并不离奇,在其他地方也有比拟不同而意念相同的说法,只是你听过没听过罢了。

怎么论的"富"与"穷",是从本原上的区别。观物取象,凡对土地条件依赖性大,水肥要求标准高,管理事项复杂,面目呈现娇贵,其产量在全年人口需求上占主要位置,而且"好吃"的,均称为"富庄稼"。"穷庄稼"的根本性在于生命力强,栽培简单,得到的容易,打的粮食又只是一年总量的补充,动摇不了大局,看起来贫贱的,便归为穷类。

具体来说——

麦子属于一等一的富庄稼。种麦子必须是地力充实的上等土地,土层厚,平展展、易于浇灌。你看得到平原种麦,可你看到过麦子上了山冈吗?种麦的土地不但要有劲儿,播种前深耕、施底肥再保证土质的疏松和肥沃,春天还要追一次返青肥撒在地垄。粪大水勤,不用问人,古来如是。靠天吃饭时期,至少下三场透雨才能使"一尺秀穗三尺高"的麦子有好收成。裉节儿即为农历八月的出苗雨、农历十月的封冻雨和农历三月的拔节雨。所以,保收麦子,吃上白面,有

"三十八场浇垄雨"一说。

传统小麦品种有带芒的和不带芒的，带芒的称小红芒，不带芒的称光头白，或叫和尚头。种麦子讲究宽垄大背（埂），麦子蜡熟期的垄间、埂上套种玉米。收割了麦子，正好让玉米生长。带芒的麦子秸秆高，最怕"伏窝"；光头的秸秆短，风险低。造成伏窝的原因，是大雨过后刮大风，土壤软，大风一吹，正灌浆的麦子头重脚轻，就成片倒下。一倒伏就完了，产量至少减半，甚至十成收不了两成。好麦不见叶儿，好谷不见穗儿，是说好麦子顶着穗，齐刷刷地扬着头，见不着底下叶子；好谷子的谷穗沉重、垂着，只望见它的脖颈，从远处看不见谷穗。另一说，豆打长秸麦打齐，豆子的秸秆高，结豆荚自然就多；麦秆齐整，无高无低像一领席，发力均衡，收成就大。解放以后几十年来，不断改良品种，使用化学肥料和密植机播，使小麦亩产由一二百斤增加到七八百斤、上千斤。

玉米和水稻也是富庄稼。玉米在地块上的选择不像小麦那么严格，但在用肥方面不逊于麦子，要底肥也要追肥，但它既不耐旱也不耐涝。老品种有白马牙、金皇后、小八趟等等。传统种法为"一步三棵苗"。棵与棵之间保持半尺多距离。水稻，无须多说，你只要想一想它需要的环境和你端起碗感受到的品质，就不是省事的庄稼。

京西以旱地为主。坡地作物的谷子，属于穷庄稼。种在好地当然好，但与小麦、玉米相比，低产，好地便不给它。偏又不择水土，半镐深的土，就可以种谷，而且特别耐旱。出苗时，它只有一个线头似的独根，扑啦扑啦的还爱露在外边。自小挂着贫寒相，像非洲赤贫、忍受饥苦的小孩儿。但就是不怕旱，出苗时没憋回去，以后长到二寸，旱土地都晒得烫脚，谷叶灰不溜秋，亚赛干了，拧成绳，点火就着，也没关系，只要得到雨水，立刻就缓过神来。它的不怕旱，敢与干旱对抗，有一句俗语阐说分明："只有青山干死竹，未见地里旱死谷。"足见它的顽强。它依赖于人的极少，而有利于人的很多，有的年景因为天灾，大田庄稼没了指望，就抢种一茬儿早熟的"热苗谷"，以保歉年有所收成，如穷朋友一般的仁义。至于它的附属品，秸秆是骡马等大牲畜的美食，谷糠是诱使猪增肥的上品饲料。传统品种有白苗柳、红苗柳、贼不偷、谢花儿黄、绳头紧；新中国成立以后培育的新品种有丰收红、大黄谷、大白谷、大肚青、猫爪黏、冀谷888、大寨谷等等。

谷子也分为春谷和麦茬谷。春谷在早春播种，白露时节回收，生长时间长；麦茬谷在收了麦子以后播种，却也在白露节气中收割，生长时间短。春谷"打重"，碾出的米好吃，经得起煮，米汤清亮，漂一层谷油。麦茬谷穗子细，谷粒轻，开锅即熟，营养比春谷差了一等。农妇生小孩儿，坐月子，营养品习惯为红糖熬小米粥。若奶水不足，那熬出来的谷油喂婴儿最好不过。

白薯也是穷庄稼，早先为红瓤白薯，很甜，但是须子多。后来有白瓤白薯，口感面，有吃栗子一样的感觉，也很甜。它的管理主要落实在翻秧和锄草。亩产量，一般为一二千斤。由于它耐储存，多年以来虽然没将它纳入正规口粮，但它真正是一辈子靠农田养活的农民的保命粮。即或命若游弦，有白薯吃，农民的命就不会断。

除了以上二种，荞麦、黍子、高粱、豆子等等，也都在穷庄稼的序列。用"皮实"来形容其生命力，最准确不过，是各种穷庄稼的最显著特色。

因地制宜，根据水土条件，一块地该种什么种什么，是多少辈子的农民遵循的法则。农民对待富庄稼、穷庄稼的感情一样真挚，像平素养育儿女的习惯、"贫养儿，娇养女"一样心疼。不会因为有鲜衣怒马似的富庄稼，就冷落表面寒碜的穷庄稼。都是自己的儿女，哪个也丢不下。更何况京西不在小麦和水稻的主产区范围，适种的地方也总不松心，能把面条捞进碗是麦季里最大的忧恐。吃净米净面时候少，有一点白面大米，京西人家也只是在家人生病、来了亲戚或年节时换一回口味。一年四季，还是仰仗穷庄稼。穷庄稼的收成管用，能让他们保命。道它穷庄稼，那意味忒大。

人类永远脱离不了"食谷而生"。粮食维系着人类的生命。热爱土地，珍惜粮食，农民孩子从小就接受了这种教育。"富庄稼"与"穷庄稼"，撑持农民的天命，又有谁像农民那样把庄稼都当成了人？"手里有粮，心里不慌，脚踏实地，喜气洋洋。"未曾就着泪水咽下一口干饽饽的人，不足以谈人生。

寻常的玉米，当家的粮

玉米是寻常的，寻常得不能再寻常。但它又是高贵的，高贵得能
够主宰人的生活。

家乡农人，得邻里尊敬，凭借的就是玉米满仓。

庄稼主儿，仓里边备有足够玉米，这家人生活就体面，日子就
殷实。这个结论，一如明白人讲给明白人听的"耕当问奴，织当问
婢"，那么简单、明切。

我的家乡，守在山口，华北平原的边缘。往西往北离深山很远；
向东向南是一望无际的平原。我们那地方，既有坡坡岗岗，也有成片
好田，地理环境使物种十分丰富。山区和平原各自有的，我们这儿
有；山区和平原各自没有的，我们这儿还有。

这是一个产粮不太丰盛，而吃粮还过得去的地方。

种小麦和玉米是这儿农业的主项。种小麦必然选好地，水能浇得
上，种玉米好点儿赖点儿地都行，凡不过度贫瘠，有一镐深的土，就
可以种它。大田作物当中，天缘与我们最近。

它分为了春种、套种和夏种三种播种方式。春玉米生长期长，从
谷雨节气开始，秋天收获，一年只种一季庄稼，农民心疼地，往往舍
不得。套种在5月，麦子黄梢，蜡熟期阶段，顺麦垄单行单行种。种

在畦埂上的为双行，棵与棵交错，论棵数虽然不及种在麦垄上的多，但因为通风条件好，玉米株长得壮，产量差不了多少。割了小麦，所套种玉米已然成型，白花花光秆麦茬地有了葱茏的意象。夏种多为收割了麦子以后，在麦茬地进行平播，麦茬地可以耕了再种，也可以不耕"种铁茬"，依农时条件和土壤墒情而定。夏播的时间管得太紧，既要保证玉米到期成熟，又不能耽误秋播小麦，秋播小麦急等用地。严格约法在心里绷着："夏隔一日，秋晚十天""早种一日，早收十天""夏播无早，越早越好"，提醒农民心别闲，腰放弯。

早先种玉米，老辈儿规矩"一步三棵苗"。计算一步，是两脚倒换着各迈一下，只迈一下算半步。在约莫五尺的距离内，错距离相等的三个坑，扔三回种子。每坑下种两三粒，这么投放，保全苗是第一目的，也是为了以后间苗、选壮苗留有余地。种儿种下了，要抬脚把土胡噜平，踩实，不让它漏气，免得刚发根芽就被风吹死。早先，打出的旗号是"稀苗秀大穗"，后来接受新事物，也认可"密了大得多"了。

定苗，在"芒种三天见麦茬"以后，苗儿长齐，一拃高的时期，俩仨苗当中选择一棵周正的壮苗留下，其余除掉。此时，正是高温缺雨土地干燥的阶段，锄土间苗的人使用小薅锄是蹲着，后脚跟轮番顶着屁股一撵一撵前行，双趟脚印留下的都是半个。烈烈的日头下，尘土飞扬，个个灰头土脸，光脊梁男人背后净是一圈圈汗碱花儿和挂的浮土。一边耪，一边跟尾卸麦茬，清除麦茬里已经长得很高的蒿草。麦茬既干且凝固，硬板地很不容易往下掭，手掌挨麦茬剐蹭，是少不了的。活茬儿很苦。

第二次锄玉米，玉米苗长够了五六片叶子，高到了大腿，顶端出现螺旋式上升形态，叫"喇叭口"时期。这时锄地，庄稼"蹲裆深"了，有庄稼爹着，已不能下蹲，就该使用大锄。大锄是蟆锄的扩大化，有长约四尺、油光锃亮的梨木柄，有带着弯钩、宽半尺余的方形锄板。抡大锄的人弓着身，倒换脚步如推小车的姿态，用手臂和胯上的劲，一探身一探身地递锄，边耪边给玉米根培土。

耪第三遍，还是大锄。这是在玉米秧长出了天穗的时候。它已高过人的肩膀。这时耪地的辛苦，体现在玉米田密不透风，热得人憋气，玉米叶边缘的锯齿拉人膀臂，划出的血道道经汗一沤，钻心地疼。女社员穿着小褂，可汗水打湿的头发成了绺儿，潮湿的小褂紧贴着身。好不容易耪到了地头，男社员把大锄一摔，找个树荫凉儿四仰八叉一躺，或干脆跳入地边锅底坑，在温格暾暾的积水里噼里啪啦打几个"扑腾儿"。

玉米喜干又怕旱，喜水又怕涝。小苗时候，旱，能使它绿叶变灰，似乎一燎就着。有了雨水它才恢复本色。尤其怕"掐脖旱"，即使人高马大了，遇上大旱，对它也是致命的伤害，很难形成粮食。雨季，久不开天，涝了，满耳听得蛤蟆叫，水洼洼里的它若被大雨沤了，耷拉着叶子，非常"锈"，也很难缓过劲儿。

人工灌溉，浇两次水，一次在拔节的时候，一次在灌浆的时候。后者及时，浇得足，可避免玉米棒长"虚尖子"。

围绕玉米根最少要追两次肥。头一回用的是捣碎了的"厩肥"，骡马粪肥效大，后劲时间长，在拔节的时候；第二回用的是化肥，肥效快，刺激性强，在吐花红线儿的时候。化肥为碳酸氢氨，农民叫"气儿肥"，白绵糖似的抓在手，感觉凉。施气儿肥的时候，得用土埋，后边紧跟浇水，否则气味会跑掉，损失肥效。

玉米最怕"黏虫"。这种虫子无翅无足，墨绿色，不算粗，一寸来长。莫看体形柔弱，它蠕动起来伤害玉米却没商量。

它不光祸害叶子，把玉米棵吃成光杆儿，还钻进玉米秆和玉米轴的"腔"。它把玉米秆先咬一窟窿，然后一截一截上下进发；把玉米轴槠得流脓耷水，它的长形排泄物颗粒长久停留上边。灾害严重了，能造成减产或绝产。消灭它得使用"六六粉"，一种土黄色农药，味道极呛。灭黏虫的时机要选择在早晨有露水的时候，药粉容易附着，黏虫也运动迟缓。用的工具像鼓风机似的，叫"风葫芦"，里边灌药，外有摇把儿和喷壶嘴似的排放口。人挎着它转动摇把儿顺着垄往返，突突突的药粉就不停地冒，玉米田就像着了雾。

国庆节前后，处在秋分节气，是锗玉米、种麦子，抢收抢种的时候。这一份忙碌，华北地区同一景象，不用细表。

种过多少年玉米，你说什么时光最好看呢？依我说，有两个节点。一在玉米拔节，不前不后。太早刚为喇叭口时期，它只像刚入学的男孩儿或爱美的小姑娘，任何思想交流都谈不上。到了成熟期，它又像人到了五十岁，看什么都不新鲜，任何的天真、活跃全不存在了。拔节时段，它就像俊眉俊眼的青年，浑身生长力气。尤其在雨夜，听着屋后一声连一声咯吧咯吧的拔节声，你根本不想睡觉，就像守着自己的大孙子，看到了家门的希望一样。二在玉米秀穗之初，那么多玉米秀出了穗，个个壮实，个个英武，谁不喜爱自己的儿郎！

农民不怕辛苦，辛苦是他的命，他畏惧的是缺粮。玉米还没熟，白薯块儿还没大，最恐惧的是这时期闹粮荒。可等不及，总要吃啊，总要对付大小人儿的肚肠啊，那咋办？忍着心痛去掰刚上粮食的玉米。左看一看，右看一看，掐一掐粒儿试试，总下不了手，无可奈何也只得横下心草草摘半筐。这家妇人干巴巴等待，见青玉米来了，忙着下锅煮，面上表情喜忧参半。让小孩儿多吃，大人哪里能吃出香？全是苦涩，像喝自己的血一样！日期不足的玉米，上碾子轧不出面，滋滋冒浆儿净是糙皮，成了坨儿粘碌碡。有些微面粉，也不是本来颜色，有些发蓝，应该是淀粉经了空气发生的化学变化。你会觉得，无辜的它仿佛在哭泣。

种田、打粮食是农民的本业，五行在土。为自己吃饱，也为供养社会，辛苦一生。那苦哈哈的田里，难道就没个"好儿"留下吗？不是这样的。我就能说出一些个"好儿"，它丰富了我的童年生活，滋养了我的身心。

玉米田爱生马齿苋、红姑娘儿和黑裙儿。这几样虽为杂草，却不以杂草相看。因为它不帙地，荒不了田。对于它，农民有时会手下留情。马齿苋匍匐于地表，红红的爬行茎，胖嘟嘟如耳垂儿的圆叶，根扎得一点点，既是药草又是野菜，其味有酸感，可以治痢疾。红姑娘儿，学名叫锦灯笼，是一种外皮带褶形似灯笼，里边为圆溜溜或红或黄的浆果，味道酸甜可口。黑裙儿秧和黑裙儿果，都如微缩的西红柿秧、西红柿果。一嘟噜一嘟噜的，从下盘往上递升着熟，只不过颜色单一。熟了的黑裙儿从外到里是黑的，甜甜的一兜黑籽，吃多了特别容易把口舌染黑。

玉米田特别爱招来大蚂蚱尖。这种蚂蚱长相不蠢，狭长，连眼睛都如丹凤眼。它很秀气，里外两层纱衣，外边一层绿，里边一层红，翅儿展开就看见红色的了。它常落在玉米秆上。喜爱它的，一是家里的鸡，二是跑跑闹闹的孩儿。拿干草棍烧熟了它，一腔娇黄的籽儿，肉香可人。

玉米田给儿童提供了大好天地。玉米定珠儿时进地，撂下剜菜篮，总爱掰一两个青玉米爽爽口。青玉米剥了皮，横着放嘴啃，由底部到尖梢，管这叫"吹横笛"。嘻嘻嘻，互相瞧着乐，直啃得嘴角冒白浆儿。过些日子，玉米豆儿饱实了，掐不出水了，就趄摸干草棍、细柴枝，带皮架在火上连煲带烤。烤熟了的玉米轴表面焦黄，发散潮热。这无比鲜美的野炊，只可偷偷摸摸地进行，大人一旦发现地里升了轻烟，就知道孩子在偷着烧玉米吃了。还有“甜棒儿”，更是孩儿们的至爱。甜棒儿是玉米秧里的“公儿”，它只长身子不结棒儿，无从发泄的糖分便集结在秸秆里。砍断秸秆，用门牙勒下皮嚼它的穰，甜度跟甘蔗有一比，却更甜润。旱地甜棒儿，比水浇地的甜。其外，还有“黑疸”，那长在秸秆、原本玉米棒叉腰的地方，生出来的腰子形，足有一斤重的食用菌类物体。

玉米能够酿酒，能够制药，能够造淀粉，还能提炼能源油和食用的高级玉米胚油。但它终究是粮食，吃粮是它最大的去向。

用玉米面做吃食，农家自来有很多方式，蒸窝头、蒸发糕、蒸馅儿包子、烙烙饼、贴饼子、打疙瘩、摇汆汆儿、切板条、轧饸饹、轧捏格、拨鱼儿、包饺子……花样多得我都记不清了。

在诸多饭食中，最主要也是最普遍的形式，是玉米糁儿粥和蒸窝头。熟悉这两样，你就熟悉了北方人。

熬玉米粥的原料，我们叫“棒糁儿”。它是把玉米豆儿碾了，碾成了渣渣，不去除面粉，囫囫囵囵的综合体。熬这粥，用大铁锅才得味。下糁儿多少依吃饭人数而定。吃饭人多，糁儿少，就多加一瓢水。别使大火，别使微火，火大了粥沫噗噗四溅，火小了粥锅渍底。水开撒了糁儿以后，压一压火苗，慢慢熬，慢慢熥。一次把水添足，中途添水粥会澥汤儿。大铁勺隔一会儿就搅一会儿，不能离人。一锅粥熬熟，怎么着也得一个多小时。因为时间耗得长，又因为用传统的铁制炊具，因此熬出来的粥的味道，是用高压锅无法与之相比的。

熬玉米糁儿粥是一种生活常态，尤其在春冬两季，它是早晚的主食。吃净米的玉米糁儿粥所见不多，总得有所搭配。它的标配是鲜白薯。鲜白薯甜，新玉米香，熬出来的粥甜香拉黏儿。那么在季节中搭配的，有干鲜薯叶、干鲜萝卜丁、蔓菁丁、土豆丁、干白菜叶、白薯干儿丁等等。

端下了锅的玉米糁儿白薯粥，粥泡久久不息，蒸汽跟随着甜香味弥漫，满间屋都充满甜香气息。这是真正的人间烟火气。嘴头急的人不容凉一凉，端上碗就舀。稀粥烫嘴，他就嘴贴碗沿，顺碗沿转圈儿吸溜。

当年年少，我最爱吃锅底那一层软嘎巴，大人总是留给我。它是沉淀下来的玉米面的组合，渍的结果。铁铲铲下来，如同摊的煎饼带点儿煳又不煳，皮皮的挺有咬劲儿。

少不更事，暴殄不羞的我，见多了粥锅上噗噗冒泡泡，也瞅见了家用的大铁勺磨小，喜爱灶台上的日常形态，却没去想妈妈为了一大家子人熬好一锅粥付出的辛劳。我那时真不知道心疼妈妈。

蒸窝头，无论掺菜与否，都算作硬干粮。然而，吃净面时稀少。春天掺杂榆钱儿榆叶、槐树花，夏天秋天掺豆角、落地的青枣儿和萝卜丝。庄稼人饭，吃窝头抹臭豆腐最香！

记得唐山大地震那年，我参加县里的民兵干部集训，只吃了一个星期的净面窝头，就感觉上了天堂，回乡人见了我，都说我"长胖了"。

如今谈玉米，就如谈一场梦。我忘不下乡间少小，忘不下教我耕作的老农。现在，时代变了，作物品种、耕作方式也变了，一切都向高效农业转化。让作物长得快、让果实长得大是多少人的追求，可是无论蔬菜还是粮食，感觉不是以前的味道了。于是，现在人又做从前的梦，种老品种菜，种老品种庄稼，把老品种玉米"小八趟儿""白马牙""金黄后"复了位。

于是我就想，既然粮食已经充裕了，不在乎一星半点的地种不种粮食，就想把我念念不忘的"黑疸"弄上台面。原本危害玉米产量的"爪牙"，有限度地让它复活，也是难得的一道菜品。在我眼中，它犹如长在椴树上的"猴头"，不容易获得，却是美味。切了片，用荤油炒，连同吃起来"咔哧咔哧"的响音，有声有色，美和乐难以形容。这味道，这情景，五六十岁以下的人基本未见也少有耳闻了。把它摆上农家乐宴席，城里老饕吃后岂不忘了北？

我献上这一建议，不知拿主意的人是否和我想的一样。

二

柳荫说坊

大车把式

大车把式是农村生活里的魂，谁都不可以轻视。

他在生产队起的作用非常重要，生产关口、半拉家当全指望他。

大车是唯一的运载工具，向农田运粪，从地里往场院拉回庄稼，都得靠它。耕地是种地的前奏，而耕地又离不得大骡子大马。一切由大车把式掌控着，借此可以联想车把式身份的显要。

挣工分的年代，日常普通男劳力最高记十分，把式记十二分；把式出外搞运输，每日还有一块钱和半斤粮票的补助。这一块钱和半斤粮票在当年多么重要！

一个生产队有一个大车组，三几辆大车，三几名把式，虽然在社员数量中占比微乎其微，在组织结构上却是一个"独立大队"。因为持有特殊技术，掌管巨额资产，关键时刻需要他们冲锋陷阵，因此多么耍浑的队长，对他们也会礼让三分。社员中闹意见，生产队长总偏向于把式。习惯养成，大车组只听命正队长一人的，而且"听令不听宣"，一旦外出，把式有权自行决断，一般干部下命令支使调遣，想都甭想。

在没有机械化的年代，生产队马车相当于今日的大汽车，大车把式则类似于轿车初起时段骄横的司机。

借助这个机会，我把大车的前世今生及相关知识表一表也是好的，共同汲取经验吧。

大车，说得文明一些也叫马车。最讲究的是"大三套"，骡子驾辕，叫它"辕骡"；前边挂两个好马当梢子，叫"二龙吐须"；三个梢子叫"二龙吐须加穿套"。一般说，骡子围着马转，骡马搭配最相宜。大车分为下车与上车两部分，车轴、车轮为下车，车辕以上为上车。车轴多为枣木，轴两边各镶着几根铸铁的滚键，两两联合以耐摩擦。老时候，车轮四周箍着铁瓦，称为"九辋十八辐"大车。车辕子有一丈二尺、一丈三尺、一丈三尺五几种规格，前边套牲口的部分约占辕子全长五尺。

从事农业运输方面的大车有两种样式，一种是"箱儿车"，车板两旁立着高约二尺、牢固的木头车栏，前后有荆条儿编的车拍子，装运分量足的散物要用绳子拢住车拍子。此车型过了很多年之后，出于装卸便捷的需要，箱儿车逐渐被平板车取代。平板车车板表面光光的，而板儿下边另有构件，车底安着七根铺掌，其中四根要用螺丝杆将铺掌与车辕子拧牢，再在铺掌上用大帽钉钉上车底板，两旁空余大边的内半拉与车底板平，也是用螺丝杆将大边与铺掌拧牢，并露出二寸多螺丝杆，以备拴绳拢货时用。装载散物需要加装箱板，箱板的铁棍插入大边，再用铁钩拉住两头箱板，前后的堵头插入箱板上所钉的木槽内。

大车上最不起眼的物件是支车棍，但它却是一个"要件儿"，起的作用犹似大汽车必备的"千斤顶"。三尺来长，一虎口来粗，平日挂在车辕子上挨把式近的地方，待停车时用它支起车辕。立木支千斤，它能将全车重量撑起，让驾辕的牲口得到喘息时间。

为了控制速度，车下两轮之间有一根划杠作为制动设置，下坡冲击力大，把式可脚踩身下的划杠让车子减速，缓慢前进。也是出于安全考虑，赶车把式随身带着一把带刀鞘的弯形刀子，称"鱼刀子"，预防万一趴车或吊辕儿把牲口憋死，就要迅速用刀子把牲口的兜肚绳和夹板上的套绳割断，把牲口解救出来。

把式的鞭子有独挑儿、大三股、大接把儿数种。鞭子分为了鞭脖子、鞭身、鞭鞘三处。鞭鞘以狗皮的最好。一般鞭子上点缀一撮红缨，一是作为装饰好看，二是为了避邪，给把式壮胆。由于早年间交通极不发达，道路不平坦常发出"咯噔咯噔"响，遇到被称为"跩窝"的地方不但需要把式有赶车技术，还需要他沉得住气，使劲向外推，向里拉，把肩膀的劲都使上。随着他推拉辕骒，牲口尽量躲过和驶出坑洼，进入平地。这时，就要看牲口顶不顶用和车结实不结实了。其中，人的口令与牲口的用力配合是最为主要的。

1937年以后，出现了仿瓦车，即在原来那种车轮外包上一层胶皮，后来又出现了气轱辘儿大车。装载重物时，把式常要抬一抬车辕子以测试重量是否均衡。前辕子给的分量太重，仿佛使牲口驮着，牲口就受罪。而前辕子太轻，后边分量重，又会使牲口吊着，蹄子蹬不上劲。

借此再多说一句，用心的好把式会把车辆和牲口打扮得利落整齐，人见人爱，而一贯潦草的把式则净见"老牛破车疙瘩套"了。

人们对于马车的需要，真的离不了。盖房子拉灰拉砖拉瓦拉木料，娶媳嫁女接亲送亲，半夜三更送病人去医院，都需大车伺候。出门走亲戚，赶上顺道有马车坐，省了"腿儿着"十里二十里的疲劳。尤其是农家日常用的烧煤土，有马车送与无马车送大不一样。平常明事人都会预先与大车把式培养感情。

在实际生活里，农村老人隐约认定，大车把式是不是官的"官"，不带长的"长"。

生产队不能有吃闲饭的，关键时刻也是大车把式给自己抬高威望的时候。平素给人印象松松垮垮，遇着运粪不忙，他像局外人看别人一锨锨装粪，自己手一揣干贫。到了抢运麦子阶段用上他时，他深懂"龙口夺粮"的厉害，不但催促装车人抓紧，自己忙得也像打仗，站在麦车中央陷在麦垛里左接右揽，将哈叉挑上车的麦头，顺着周遭一捆捆仔细码放。码放出来的效果，呈现反置的梯形，上大下小，边缘严整。这么做便于卸车。尽管麦个儿垛得山高，但两把木杈侧着一推，就能将大部分推下，减少在场耽搁的时间。眼下装满一车将要启运，他亲自勒大绳，又蹬又踹车后身麦垛，把"绞橛"使劲往里绞，确保运输牢稳不在路上倾斜颠撒。一趟一趟，数他繁忙。

大秋收了以后，耕地活茬儿布置很重，无论多少麦地都要抢在播种前耕完。多日之前他就做好了准备，犁杖套股一件件查验。该出工了，他脚步轻快地从牲口棚牵出牲口套车，到地头赶紧卸套，挂上犁杖。一连串动作衔接紧密。耕地讲究技术，讲究技术的前提是了解地情，他们年年耕地，每片地心里都有档案。开犁两种方式"绞斛"和"扶斛"每年轮换，目的是保持土地平整和地力平衡。使用绞斛方式最后一犁的"挑墒"，最见把式功夫，这一犁下去力求准确，要将翻起来的两扇鲜土合拢，如同闭合的贝壳一样严丝合缝。耕了的地，全部需要"盖"，把式又换一种姿态，蹬在三四尺宽、像木梳一样的枣条编织的盖上，拉紧套绳吆喝牲口，身体后仰，以体重和后坐冲力把土坨全部荡平。有时因为盖地，耗得收工太晚，大拨人走了，他还在盖地。黑影里他卸套盘套，待把犁杖套股等物再次装上马车，他才迟迟而回。

任何对把式有私人成见的人，见他们这般用功，宿怨都会因此消解。

车把式爱护牲口数第一，决不无故鞭打牲口。常抡鞭杆的手你知那一鞭下去有多重？真让他抽上一鞭，皮毛上会起一个坨儿；而且精准，打耳朵绝打不到脑瓜顶。好的驭手，不随便鸣鞭、吆喝，他总是把鞭杆抱在怀里，慢条斯理地抽烟不动声色，可牲口却能够懂得把式所需要的行走步骤，行为上十分配合。即使是鞭打牲口，把式也总是做做样子扫一扫拉梢的，"打骡子马惊"，要的是那效果。至于驾辕的骡子或马，很少打它一下，催促它顶多用鞭杆把儿捅捅后鞧，因为它承载的任务重，辛苦，对待牲畜就像对待兄弟一样。

一般而言，驾辕的牲口，把式愿意使用骡子，不愿意使用马。上坡的骡子，下坡的马，平地毛驴不用打。老话在格局，说明几种牲口如何使用的特性。骡子皮实有耐性，持久力特强。马不同，马忒灵，"是马就有三分龙"，它拉车猛，冲劲大，着急上火容易失明，且容易得"粪结"。与牲口建立起来感情，把式爱看牲口见了自己打响鼻儿、蹭一蹭自己。

一驾三股套的大车，把式对于有大青骡子驾辕、两匹枣红马拉套、自己赶的车，最为心满意足。力气和精气神全有了。这一"强强联合"，犹如陆地战神的"坦克"，威风赫赫，它行于路上，引发许多把式关注的目光。

每回出远途，拉重活儿，把式总要盘问饲养员"喂得怎么样"？他一百个不放心。

草膘料力水精神，把式是牲畜的代言人。

牲口也有老死病死或意外死亡的时候，一般社员遇此情况兴奋如同过大年。家家端盆出来等待分肉，叽叽嘎嘎地谈笑。而把式躲在灯光照不见的暗处闷头抽烟，好多天打不起精气神。

把式最乐的时候，是自己驾驭的牲口生了一头马驹或骡驹，他为集体事业又创造了财富。日后这头小驹随车出征，就像有一半桩小子跟随着他一样。

果季来临，该将成熟的西瓜、梨、桃、苹果送往北京。以往虽然同在一个生产队，但与把式彼此近距离接触的时候并不多，见把式凑在一起，遂以他为中心，欢声笑语格外多。把式是不用采摘或装筐的，他干等，拣好吃的果子吃，进而跟男女社员"逗贫"。有那泼辣的姐妹见状，摁倒他，手脚麻利地往他后脖领塞带毛毛的桃，塞带虫眼流汤的梨，塞大个儿毛毛虫。前仰后合，闹戏连台，亲热得如一家人。果筐装足将要启运，都说正经的了，嘱咐把式带回什么色的头巾，多少尺布，哪样布鞋，或者捎回哪种糖果。

冬闲，马车不闲，马车要为生产队搞副业创收。给钢铁厂拉矿石，给供销社拉农用物资。起五更出车，天色还很黑，路面冻得坚硬，马蹄铁会磕出星光似的火花。一途寒冷，牲口的哈气在口鼻结了冰霜，就见一幅冬日情景出现：马车上的火。空车时，铁皮草料筐箩里烧上玉米穰，寒风一吹，忽撩儿忽撩儿，一闪一闪，车辕部位蹿出小小的火苗。车把式盘腿搂着鞭杆怡然自得，任由马车缓缓而行。

马车登程，不光备足草料，还必须带着水桶。空水桶挂在车辕后部固定位置，丁零当啷，那是为牲口预备的水壶。随时提水拌料，随时给牲口饮水。无论在家还是在外，渴不急饮饿不急喂的准则，把式全掌握着。

　　一年到头欢度春节，把式最上心的是求人写一副对联，贴在车辕上，红纸条上的词语永远是：车行千里路，人马保平安。

　　干重活儿的时候，给牲口要喂精饲料、青饲料。精饲料是什么？是黑豆，我们那地方叫"料豆"。如同人有口粮一样，这料豆是牲口的专供，而且在春天种地时候就做出计划种多少，收割了专存专放，数量入账，人多么缺粮也不允许侵占牲口的，而且不在节口不得动用。当需要牲口卖大力气时，喂给它那叫"加钢"。生料豆要上锅煮，大铁锅架在硬木上烧，煮的过程加些盐。青饲料是不结棒儿或带嫩棒儿的青玉米秸，铡成一轱辘儿一轱辘儿的。这两样，最招孩儿们了，趁饲养员不注意，就从大铁锅抓起两把偷走。煮熟了的料豆皮蔫儿皮蔫儿有咸味儿，可好吃啦，只不过煮过料豆的水是紫黑色，染手，偷吃料豆的孩子，手指肚是黑的。想一想怪可乐的，过去喂驴的黑豆，现在是人的营养品。在铡刀旁抢甜棒儿轱辘儿，可以明目张胆，每人抱上一抱，把裤兜和袄兜塞满。饲养员不嚷，他们从孩儿们的眼里看出了甜的。

　　七岁、八岁讨人嫌，十一、十二饶二年，是孩儿们最淘气的时候。把式吆喝牲口的口令是"吁"和"哦"。左吁右哦，往左边赶吆喝吁，往右边赶吆喝哦，孩儿们会瞅准"裉节儿"，在把式吆喝了"吁"以后，冷不防地嚷："谁是我儿子？"恰逢把式的"哦"

"哦"出口，孩儿们就嘎嘎大乐。还有一句调皮话也是冲着把式的，见马车过来，他们抢着荆条木棍跳着脚喊："驴拉车马驾辕，儿子赶车不要钱！"这句应该挨打的话不知是谁教的。趁把式不在跟前，孩儿们还有淘气动作，拿草棍捅牲口鼻孔，或者揪马尾巴上的毛，惹得牲口一回回尥蹶子。

还有时，马车过来，孩儿们并不上车，而是抓着车尾的木件儿"打摽悠儿"。晃晃悠悠，将它拉出很远。这一份快乐，很多乡下孩子都有过。

过去讲"车船店脚牙，无罪也该杀"，将把式和其他职业并拢，并以他为恶劣之首。其实这恶谥只是顺口归纳而已，哪个行当干活儿的不是穷苦人？如同米里有沙子，人里有嘎子，凡是人群都会有品行不端的，都归纳起来就没法说了。至于说到大车把式，当然不能满是好话，因了出远门单调，或许就有人去逛窑子，坐车上哼一哼"脸上的麻子儿一撮一撮……"的窑调，定然也还有乘机勾引女人的。但这不占主流，大多数大车把式安常守顺一辈子，且热心肠，救济路上的穷人，让人搭顺风车。好心好报，拉着拉着就此处上对象结成姻缘，也是有的。

世间上，大车把式既为常人，亦为强客，泛于群体就是一个小社会，他们有他们自己的暗语。旧日时这部分人讲义气，打架抱团儿；南来北往，行走江湖，博闻广录，见多识广，具有丰富的阅历和人生经验。所以，把式群里的佼佼者就有出头的机会，民主选举差不离的当上生产队长，再强的当上了村支部书记、乡镇干部。如同古语"将军拔于卒伍，宰相起于郡县"，当年我们县一位县委书记就是大车把式出身。

大凡把式的家，存放有破套缨子、笼头、牲口套、鞍鞯、大绳、后鞧、鞭鞘、鞭杆、牲口夹板、废弃的轮毂、一两条里胎等等，马车上用或者不再用的物什。看见这些东西你不必喊人，它正是你寻找的大车把式的门口。

冤家路窄

我与人没结过死仇。即使严重伤害过我的人，经历数年以后体恤他年长，当时情绪失控，就有些谅解他了。再加上从个人方面找原因，自觉自己当年年轻气盛，也应当承担一部分责任。这样一来，原来的创伤终归于平淡。

但是，对于一种食物，一种平平常常、本相柔和的食物，我记它的"仇"，记了好几十年，直到晚年仇怨才解开。

白薯。

不明就里的会问：你跟不通人事的白薯较什么劲啊？

这当然要先给你讲明身份，扒了皮让你看。就出身来讲，人家有"书香世家""官宦世家""豪门世家"，都特别体面。我的出身是什么呢？白薯世家！从我爷爷的爷爷往上数，就以种白薯吃白薯为传家之宝，我也以白薯起身度过了青少年时代。由小到大，我的血管流淌白薯催生的血液，我的性格恪守白薯性质的耿直和温润。

它养育了我，也蹂躏了我。爱它恨它若不至极点，是写不出这么一个狠嘟嘟的题目来的。

幼小，处于玩弄泥龙竹马年纪的时候，白薯给予我的印象是美好的，但时光短暂，到有一定思想的年纪，它即极大地伤害了我，而时间上又非常漫长。青年时期遭受的苦痛，刻骨铭心。

在往日农村，我也算是个有志气青年呢。对于宿命，采取抗争态度。自己订立的检验标准是以白薯为界限，做彻底摆脱旧困争取到新生的区别。简易清楚的表达是"跳出白薯锅""不吃白薯"。这在当时心存志向的农家子弟来讲，是最易产生的动力。纲领虽然低，但它是从现实出发，力图跨越宿命的一种追求。至于横渠四句，祖上没有人传授，我也想不到那么高尚。最低纲领于我，比读书饱食者人家向往人生的高级目标更具有激发作用。

浩茫心头，纠结不休的白薯，于我有恩，有爱，有苦，有乐，有愤懑，也有凄惶。哪一个方面，都是真实的。待我把它们梳理出来，你或许就能明了我的非常怨气从何而起了。

爱与乐

爱与乐都和母亲做出的白薯饭食有关。

这么一说，童年的快乐情景就在心头跳跃。

现今的儿童可能没听说过"糖稀"吧？在我心里那可是最具有诱惑力的"神谕"一样的东西。

它是蒸白薯的副产品。蒸了的白薯挨个取出来以后，锅底会汪着一底儿黏液，它是鲜白薯里的糖分和水分一同蒸馏出来的，颜色比蜂蜜颜色深，带亮光的酱黄，而黏稠度却甚于蜂蜜。扎下一筷子拔出来，拉得糖丝很长。这对于平时吃不到糖的农村孩子，可谓天然的美食。

守着铁锅，我一筷头一筷头蘸着它啣。母亲笑眯眯地瞅着我。她收藏着我的快乐。

糖稀，大人是不吃的，只留给孩子。吃糖稀回数多了，我也长经验，这东西趁出锅时热着吃好，一放凉，它就焗住，一旦焗成了坨儿，拿筷子就再也挑不动了。

从吃上寻到快乐，还有烤白薯片儿和烤白薯。

烤白薯片儿是把鲜白薯切成片儿，放炙炉子上边烤。土窑烧制的炙炉子，与沙蓝子器形相似，用途上却大有区别。沙蓝子是容器，而炙炉是烤东西的器皿。它的器形如一面鼓，顶部略微凸起，分布稀疏得当的圆坑，而坑又不穿透，比别处只薄了一点儿。如果没有那些坑眼，把它倒扣过来，它就与沙蓝子一般无二了。

需要烤的白薯片儿，在烧热的炙炉鼓面上摆开。火候别太大，火候一大就从坑眼把薯片儿燎了，造成煳不抢吞，吃着咔哧咔哧，不熟。慢火烤，时不时给薯片儿翻个儿。在这个过程中，特有的薯香气味就软软地发散在屋里边了。

烤熟了的白薯片儿，十分柔软，它上下两面都有炙炉坑眼烙的痕迹。那痕迹特像小孩儿接种麻疹疫苗以后臂部上花朵似的花痕。

烤白薯片儿，只烤一炉是不行的，烤一炉不解饿，也不解馋，非得请求母亲烤上两炉。

也叫烀白薯的烤白薯，更离不得母亲动手。使用煤火很重要。要先摊一铲湿煤，把湿湿的煤泥蒙住火苗，不使火焰外泄。全蒙上后，围绕炉盘摆放薯块。薯块别太大，挑选顺溜的。摆放也要细心，让薯块你挨着我，我搭着你，又紧，底层码稳妥了，上边再码一层。料定不会散架了，扣一个铁锅或者一个大沙盖子。扣严严的，不让跑气。

整块白薯烀熟，靠铁炉盘的热度和扣紧铁锅以后四围热气的烘烤。其间上下两层调换一次位置，费一些工夫。但烤熟了的薯块比任何吃法都香浓。紧绷绷的薯皮松开了，有的还向外流油，轻轻一剥，薯皮就剥下来了。一股香气直扑脑门。你会看见薯肉上边有红色经络，真跟肉一样。你得捧着吃，还得慢着吃，它烫，咬进一口热气嘘嘴。非要急着吃，咬入口的薯肉就要不停地倒换，从口腔左边移到右边。吃了两块烤白薯以后，你会觉得手指发黏，几个手指头粘连得快挣不开了。

同是在炉盘上处置白薯，还有一种方式不叫"烤"，叫"煴"。它是蒸熟过的白薯延续加工。往往在入睡之前，把煤火封了，让火劲顺着烟道烧暖土炕，灶台搁着中午吃剩的蒸白薯。什么东西也不扣，平摆浮搁，只是不让它离火眼太近，让它接受徐徐的烘烤。睡了一宿以后，你醒了，那白薯也煴出了样子。耗去许多水分的煴白薯，皮肉紧缩，带竖褶。没离被窝，伸手来一个，皮蔫儿皮蔫儿，特别有咬劲儿，我们管它叫"牛筋白薯"。

上小学的时候，书包里装的牛筋白薯，是我的最爱。

当然，吃鲜白薯还有更好吃的方法，那是"拔丝白薯"。把白薯片儿切成菱形小块儿，放入熬化了的糖锅中炸，起锅放盘子里，拿筷子搛它会带出金黄金黄的长长的糖丝来。但这吃法奢侈，我家穷，一年也吃不上两回。

小小年纪，我就懂得了有关白薯的知识。储存了一冬的白薯最好吃！

刚刨出的白薯，水汽大，发"艮"。无论怎么吃，都达不到冬储白薯的效果。为何呢？它缺少所含淀粉的糖化。白薯入窖，空间变暖，有利于糖分转化，它从汗毛孔（芽腺）沁出一些水汽，潮乎乎的。我爷爷把它叫作"发汗"。水汽减少，甜度定然增加了。

我这般得意扬扬，甚有成就感地宣介鲜白薯的吃法，现在的儿童没这机会了。原因就在于煤火取消了，传统炊具没有了，变换为清洁能源和电气炊具了。即便炙炉子还有，用液化气的火苗烤薯片儿会串味，更何况液化气的炉盘根本煏不了牛筋白薯。烤箱也能烤白薯，但烤出的味道你能吃出煤火烤的那般人间烟火味吗？尤其是没有哪一个母亲，会像那时我的母亲一样。她慈爱的目光，知道我的快乐，在清平的岁月中让我感受到幸福，很多年后我都把这母子相通当作最美的回忆。那时的母亲，没有佝偻的腰身，没有花白的头发，她正在底气明丽的年纪。

也就是说，因为有关于母亲的记忆，所以不单吃鲜白薯让我念念不已，白薯干儿面的面食也让我非常留恋。

白薯干儿面当然是白薯干儿碾成的面粉。它是在大秋时候把存储过剩的白薯和受创伤不能储存的白薯切成片儿，在空地或房顶上晒干，干透了收集入囤。这其实是储粮的一种方式。

白薯干儿的出粉率是很高的。母亲领着我推碾子，我瞧见了白薯干儿性状的卓异，上碾子省事，特别容易出面，干透了的白薯干儿在碾轱辘儿底下像炒豆似的咔吧咔吧连响，转不了多少圈，就可以上筛面罗了。把筛剩的渣儿轮番倒进碾盘，再碾，碾一遍，筛一遍，最后剩下不多的渣滓。

碾成的面是什么颜色呢？告诉你吧，淡红色！用手指在面笸箩蘸一蘸生面粉，舌尖舔一舔，它甜！若扑下身在碾盘满口地舔，干干的面粉甜得还有些呛嗓子呢。以后用它做成的无论什么饭食，都脱离不了这个颜色这个甜味。

我母亲有一颗慧心，有一双巧手，她会把乡下凡常的糙日子过细，把苦日子穷日子过甜过美。我感恩并且仰视我的母亲，她给我做过多种多样的白薯干儿面饭食。

擦格儿。轧擦格儿的器具为木框和带窟窿眼儿的薄铁板组合。低矮的木框呈"井"字形，架在锅沿上，镶在木框带细小圆窟窿眼儿的铁算子对着锅的正中。和好了面，锅里的水开了，揪一疙瘩面团放进礤床，然后用跷跷板一样短粗短粗的木杵在上边来回碾轧，通过窟窿眼儿挤出来面条。那面条又短又细，长约三厘米，蜷蜷着，捋不直，就像蜷曲的小蚯蚓。

捏格儿。器具是铁片卷成了的圆筒，高度一拃左右，分内外两件。套在里边的铁筒平底，外边的底部有许多窟窿眼儿。关键是"捏"。一块软硬适中的面团放入空筒，两手各三个指头掐住外筒的耳子，上下正反给力，用平底的筒不停顿地往下压，圆面条就缕缕地捏出来了。如果和面不巧硬了，几个手指会掐得酸痛。它在锅里滚两回，用筷子挑一挑翻个个儿，就能捞了。一捏格儿能够捞一碗，每锅都要轧两捏格儿。

摇籴籴儿，那名字听着就籴。那是把面团擀成饼叠起来，切成小方块，厚度约莫小指头肚的一半。把切得的方块撮入簸箕，撒上不使它粘连的簸面（玉米面面粉），摇。摇的结果，方块的直角变成钝角，不见棱了，就簸进锅里。簸箕里只剩余簸面。它煮的时间比较长，吃起来有咬劲儿，比较顶饿。

猫耳朵。白薯干儿面适合做猫耳朵。白薯干儿面黏，把面和硬一些，擀薄了切开，捋直了卷成筒状，使用刀尖部分一丁点一丁点往外抹，用力不大，但腕子劲要巧。碾出来的效果，个个薄面皮抠抠着，半张开，我看它不像猫的耳朵，像伊拉克蜜枣儿。

其外，还使白薯干儿面蒸窝头、做烙饼、切板条、摇球、蒸大馅儿团子、包饺子、稀面带萝卜丝的拉拉鱼汤等等。一家一户多是这么些吃法，而农家的红白喜事办勾当，那就像招待大队兵马，盘大灶，架大铁锅，烧硬柴，吃白薯干儿面轧饸饹了。

我母亲除了会做白薯干儿面的各种饭食，还会在传统模式上创新，让你更下饭。她真是一个能持家的好手。

我吃过的白薯干儿面里，只是对白薯干儿面烙饼缺少兴趣。这种烙饼因为不使用油，所以不起层儿，放凉了更干巴呲裂，粗粝得难以下咽。略微一放凉，它就变得干硬干硬了。还是蒸煮方式的好吃。蒸煮的都有入口爽滑的特点。尤其煮着吃，略微过一遍凉水，去一去黏度，捞上碗浇上黄花木耳或者茄丝卤，就着小葱或者青蒜，一边吃一边鼻子尖冒汗，那才叫一个美哪！

怨与仇

我本家一位家境比我们好的拐爷爷，领着我去岳母家提亲，就我家的经济状况向我岳母陈述：没有大福享，也没有大罪受。

当我面说的这浮瓜沉李的话，我听着不舒服。

他说得很中肯，但不知晓我的志向。

他的认识，还停留在我们的"白薯世家"上。

不说东街，整个坨里村，谁家有我家的白薯多呀？名冠全村。井窖里有白薯，敞窖里有白薯，空房子里有大囤的白薯干儿。这都是我爷爷、我父亲和我们小辈儿用勤苦换来的。

白薯本来不作主粮，和小麦、玉米、谷子根本比不上。在城镇它属于菜蔬一类的东西。国营粮站收购白薯，四斤白薯才抵一斤粮票，找给两毛钱。兑换成的粮票只许买玉米面，买不成白面。因为家家具备籽粒特征的粮食少，它就更为"保命粮"了。

乡下人口中，"大挡饥"是对它的尊称。

谁愿意总吃"大挡饥"呀，吃一天，就证明你过穷日子一天。

白薯是亩产能够达三千斤以上的高产作物，为了多产白薯，我爷爷和我父亲太勤苦了！一亩四分地的山坡自留地，因为种白薯最高产，根本容不得倒茬。镨地时，镨得深、暄实，施肥时，施得大，把最好的粪肥用到白薯垄上，除草时，除得勤，不容一棵杂草争肥。栽白薯是一场大战，爷爷负责培垄、镨坑、栽秧、埋埯儿，父亲负责挑水、浇水。哥哥和我也去支援。我俩都挑不动水，就合着抬一桶水上坡。别人家只浇一遍水就得，我们家为了薯秧保活，浇两遍水，并且哪遍水都浇足。头遍水全渗了，才给浇第二遍水。我记得一桶水浇一次，浇足量了，只能浇二十几棵。一亩四分地的白薯，几千棵秧苗，需要担多少次的水啊！

光是小嫩肩膀抬水，把我都抬怕了。

盼着秧苗成活，盼着缓秧，盼着薯藤爬蔓儿，盼得心急。可每年的五一前后总会刮一场大风。大风把小苗都刮成了光杆儿，刮趴下了。它蔫蔫儿的，我像大人一样揪心。

霜降节气，该收获白薯了。又是全家上阵。我刨不动，负责归拢堆。这时会听到父亲多次惊喜地叫喊："过来看，瞧一瞧这个大挡钺！"

一块二斤多重的白薯，拨拉到他脚面，他的笑口咧到了耳根台。

收白薯时，全家是欢腾的，而往后的日子，天天吃白薯，顿顿吃白薯，却是我最慁的事情。

生产队分白薯，自家产白薯，白薯存量大，储存得好，我家白薯能从头一年的大秋，吃到来年五月。算算吧，七个多月时间吃的都是白薯。

冬春两季，常规性的早晚白薯粥，中午蒸白薯，硬食稍有变换，吃一顿小米饭，捞出饭的米汤里又熬了一锅白薯块儿。我见着白薯，心口就发堵。老话说"吃伤了"。

哪有什么好菜啊，入秋以后熬白菜、熬萝卜条，少油没酱的，连炝个葱花都没有，光是一把盐。冬三月，我家九口人的菜，就靠咸菜条。顶多顶多，浇上一勺干辣椒油。那口大咸菜缸，现在还留着，它昔日的容量，一次能腌二三百斤青萝卜和蔓菁。

白薯吃多了，烧心，口里常控出酸水。

而且它不禁饿，我们叫"不拿时候"。没多大时辰，肚子就空空如也。

但是，有它，就不至于饿死。

现在电视荧屏上开办专家讲座，有专家讲白薯为名列第一的抗癌食品，说它通便。我心里说，让你天天吃白薯试试，还张罗不张罗说"抗癌""通便"？

多少年以前，中国城乡二元结构，分农业户和非农业户。非农户城镇居民可持购粮本，去国营粮店凭粮票买定量供应的商品粮，年节还有副食补助。农民则不然，他们在地里种什么吃什么。几乎看不到白面。

我是那么厌恶白薯，而与我同龄的非农户同学却看着白薯香。有一个非农户姓崔、长得很俊的男同学，一次主动提出用一个馒头换我一块白薯。我当然愿意。当着我面他把白薯吃了，而我则揣起这个馒头带回了家。这事情，我现今还记着呢。

20世纪50年代出生的人，都经历过60年代初的饥饿。连续三年大旱，全国闹灾荒，全国人民都吃不饱肚子。北京城里居民下农村捡白薯须子、白薯秧子，挖白菜疙瘩。大多数农民靠借粮，提着条空口袋东借西借。

我们家的情形好一些，白薯粥掺和倭瓜、蔓菁丁儿，原先筛剩下的白薯干儿渣有新的用项，掺进稀稀的玉米糁儿粥了，没断顿。

母亲也看出我吃白薯、喝白薯干儿渣稀粥的委屈，她在全家人面前，眼神表现出小心翼翼，似乎做不出好饭食是她的罪过。

我老早就知道为家庭生活出力了。

中学毕了业，家里缺煤，我就去很远的矸石山捡煤。去的人多，捡不着煤块儿，只能用小铁筛子翻腾煤矸石下边的黑面儿，然后装入帆布口袋，背下山。一去一天，带的干粮是蒸白薯。高山上，大风呼呼地刮，冷风从裤腿底下向上边灌，冷透了身子。手早拘挛了，鼻子和脸生疼。当作午饭的白薯，冻得梆硬，抡起来完全可以当手榴弹，那也要吃。两颗兔子牙一般的大门牙，上口一啃，只会勒出两道白印。根本咬不下整口的来。

郁郁涧底松，离离山上苗。身在高山做苦工，冷风吹着，心里苦啊！

从那时起，我就仇视出身，仇恨白薯。为了逃离农村，特想去当兵，因为那是有志向的农村青年脱离农村的唯一途径。可是由于改换命运的心情迫切，连续三年参加征兵体检，都是因为血压高，被刷下来。

命运让我走不出农村，吃白薯的苦就得受着。那一段很长的经历，我谓之"苦大仇深"。

"怨无大小，生于所爱；物无美恶，过则成灾。"辛弃疾的《戒酒》诗中所云，特别符合我有白薯吃没有饿死，却对白薯充满了仇恨情绪的情况。

我还得跟你声明，虽然我与白薯为仇作对，但从未与窝头结仇，从来不拒绝窝头。家常饭里玉米面净面窝头是上等食物。在过去年月，普通农家也不是轻易就吃得到的。

又很多年以后，我手上也有城镇居民的购粮本了。凭个人的不懈努力，最低纲领实现了，曾吃种田饭、转挣卖文钱的本人，更要在饮食中消除白薯，更加强化不吃白薯的信条。入超市上集市，一见白薯，心理上冷漠得厉害。

可是啊，命运真的会捉弄人，老了老了反而想吃白薯了，重新回到本命食的轨道上来。家里没地种，就去超市或集市上买。老远见了烤白薯的小贩，鼻子就一劲儿地吸溜。

三十年河东三十年河西，这句话谁发明的？真对！

捧起来一块烤白薯，如见故人，情形宛然"一声何满子，双泪落君前"一般。

你根本想不到，今年的春节我是怎么过的，吃啥都不是滋味，就想吃白薯。春节几天，白薯是我的主食。

去大街买白薯，遇见一个面孔似红皮白薯的卖白薯的外乡妇女，她看我像个吃主儿，跟我喋喋不休，从品种到口味，推荐她的白薯。

我见她没完没了地兜售，心说这不是在"关公面前要大刀"吗？回敬了一句："我是种过白薯的！"她不言声了。

井拔凉水

一想起了井拔凉水，就想起过去温温融融的农家生活。它所透着的亲，滤着的热，会让你永远把它惦记。

北方吃水，靠水井中汲取。有村落，就有水井；有水井，必有人居。从一口苔痕漫布、砌石潮湿的水井，你可以推断村庄的历史，探知这里先民的根基。

北方的水井很多，一个大的村庄，水井不止一口。但最能让你记住，并觉得井水好吃的，还是离家门不远、自小吃用的那一处。你对那被岁月缠绕而凹陷下去的辘轳头、对那放下水桶时辘轳头转动发出的"呱嗒呱嗒"的声音，太亲！

这井水真正的神奇之处，在于冬暖夏凉。三九天气，打上来一桶水，刚放旁边，不容下一桶的水打上来，前一桶的桶底就已结了冰，桶底和石板台粘在了一起。拔起它时，可见桶底下被压出的圆圆的冰槽。然而，水桶里的水却漂浮着热气。

正格是水温人冻。在寒冷冬季，冒着严寒，头戴放下帽耳子的棉帽，手缩进棉袄袖，用棉袄袖隔凉，摇辘轳打水，只有单一受冷的记忆。真正令你倾心，生发很多快感和联想，让井拔凉水插上翅膀名满人间的，是炎热的夏季。

夏天，井台上充满了欢乐和生机。中午前后，更热闹十分，一把辘轳没有停歇的时候。在家做饭的妇女、放了学帮助家里干活儿的孩子、走起路来慢慢腾腾的老翁，都要去井台打水。水桶虽然排队，人情却在，凡有人说"家里有事"需要插个档儿，谁也不会介意，就让他先来。

新打上来的井水，凉气扑面。解暑热，败心火，降暑气。吃面条过水，哪怕就是白薯干儿面"轧捏格"，浇咸菜汤，饭食也开胃。缕缕行行中午下工的人，无不先奔井台，"咕咚咕咚"喝上一气，解了头乏，再拍着肚皮回家去。倘于半路遇见挑水人，绝不放过，截住他，手扳水桶张口就喝。挑水者扁担不离肩膀，由着人喝，他就站一旁嘻嘻乐。即使喝得只剩下半桶，也绝不嗔怨，更不会去想入口卫生的问题——都是干了辛苦活儿的一街老乡亲啊。

夜深人静的夏夜，倘未安眠，你照常会听到挑水者"噔噔噔"的脚步响，听到"呱呱呱"的放辘轳声。那声音流荡于老街，能传出一里多地。

旧时村庄，人们延续古风，厚道，感情不掺假。对老乡亲，一个比一个心肠热，对待外乡人也从不差心。就有一个外乡人到了村庄，又饥又渴，见一个妇女正在井台给牲口饮水，顾不得礼貌，蹲下身就要喝。这妇女见状，急中生智，抓一把麦鱼子扔进了桶。外乡人喝水不成，十分恼悻。妇女慢慢解释：夏天井水忒凉，远路而来一肚子心火，急着性喝非把肺炸坏了不可！扔进麦鱼子就是不让你急着喝。外乡人听懂了连忙道谢。这一村忠义待人的好名声也就此传扬出去。

这是一个故事，但和井拔凉水有关的风情，也不好不坏地声张在田间地垄里。

夏天庄稼地里干活儿最苦最累。生产队时期每临夏季，都派妇女或弱劳力给干活儿的送水。水从村里的井打来，干活儿的在多远，送水的就去多远，或许有二三里地。大热天，田里人最盼望的，就是在歇盼儿时候有人来送水。远道送一次水不容易，怕水"逛荡"，送水的往往在水桶上压几片蓖麻叶或放一个柳条圈儿，保持水不外溅。地头歇着的人，耳朵特别灵敏，只要听见扁担环儿击打筲梁的声音，就会有人高兴地大嚷："大凉来了！大凉来了！"兴奋地跳起。即使上了年岁、最能沉得住气的人，此时至少也要挪一挪屁股窝。性急的，健步如飞，前去接应——甭管是谁把水挑回来，都不容水筲撂地放平稳就抢着喝。轮到最后，剩了小半桶，就有人把水桶举过头顶，桶口朝下，直通通地往嘴里灌。喝罢，一抹湿嘴唇，连嚷："痛快！解气！"凉森森的井拔凉水，虽不解饥，却甜透了心。

解决了口渴，自然是头等事情，但田里人不满足，地头上还有插曲。他们希望送水来的人是个姑娘，愿意看见一个大姑娘挑着扁担，拧着细腰，袅袅婷婷的身姿；愿意瞻望挑水姑娘走起路来那溜过屁股蛋、一甩一甩的大辫子。沔透了小花褂的汗息味儿，闻着都觉得香！

　　井拔凉水太好了啊，它亚赛琼浆玉液，十全大补，慰藉人们的心田。

　　多少年过去了，谁都说井拔凉水好喝，从没听说有谁喝了闹肚子。那是过去那一代人的福气！出门在外的人，让他记得住的，常常是家乡的一棵树和"汪"在心里的那一口井的水。甭管他在外当了多大的官，名气有多高，他都会认为是喝了家乡的井水，长的出息！游子归来，想做的头一件事，就是拿起扁担、拎起水桶，给家里挑水。并且谁也劝阻不住，由他一趟趟地去，直到给家里老人的水缸，挑得漫溢，湿了一地……

　　如今不同了呀！甭说现在农村不再挑水吃，用上了自来水，原有水井填的填、废的废，即或真的还有人过街挑水，又有谁去拦下挑水人，当着他的面手扒筲沿喝上一气？那样做，且不说自己放不下面子，那挑水的也不在乎他认识没认识到讲卫生，但结果是让人不寒而栗的：不是跟你翻脸，就是跟你要钱。

　　井拔凉水和井拔凉水带来的风情，从村庄消失了，真是太快。世道轮回，不好多说什么；但那一份人情、风情也跟着没有了，真是觉得可惜。

过去的水井台

过去，乡村用水，从井里取。大村庄，水井三五处，每条街至少一口水井。

看一个村庄的久远，除了直观祠堂庙宇，另则根据经验看水井口勒过的痕迹多深、壁上覆了的青苔多厚。

立村，头宗事就是打井。成语"背井离乡"，不言别的，井为唯一的哀苦象征。

水比吃的重要。真正让人感受艰辛的，吃饱肚子尚为其次，上天赐没赐给饮用的水更使人心塞。步行十几里取水，归家只因一桶水打翻，令女人含羞自尽，并非古老的玄乎话。

井台上装置，现在看不到了，即使偶尔看见，当今大多数年轻人也端详不出各自用途、叫不出名称来。为何？吃上自来水，原先的水井或填埋，或废弃了嘛。

井台大件，为辘轳、穿轴石。在水井深的地方，没这两样，休想汲水。辘轳为长筒形状，长条木块拼凑，两端箍铁箍儿，辘轳把儿穿入铁箍儿，箍牢。辘轳上缠绕井绳，时间久了，中间部位会被磨损，勒得凹陷，就像朝鲜族的长手鼓。辘轳把儿，早期为硬木，带弯儿，因为弯形给力，符合人的用力姿势，以手握适度为宜；后来使用铁的，磨得锃亮。穿轴石，在井口一侧，是一块厚重、近人高的石头，或者一块有厚度的石板。由石孔穿上辘轳轴，起支撑作用。为了保持稳定，颠动起来不游离，穿过去的辘轳轴，除了在轴前置一卡子，防止辘轳脱落，在穿轴石后侧或许还会坠一块重量级硬石。辘轳每天很多人用，即使选择了耐磨损的枣木，天长日久，轴也会磨细，发出紫红的光泽来。

辘轳上紧要关节的构件，是井绳——没绳子，怎么提水呀？早先是粗麻绳，后期改为细股儿钢缆了。这绳子头上有一个小物件，是扣筲梁的铁环。铁环制作很巧妙，像个"8"字，一根铁棍制作，但里边是多半个圈儿。半个圈儿有弹性，摁下去，筲梁入环；入了环，半个圈儿自动闭拢，它预防脱钩，水筲掉进井里。

放辘轳，既危险，又好玩。青年人放，不扶辘轳把儿，单手叉腰，单手虎口卡辘轳绳上，转动起来的辘轳随即"呱嗒呱嗒"连续响起，自由落体"咚"一声，水桶砸了水面，才把转动着的辘轳止住。

妇人和小孩儿，不敢如此大胆。一扛一扛，谨慎往下续绳子。

往上摇，青壮和妇孺仍然有别。青壮扛动仍用单手，妇孺则一拘腰一拘腰地双手不离辘轳把儿。

放辘轳，当然要谨慎从事，若手脱把儿，一定侧身，否则，快速转动的辘轳把儿，会捆到脸。小孩儿会被打趴下，大人也会被打得眼冒金星——被辘轳打下井，也说不定。

辘轳响起的声音，好听，一连串的"呱嗒呱嗒"，飞扬人间烟火气，像开怀的笑声。听不见这个声音，定是乡村有了变故，人不知何去。半夜或者黎明，这声音传得远，听得真。伴随"鳖鸡儿打水、鳖鸡儿打水"的叫声，给担水人带来好心情，也使别人对他这勤谨感到亲昵。

井台上是一个小社会，看人性，看品行。一起打水有先后，若家里做饭急的，须让一让，允许人先打。被让的人，也一定会笑脸赔情。有年老体弱的，大家上赶着帮一帮。我村有个陈哑巴，去世多年了，他活着时向来帮人打水，从头皮青至头发白，笑脸扬着，听不懂的滔滔哑语让人感觉亲善。我对他的印象，保留至今。

井台也是一个欢乐场合。不见开玩笑的井台，不是井台。男人与男人，男人与女人，大人与娃子，全招上了瘾。很多乡村信息，很多玩笑举动，在此输送、上演。一唱一和，一夸一讥，一拳一腿，真真假假，成为乡俗版水井文化。

人伦、德行，既在打水、担水过程显现，也在其中养成。

青年若见自家母亲挣扎着担水，心疼得了不得，半路途中会抢过扁担；见有乡亲担水吃力，帮助担到家，根本不用人言谢！

出门在外，离乡日久的"兵哥哥""工人叔叔"，回家后不掸风尘，撂下拎包就去拿扁担。临走，忘不下的，是将水缸挑满——哪怕里边水已溢出，湿了屋地。

——不管你成了多大事，肯不肯给家里担水，是对你人格评价的依据。按原先规矩做了，家乡人对你的颂扬，远超过对你本事的赞许。

你或许不知，水井台也连接着革命传统：过去八路军为什么总打胜仗？政府工作队下乡为什么受大家拥护？是因为这些"见面喊大娘、进门挑水桶"的战士、干部的好作风受到欢迎，拉近了与群众的距离，革命事业成功就有了保证。

在村风以及典范的熏陶和鼓舞下，农村小小男孩儿，自愿接受磨炼，尽管个子矮，体力弱，他会将前后扁担钩儿绕几圈，分左右绕短，挑半桶水。一路曳曳歪歪，磕磕绊绊，也没觉不适。

水井台啊，显露的亲情、人情、革命传统，几句话哪里说得清啊。

即使枯老了，腰弯得似乎挨地，人们的心仿佛还在青年时期，时时漾起对甘甜井水的幸福的回忆。

看青的

处暑节气开始，庄稼逐渐成熟，收秋和护秋同时展开。场院里搁看（音kān，下同）场的，田地里搁看青的。

看地男人身上带的，常为一把镰刀、一个帆布口袋，以及碎烟末子、烟火盒、卷烟纸。几件随身用品，镰刀是为了用来护身，帆布口袋为歇坐方便，不怕棍扎、露水潮。带烟，专为解闷儿。这些装备均属正常，然而不能带筐——为了避嫌。

看地的男人一般胆子都大，选择歇脚的地方爱在老坟旁。传说鬼住庙不住坟，庙里什么鬼都去，情况复杂，坟是空的，落脚安全。看地防御的重点，是夜晚两头，人将入睡和天将亮，人睡得正香的时候。这俩时间段最爱出事。尤其天蒙蒙亮之际，更需加倍小心。有心怀二意起早儿打草的人，稍不防备，就有可能被他顺手牵羊，将一个大倭瓜或几根青玉米塞进草筐，"顺"回家去。

有看青经验的人，对村情都特别了解：哪户人家忠厚，哪户人家奸猾，心里都有底。对靠近地界打草的人，若是忠厚人家的，并不多言，打了个招呼就迈过去，任由他独自行动。若遇上可猜疑分子，面容可能也带着笑，但那犀利的目光和撇出来的双关话，会直通通地捅进那人的心里。心照不宣，彼此会意——都放明白为好，在可注视的范围，你已引起了我的警惕！

看青人还有个本事，惯于声东击西，颇通"犯罪心理学"。看守的一块大田，有哪几个路口容易进贼，哪几个时辰容易被人袭击，他"门儿清"得厉害！大田的一角也有高出庄稼地的窝棚，供看青人守夜、避雨之用，然更多时是以它唱"空城计"。一块大田若是很大，是望不清楚边界的。怎么办呢？看地人必须和"入侵者"斗斗智。有偷袭念头的人，刚还发现看青人在窝棚里跷着二郎腿、扯着破嗓子唱什么戏，便以为得了时机，赶忙溜进大田。可就在他急三火四行窃之时，猛一抬头，看青人赫然在他眼前站着哩！他顿时傻了眼，束手就擒。

按巡护守则上讲，虽说"捉贼捉赃"是铁定的条律，可饱经世故的看青人，却不愿意与偷青贼发生正面冲撞。一般情况下，是采用"不战而屈人之兵"的方式，使其打消念头。即便是抓了现行，对外也守口如瓶，更不会以截获赃物为荣，当作邀功请赏的成绩。"捉贼容易放贼难"，古语里边玄机大着哩。

然而，看青的也是有"法权"的。在他管辖范围内，自己摘几个花生、烤几块白薯，以至与其他看青的"互通有无"，没有人介意——近水楼台先得月嘛。但如果他不守规矩，以应许粮食为便利条件，也有可能把个别妇女诓进玉米地，做出那等事来。愿打愿挨的自不必说，可如有哪一个看青的胆敢借机欺侮孤儿寡母，必招致全村人的痛恨，受到全村人的道德审判！

看青的，千能万能，总也有"克星"，也总会遇到使他头疼的角色。"扬头老婆低头汉"便不好惹，就有这样的妇女爱偷庄稼。你见她时在拔草，你转身她就偷庄稼。被看青的逮住，她并不求饶，蹲下身做出撒尿的样子，或干脆提着裤子直奔你而去——轮到这时，你猜吓着了谁？看青的踅转身，撒腿就跑，而挎篮的这妇女，则大摇大摆地回家了。

对比于热汗淋漓的大田劳动，看青的处在上等地位，东凉儿倒西凉儿，虽担责任却轻松。生产队时期，因生产队长品格不同，会以其眼光决定人事，选用几种人看青：一是生产队长的亲属，或者亲信；二是忠实可靠的人；三是"翻眼猴儿"，见谁都瞪眼的"浑人"；四是往花生、棉花地委派的，和生产队长可能有"那么一腿"的特殊妇女。从用人上，生产队社员特别能够认清队长的心胸和品质。

好多年过去了，当年看青的，即使那时候年纪最轻的，现在也在农村领上养老金了吧？如今把这旧话提起，谁还把那些过往当一回事呢？

本村三队的

坨里村生产大队分八个小队。那时，每个生产队有三四百口人，是按照街向划分的。东街为一、二队，南街为三、四队，北街为五、六队，西街为七、八队。东街以翟姓、陈姓、潘姓为主；南街以王姓、翟姓、刘姓、苗姓为多；北街的张姓、秦姓、陈姓占了大部，坨里村最好的街心位置被他们占上；西街涌进不少外来户，杂姓里边有的只是单门独姓，老住户里门户壮的为金姓、陈姓，户口簿上的如王姓、林姓、姚姓、范姓、安姓等大概其相当。

如同村有村风、家有家风，一条街一个生产队不同聚落也有不同的风格，各有气象。东街一、二队往好了说人勤恳，一会儿也离不开干活儿，往坏了说一个个死庄稼脑袋，过日子仔细，出门背背筐，总想捡回个金蛋，可有一样别人比不了，会种地的庄稼把式特别多。南街人性气张扬、豪放，走路扬头，无论男女爱"戗戗"，又极其"抱团儿"，惹了一个，就惹恼了一帮。北街多的是智人，遭挤对便有"吃窝头拉柴杂儿"一句话，小罗成似的人物被认出来不少。西街因为聚集外来户，受外来文化背景影响，还挨着大清朝时就建造的京汉铁路支线，因此商品意识早有开发。能商能农，能说会道，人历来活得比较潇洒，论当年工分日值，数他们最高。

我是真瞧得上三队人啊，男的女的，好像八路军的独立大队，人人都挂着骁勇气象。

那帮小伙子尤其不得了，干农活儿一个个生气勃勃、生龙活虎。春天栽白薯都感觉是发怵的时候，水源井有限，都集中在了一口井，那井是大口井，没有辘轳，要取水得自行解决。那就拿扁担当井绳，伸下扁担往上扔。就看他们晃一晃扁担钩，上臂的一块肌肉如青蛙跳动，三下两下就把一桶水扔上来。这不只需要力气，还需要巧劲儿。往瞎疙瘩坡挑水，担重桶时一律上坡，一程三四里，一挑儿六七十斤，中途谁也不歇脚，都光大膀，连垫肩也不垫，有的还让扁担交叉，担起了双副水桶。一回半回还可以，这可是整日整月的鏖战啊！春天吃不饱肚子，快晌午时太阳又特别晒，别说干活儿，就是忍饥挨饿谁也受不得，肩膀晒脱了皮也好，饿得咽唾沫也好，反正他们健步如飞，一声声呐喊自壮气势。当年集体干劲儿啊，我至今想起都心热。

三队青年不但干活儿敢打敢拼，而且多才多艺。有的会吹笛子，有的爱唱歌，还有的练武术。但共同爱好是打篮球。那支球队的确出了名，喝棒糁儿粥、吃白薯的队伍，愣能把县里的水泥厂、铁厂工人代表队给打了下去。

干多么累的活儿，三队篮球队的心气儿不散。收了工，换了装束就奔球场。因为小伙子们干活儿优秀，又给生产队争了光，那个爱爆粗口、创造出"拉金尿银放锡溜儿屁"金句的刘队长，都格外开恩于他们，占用半天时间出外比赛，他都给记工分。

这帮小伙子啊相当好美。在暖和天的晚晌收了工，一律换上白网球鞋，这在其他队是没有的现象。就说薅锄子吧，本是干活儿的家什，可在他们手上都拿沙土磨了，连锄把儿带锄板打磨得锃光，如同电镀的一样。原来我不相信毛主席诗词里"天连五岭银锄落"的那锄是银的，可看他们手里的锄可不就是银的嘛。也不知谁起的头，一个跟着一个学，都把土里土气的家什淬炼成了"仙器"。

都处在未婚的年龄段，求偶之心谁也挡不住。夏天的晚上，高处风凉，这帮小子聚集南坡，在那原本日伪军修炮楼的地方，举行专场音乐会。会吹笛子的翟光耀吹奏《小放牛》《扬鞭催马运粮忙》，别人会唱的爱唱啥唱啥。就连那虽然年轻却在坨里村辈分大、我称"四爷爷"的翟忠，也鼓着高度近视的金鱼眼，唱起了《敖包相会》《五哥放羊》。有萤火虫伴舞，他们的歌声、乐曲声四外飘扬，大半个村庄都听着了。夜露上来了，而南坡的舞台不歇场。有人嫌影响了睡眠，有人怕自家闺女走心，就有通情达理的劝解："甭理他们，他们这是吹箫引凤呢。"

翟二毛的暂住地，我看应该叫"光棍儿堂"吧，净招来光棍儿小子。他那时没地方住，借住一处土坯房。跟前没有老人，去他那儿随便。二毛因为吃不饱肚子，常做出一些让人看不上的勾当。可是他特讲义气，有一回不知怎么弄回一条狗，咔吧咔吧给宰了。架上锅即传绿林箭，把"焦不离孟，孟不离焦"的一伙人通知到场。煮狗肉哪里有什么正经作料，就甩几把盐颗粒。同伙盯着肉锅，闻着肉香，心里起急，见刚能撕开肉丝，还带血津儿，就大嘴啃上了。那时没钱买酒，也没喝酒的习惯，白嘴就把一条狗吃得只剩下了汤。大伙儿吃了二毛的狗肉，都注意维护二毛的形象了。

"金邦有金兀术，我朝有岳武穆；金邦有狼牙棒，我朝有天灵盖。"老戏书上的话，让身居光棍儿堂的臣民自我感觉稳稳当当。

我有一个本家婶子，因为在农业合作化时期参加了评剧团，她扮演《小女婿》里的"香草"，所以多少年以后，人不叫她"王淑兰"的大名，叫"香草"反而觉得亲戚里道的，亲切、恰当。她性气逞强，家里的事她拿主意，把我大叔管得服服帖帖，每日推泔水喂几头猪的小推车给他预备着。在生产队当着妇女队长呢，出工她最早扭出家门，站在据说是"将军后花园"的南井旁"叫早儿"："干活儿的走了哎——"那一嗓儿带着韵味又脆又亮，穿岩裂石，响遏行云，真不愧有唱过戏的底子。

我也不想忘记一个叫秦玉亮的老人，那人一看眉相，就感觉是智者。人宽厚，我爷爷也信服他。他的园田活儿干得挺棒。我只是不明白，这么一个心胸豁达、张口满是人爱听的"笑话"，人送"秦三悠"外号的人，怎么就在晚年绝食而亡了呢？

我问青山几时老，青山问我几时闲，在外忙忙碌碌奔波了半生的我，从未忘了家乡。三队的人，三队的事，我记了很多。当年光棍儿堂扎堆的那一伙小子，早已成家立业，捋上了胡子，有的连孙子也上大学了。境况也是不一，混好的混好，混孬的混孬，当初挺叱咤风云的，没想到今儿个腺眉搭眼，老来落魄；当初跟随屁股后玩的小力巴，现而今成了财富大英雄。学木匠，学瓦匠，学工程师，搞经营，干啥出色的都有。最是翟光耀不忘初心，管弦自始至终没有撂下，作词作曲好多首，自己还登上了师范学院的大讲堂。诗礼传家，他的儿子也当了一名音乐教师。穷家破业的翟二毛，有了媳妇有了孩儿，这两年得国家安居工程照顾，住上了亮亮堂堂的大新房。烧液化气，电供暖，旱厕改水厕，他整天笑嘻嘻的，干点养鸡伺候狗的闲活儿。那一拨我想说"黄金一代"的人，最年轻的都过了六十岁，而走得早的已进了公墓。如果还想写，我就赌着再写一篇有关三队的后传了。

粒食者道来

董为的爸爸，是董为太姥姥一手带大的。所以，他对董为太姥姥做过的饭印象深刻。

一天，董为的爸爸与董为奶奶聊起了老人家做过的饭食，这几种农家饭，如今很少有人谈论了。

捏格儿，说全了叫"轧捏格儿"。轧的工具，是两个铁筒组合。一个为空心平底，一个有窟窿眼儿。空心实底的筒为塞儿，杵在外边有窟窿眼儿的筒里挤面条。实底的塞儿为圆柱体，上部有手环，能插两个拇指；筒塞儿带沿，像礼帽。操作时，两个拇指塞入筒环，其余的两个手指头抠住下边的筒边沿，两手合力摁压筒里的面团儿，一次性挤压到筒底。

轧捏格儿面，常常是白薯干儿面掺榆皮面，榆皮面起黏合作用。面盆和成的面比较硬，适量抓出面团，塞入面筒，轧出来的就是长长的面条了。轧时，怕只注入一个点成了坨儿，要提着捏格儿筒，在热锅上绕圈儿。随绕随摁。一筒面，能够捞两碗。

轧捏格儿的窟窿眼儿，有圆形的、扁形的、菱形的，什么样的眼儿出什么形状的面条。白薯干儿面面条，颜色暗红，浇上卤拌面，入口滑溜。

冬天吃热的，夏天吃凉的。

擦格儿。吃擦格儿的工具好玩。它也由两件组成，擦格儿杵和擦格儿床。擦格儿杵像铁轨断面的"工"字形，上边单手把握的横掌略短，一根短木柱把横掌和下边略长的硬木块连上，恰如"工"字的写法。下边的长方形硬木块两头翘，像木马玩具。擦格儿床，也是长方形带木框，透窟窿眼儿的硬铁皮镶木框底下。木框长度，以锅的大小为限，要能够搭上锅沿。

锅里的水烧开了，擦格儿床搭在锅沿上，扯起一团面，用擦格儿杵来回碾轧，像擦萝卜丝似的，把面团擦入锅内。

吃擦格儿的面，白面、豆面、白薯干儿面，都行。轧出来的擦格儿条，蜷曲短小，像蚯蚓吐出的泥。

拨鱼儿，说明着做法和形状。操作工具简单，铲子或菜刀加一根筷子即可。把和好的软面揪一疙瘩，搁大铲或刀面儿上，撩一把水，手掌将平了，拿独根筷子从一端一条条往外拨，拨尽上边的面。使用的筷子，要带棱儿，便于截断湿面。入锅的面条不会太长，肉乎乎，圆乎乎，特别像小鱼儿。

摇籴籴儿，籴籴二字，按照乡间话，前边的读二声，后边的读轻声。它除了不用白面等纯细粮制作，其他的杂粮面或混合面都用。做法，瓦盆里的面用热水烫了，和好，带着热气在案板上擀成一块长方形、厚度在食指肚上下的面饼，再用刀横着竖着切成指甲盖大小的方丁。捧进簸箕里，在上边撒上"簸面"。簸面，使用玉米面，阻止方丁粘连。接着，端起簸箕，两手摇晃，像摇元宵一样地摇。待所有的方丁都摇松散了，靠两只手腕的巧劲儿，将簸箕一褪一褪地往怀里带，磨去棱角的方丁就由簸箕舌滚落进沸水锅了，簸面滞留于簸箕底。

摇籴籴儿的面，比较坚实。故而比煮面条耗时长。它的优点是有嚼头儿，吃饱了搪饿、"拿时候"。随锅煮，常用白菜帮切成丝，当菜码。

吃象皮子，得说"摊"，也叫"摊炉糕"。工具就像重型武器了。象皮子铛与烙饼铛不同，烙饼铛底部是平的，而象皮子铛中间部位凸起，高于四围，外沿还有槽儿。

摊象皮子，用稀面，像摊煎饼似的稀面，用勺子往上舀。舀上了，又像摊煎饼似的，用拨棍拨，使它摊匀、摊圆，再扣上盖。

象皮子，闻到焦香味儿就熟了。熟了的象皮子，表层起蜂窝，有均匀的凹坑，像月球上环形山似的。这是经扣盖焖了，水蒸气起的作用。

既然也叫炉糕，表明有一定厚度，美滋滋感觉像糕点，听名称取贵；叫象皮子，有些随心所欲、俏皮，把大象的仪表扯了进来。

名称奇诡，流行于北方地区，下水煮的农家饭食，还能举出轧饸饹、猫耳朵、板儿条几例。综合着看，吃轧饸饹面向大众，比如盖房子请来上百口人帮工，午间管饭，支起大灶下锅的就是饸饹面。其他任何手段饭食，规模都小，适宜日常家庭。繁简有异，此不多叙。再做说明的，吃白薯干儿面猫耳朵、板儿条、烙饼、窝头，和以别的杂粮面做煮着吃的食物，或多或少要掺榆皮面，以增加制作时的黏性和入口时的爽滑。

多种多样的，旨在填饱肚皮的农家饭食，源远流长，都是粗粮细作。展示了风情，也展示了农民乐观的心性。

含着中国元素的饮食绝技，我们没有理由不对它心生崇敬。

吃相

在我产生写这个题材的想法时，看到了纪念刚刚去世的林清玄的一段文字。

一份大报上讲，林清玄家有十八个兄弟姐妹——除了五个亲兄妹以外，还有十三个堂兄妹因为是孤儿也由他父亲抚养。

林清玄这样描述他幼年时的经历：我小的时候，印象最深刻的事情是，从来没有一天吃饱过，每次要吃饭的时候，我父亲会拿出十八个碗，形状都不一样，因为乡下人没有整套的碗。每一个碗里面添了一点点食物，添完了以后，他就会用很庄严的声音说："来，大家吃饭。"端起饭来吃，那种心情都觉得很庄严。但是我们端起饭来不会马上吃，吐一口痰进去拌一拌，这样才可以安心吃，不然你头一转，回来饭就会少一口了，因为哥哥姐姐他们也从来都吃不饱，都是盯着别人的饭碗在看。我是生长在这样的环境。

说的这些，真是够凄惨的，我仿佛看到一群小兽竞食的场面。而大兽是他的父亲，虽然对于父亲没有过多的描述，但和善与乐观纷纷扑面，晕染出了大人努力维持公平的样子。对父亲的感恩和怜悯都浸润在里面。我比林清玄大了两岁，虽然也经历过贫困，但我的形骸并没有达到这一步。与之对照的，是我曾经看过丰子恺先生的《护生画集》。他在画作《一犬不至》之右另篇幅上写："江州陈氏，宗族七百口。每食设广席，长幼以次坐而共食之。有畜犬百余，共一牢食，一犬不至，诸犬为之不食。"他说的这个故事挺离奇的，旨在说明高士的德行影响了畜类，犬受了熏陶，同高士一样有了风骨。把这个章节拿过来与贫困家庭日常情形进行比较，贫困家庭的表现，还不如士大夫门下通灵的犬讲风度。

林清玄让人觉得完全可亲，就是他讲凄惨的事情不让你一味感到心情沉重，他会写出一抹暖意——那时为了补充营养，抓到蟑螂，穿成一串儿，烤一烤，吃下去。因为吃不到肉，没有蛋白质，即以吃蟑螂补充。他得意地说：你要知道，我们乡下蟑螂都是吃什么长大，吃地瓜、吃甘蔗、吃芋头、吃玉米，吃很好的东西长大的，烤一烤，剥开来闻一闻，还有牛奶的味道。

追溯幼年凄苦，他好像若无其事。这般表达，从根源上讲也符合其母一贯的善良教育，即不把一人心情过多地传递给群体，而是以善心缓解受众情绪上的压抑。而从一位散文高手方面讲，以善心度人也形成了他的文字风格。是少年不识愁滋味吗？童心铺陈之下，是其深得以乐写哀哀之更甚的章法。

吃相，往小里说，是私家事情、个人习惯，往大里说，它最能体现大国民情，最能揭示社会形态。

吃，是生命中最重要的环节，不论常人随口讲的"吃穿"，还是圣人布道而论的"食色"，吃都排在首位。平凡人说平凡话，说得通俗的指涉概括了生存的基本需要。圣人言语玄奥，因其本体不在常人层面，故倾向于人性规律。然则贤愚之间甭管差别有多大，但都肯定了吃的优先地位。

吃，有关活命，穿，有关廉耻；色，是在有了温饱以后，对于生理需求的深度开掘。这方面绝不存在争议。

翻开中国几千年的文字历史，不管是否明写，里边都包含着对人民吃得饱吃不饱、吃得安定不安定的记载。

吃相在古书上曾出现一些字眼，它使我们看到或理解不同阶级的生活原貌。比如形成对比的酒池肉林、钟鸣鼎食与饿殍遍野、易子而食。至于穷苦人不得已而吃观音土，女人为了一口吃的名节不保，还用得着我们去细细品察那份吃相吗？

我生长在乡间，未曾脱离乡村，年龄已经是"望七"的人了，自小听闻和见识过的吃相，留存着深刻的记忆。

我爷爷曾经讲过，当年饿着肚子装火车，装白灰，装煤炭，一钩车（一个车皮），满载四十至六十吨，全靠两个人用锹铲进大筐，用大荆筐抬，踩着高高的颤颤悠悠的跳板投进去。每筐四百斤以上，一筐筐抬，有一天装满火车他只吃了一根黄瓜。这事我现在想，莫说一根黄瓜，即使是一根人参，也提供不了适应高强度体力劳动的热量啊。

他说过，那时卖力气的人饭量奇大，一条扁担摆一列馒头，能把五尺长扁担摆的馒头全部吃光。煮饭呢，能吃两斤生米煮出来的饭。

至爷爷晚年，我们家境仍然不好，白薯还是主要粮食。爷爷吃白薯，吞咽得很慢，喉头一点点咕容，可在最后连个薯头也不剩下，让膝下的狗非常地失望。奶奶跟爷爷说，饿死就先饿死你。奶奶这么狠心的话是哀怨吗？不是，是他们相互间的悲悯。

我们生产队，有一户子女多，吃午饭的时候，当娘的给做白薯干儿面轧捏格儿。轧捏格儿，要一筒筒地轧，火炙，腕子累，心急，当娘的顺鬓角流汗，就是为了一餐饭。可是，先吃的吃光了，后吃的还没盛上，便不管为娘的心情，一溜少年拿筷子一个劲儿地梆梆敲碗。这是男孩儿才有的资格，而女孩儿只能立于仓柜旁，干巴巴地等着。

那时乡间盖房，主家午间管饭，常吃的是掺了榆皮面的杂面轧饸饹。个人为了抢先吃饱，就把"田忌赛马"的招数用在这里。捞出一锅面放在大面盆里，他从中盛第一碗，盛得不太满，就因为比别人少了两口，他最先吃完，而再捞就是一碗冒尖的。有人先捞满碗的，吃完后，再去捞，盆里已经没面了。而先前盛得不满的反而比这人多吃了半碗。红白喜事出份子，老太太做席吃宴，有的只抢吃了几口，然后就把好吃的往衣襟上胡噜，说是带回家给孙子吃一点。油渍什么的，她一点儿不理会。

最难忘的，是米珠薪桂的三年困难时期，家家吃不上。政府人聪明，创造出了"淀粉"，将玉米轴花生皮用白灰水泡烂，然后磨成面粉，兑上萝卜丁或干白菜帮蒸窝头。蒸出来的窝头非常松散，须像猴子捧仙桃那样双手捧着吃。即便这样的货色，掉下渣也会捡了吃。那时期，小孩子最怕说吃淀粉，吃了淀粉，屎橛光顶着肛门，却拉不出屎。

乡下，涉及吃的谚语也相当不少："千里做官，为了吃穿。""半桩小子，吃倒老子。""吃了一顿饺子，三天不离把儿舀子。""打一千，骂一万，全凭三十晚上一顿饭（指在家庭中受气的儿媳妇）。""长根的多栽，带嘴的少养。""饿了吃糠甜如蜜，饱了吃蜜蜜不甜。"……

北方农民在吃和穿上如何拧巴，拧巴了多少代多少年，我们不必想，想也想不彻底。但是你只要低头注意看一看硬地夹缝里生长出的草，你就懂得过去先民是怎样活的。

说心里话，我感激罗中立，感激他创作出了题为《父亲》的油画。这幅画出自四十多年前。金秋晒场背景下，一张端碗喝水老农饱经沧桑的脸，让全世界认识了中国人的"父亲"。脸是那么沧桑，碗是那么粗旧，干裂的嘴唇是那么无奈，迷茫的眼神混杂着诉求和渴望。作为农民的后代，见了此画没有不动心的，因为他所表现的不只是一代人的父亲，而是以五千年农业史为底本创作出的多少代人的父亲形象。所以，观摩此画，我在深感凄凉的同时，也庆幸与那一个时代告别。如今，我也是有孙子的人了，小孙子上了三年级。从他上小学那年起，我俩就有个约定，即每周五他放学回老家时，须见到我从县城名店带回来的比萨，作为对于他刻苦学习的"犒赏"。我按约定做了，比萨套餐由三十几元涨到百十来元，我仍照办不误。从外带回的比萨还是热的，每回见他熟练地蘸着番茄酱，嘴角沾着红色酱点儿，吃几口即手舞足蹈，便引起我十分的疼爱，每周五买，连续三年了还没有解除约定。看他不满足的样子，像要将比萨进行到底。好啊，上上辈的"父亲"时代过去了，晚辈们迎向了新的时代，我这一花甲老人唯有一个心愿：罗中立画作中的"父亲"时代，永远不要在天底下重演。永远！

三

____

辈人辈事

陈老爷儿和他的后代们

大狗熊的太爷爷已经死去好多年了，大名儿现在很少有人知道，村里只存一陈老爷儿名号。我们乡那地方，管同门哥们儿排行在末的，习惯称"老爷儿"。这也不是瞎叫的，有条件限制，一是被称呼者有一定年纪，他有这份资质担当，并且由外姓人在他背后这么叫，也算是对老炮儿的一种尊称吧。二是本家门弟兄或外姓年龄相当的，当他的面，也不会叫他的官称，他排行几叫几，三弟、五弟，三叔、五叔，该叫啥叫啥；小辈儿在人前背后，更不得以官称信口胡诌。倘若失口，会被人认为以下犯上，狂妄无礼。

"老爷儿"这么个叫法，在同一类型人之内，无论张王李赵，一律适用，但后缀一定带儿话音，否则呢，你也清楚，那为另一码事。

陈老爷儿哥们儿五个，论排行他最小，该当叫了他"陈老爷儿"。

弟兄五人，他干出的家业，原先是家门的荣幸，往后却是给后人带来的罪孽。千差万错，出在他太勤快，过日子太细，末了给后代挣了一个"富农"。这在新中国成立前后的很长时间，在大讲特讲阶级斗争的年代，是一个很可怕的成分。

他本家族的孙子，五服以里的，现今在世的也没剩几个了，年长的已接近九十。不管外族旁姓还是他的后人，都说他这个富农当得有点冤枉。他纯粹是一辈子省吃俭用，通过辛劳淘换来的家业。

泄底全凭老乡亲。老乡亲们讲，他没念过书，一小儿给人当小做活儿的。年岁稍大，给人当长工。人家给的工钱，舍不得花，一星星积攒，攒点钱就买地。因为挣钱零散，买的地也零散，东几亩西几亩，零七碎八，大概其有那么几十亩。但无一处够得上一等田。

越是地赖，越费人工，折腾人。他与家里人干不过来了，就在大忙季节雇几个短工。比如割麦子、耩地、耪地、栽白薯、刨白薯、收秋、打场等等，在节骨眼儿上雇帮工的。

又当过小做活儿，又当过长工，地里场里的活儿他门儿清，说他是好庄稼把式一点儿不假。比如山坡地栽白薯，叠埂前先把底肥扞了，让粪肥和埂土搅拌匀，这样不至于使粪肥过度集中，肥效过度大，伤害白薯，结的薯块儿不长黑皮。耪白薯埂，有那坷垃，不使锄板平拍，而是倒转来用薅锄钩磕打，保持薯埂的表面透灵松爽。

正因为他是种地的行家里手，对帮工的抠得很紧，每人一天的工作量都提到了上限。或许也可以说是老辈儿常念叨的"奴使奴，累死奴"吧。该耩地时，说清耩哪一块地，他交给一袋种子。耩地的扛耧去了。半天没得喘气，才把那袋种子耩完。累是累着，耩地的却也服气，他交给的种子不多不少，正好够了那块地的需用。耪地时节，没到晌午下工，他黑虎瞪眼，一定把耪地的再赶回地里去。不到晌午，不得登门。检查活茬儿，他上眼一瞧，就知干活儿的尽没尽力，干得细致不细致。家里有一挂大车，他有规定，大车把式必得在出工之前，先赶着挂驮子的毛驴去马车道捡一趟粪回来，才准许吃早饭。

坨里村东街至今还流传着一个段子，有个叫大宝成的，天生不会种地，只会干笨力气活儿，给他锄地，他嫌大宝成锄得浅，但又不明说，以讽刺的语气说了一句："你是怕锄出水来吧！"他拿过大宝成的锄，瞧出了问题。不会干农活儿的人，工具也不利索，锄襻前边垫得少，锄头"奢咧"，外撇，抡起来啪啪的像挥蝇子拍。后边垫得多，锄头就佝偻一些，入土就刨得深。他就把大宝成的锄进行了修理。

既然是富农，家里粮食是够吃了。有那亲的己的借粮，借个一斗两斗的，他也会要一点儿利息。

但是他自己家过日子绝不浪费一星一点。收几石麦子，只有在麦子登场时，家里能凑合见白面星儿。而一旦麦秸垛了垛，抹了泥巴顶儿，就再不允许磨白面了。家里的规矩也有，吃那几顿白面，只许他吃头一罗白面，其余老小吃不上，老小只能吃筛剩下的麦麸再磨成的黑面。白面专给当家主事的男人。有这么一件事，说明他过日子一把死拿。有一回在他上地整理地阶子没回来时，家里人偷偷包了一顿白面皮饺子，因为怕他闹脾气，就留人放哨，倒班吃。怕啥来啥，就在最后一锅饺子捞出来时，听到了他在大街上的咳嗽声，一下慌了手脚。还是老伴儿主意大，从柜子里扣出半瓢玉米撒在当院，他进院发现几只老母鸡正在啄食，心疼得了不得，就蹲下身与母鸡争抢，一粒一粒地捏。待他全部捡完，屋里的人已把饺子吃光，连锅碗都洗刷干净了。端给他的，是早晨的剩粥剩饭。他蛮有滋味地吃那剩粥剩饭，边吃边夸："这么过才行。"把赖的剩的留给他，他从来不闹意见。

另一个情形，现在判断不出真假，但是安排在他身上，也有人信。说他在野地拉完屎，必回过头瞧瞧，拿棍拨一拨，看有无整粒粮食。有整粒，他就攥在手心，带回家去喂鸡。

旧社会的人，像陈老爷儿那辈传授的，叫"劝人置地，不劝人盖房"。认为置地是永久性财富，钱能生钱，而盖房只是花销，浪费财力。所以终其一生，陈老爷儿起手盖的十来间石板房，可以说没有很像样的。堂屋两侧配窗的三间正房，只在四个房角用了砖，坯跟石头照旧，名为"黑汉腿儿"。西房三间、东房三间，一块砖没有，一根檐椽没有，用石头和土坯垒的墙，抹的黄土泥，没有后窗，只前边安一个简便的窗透光。这种建筑形式，乡间也有叫法，叫"四不露"。

社会发展，没容陈老爷儿的家业继续发展下去。抗战时期，他家那青骡子驾辕的宝贝大车被八路军征用，带上了前线。后来闹土地改革，大部分土地分给了贫雇农。这时他家比原先多了的，是一顶富农帽子。

在政治上列为敌我矛盾，成了专政对象以后，他的后世子孙就吃上他的挂落儿了。

那个年代，好成分的农民都混得很穷，更别说列在"地富反坏"第二名的四类分子人家活得多艰难了。

当年土改，幸好将土甓房子给留下了。陈老爷儿的曾孙，大狗熊就生在老院的土房。三间西厢房，间量不大，一铺大炕占了一半。大狗熊哥儿六个，姐儿两个，加上他爹妈，十口人全在这一炕上滚。睡不下，就横着竖着的卧，小不点儿睡脚底下。他爹给他们起的名字本来挺好，占英、占美什么的，但自打头大的让人喊成了大狗熊，余下的以此类推，全叫成了狗熊的号。叫他们的真名，反而一概不知道了。

身背四类分子家庭恶名，作为长子，大狗熊在六兄弟中受的委屈最多。也就三岁吧，开始给家里当小支使，拿俩鸡蛋去合作社换钱买盐、打酱油。六岁，背一洋铁筲，去工人家属区捡煤核。少年了，捡破烂，人说他是本村捡破烂的"祖宗"。得捡就捡，得偷就偷，矿区家属院的老太太，发现"破烂王"领一帮背小篓子的小子来了，隔老远就惊喊："偷尿盆、偷兔子的来啦！"

长大，能干庄稼活儿啦，在生产队挨搭。他晓得了如何低人一等。成年男劳力一工记十分，他这大小伙子，一天只给记四分。家里大人也比同等劳力挣工分低。"分儿，分儿，社员的命根"，在挣工分养家的年月中，他们家是最严重的亏钱、亏粮户。按定量每人一天七两粮食，可缺粮以后，这七两的保命粮也不借给他们。他姥姥家的日子好过一些，断顿时就由妈妈领着一群小崽，去娘家混几顿饱食。

生产队也有搞副业的机会，一天能有两毛钱提成，可大狗熊甭想。轮给他的永远是累活儿、苦活儿、险活儿。为了解决日常零花钱，逼迫得他寒冬腊月领两个弟弟去西山打草，卖一点儿钱。有一年大年三十，小哥儿仨还在山坡上。

大狗熊还做过一回震惊坨里的“大案”。是饿出来的结果。大年根他仍被派去打机井，十五米深的井筒，让他下去清渣，被掉落的冻土块砸伤了腰。搁别人要按工伤处理，记工分，可他养伤期间却一分没有。那时他已是青年，与弟弟妹妹合住一起已不方便，就借住了别人一间房。冷屋凉炕，吃的东西只剩一捧玉米糁儿，晚上吃了，早晨就得饿肚子，皮实的他就趁黑夜踅摸到了乡卫生院。由顶门窗钻进伙房，先见到炸东西使剩下的一盆油，就捌起先喝了半盆。又看见案板上撂着半扇猪肉和一袋白面，就把这两样也从顶门窗偷了出来。十五斤猪肉、四十九斤白面，是人家失盗单位报案报出来的数目，应该准确。他本是公安部门的怀疑对象，可这宗事派出所清楚他有伤，爬不起炕，有经验的姓古的派出所所长并没怀疑到他。日后他讲喝半盆油也没跑肚拉稀，那是因为他肚里太缺油水。

大狗熊与我同龄，我清楚他只上过一年学。那一年孩子们开学的日子，他护送闺女、我护送儿子上小学，登了记，女老师盘问他闺女识字基础，问识什么字，他结结巴巴带点自豪地回答：“认得‘水泥二厂’。”那时他做装卸工，带回水泥袋，就教闺女认识了这几个字。我当时在场，听了一乐。这码事，他肯定忘记了，可我还给他记着呢！

"气人有，笑人无"，是人世间多少辈子的通病。在大狗熊家受磨难，穷得抬不起头时，看得舒服；而到大狗熊这一辈像长虫蜕皮，生活发生了大转变时，一些人就变得不舒服，暗地里贬斥他们"人五人六"。大狗熊不管这一套，他兴奋地把一切不爽甩给了过去。趁年轻赶上改革开放的好时候，他们哥儿几个抓住了机遇，发家挺邪乎的，真跟气儿吹的一样。大狗熊和他六弟发展最为迅速。他六弟原来给人开车跑运输，后来有了门路自己干，越干越红火，在县城买了楼房，在本村盖了别墅，小轿车趁几辆。他的银行卡被人瞧见过，上边的银钱数据登记着一千多万。这大狗熊在县城也有房，一百八十万卖了那套楼房，回家用八十万盖了两层楼，剩一百万。还说"房价卖低了"。

大狗熊的闺女本事也大，超过其他哥儿几个的后代。二闺女有七套楼房，全在城市圈，国内有，国外也有，现在她给孩子当伴读，常居马来西亚。大闺女在北京城里一个科技公司当白领，月薪高得吓人一跳。

这都是大狗熊说出来的。我过来过往，常听他说这一套。

从牙缝搏钱已成为历史。富是富了，但大狗熊并没有游手好闲，他继承了祖上的勤劳品质。买了一辆电三轮，在大街上揽客拉活儿。

他说："不图挣钱多少，只图多联络人。""憋在屋里打麻将，有啥意思？"待人实在，再搭上有江湖见识的依托，他的生意比别人好做，电三轮也成了"网约车"。他的手机彩铃也特别，不像别人的唱什么歌曲，而是公鸡叫。"咯—咯—咯"，生意来了，陈老板喜上眉梢。

他与祖上的区别在于，他的太爷爷从小到大一身土腥味儿，不爱说道、低调，而他一天嘴不闲着，不怕露富，把家庭财富像复读机一样说给你听。在穿衣上更不像一个农民了，一尘不染，是电影上演过的《红色娘子军》里南霸天那一套穿戴。跟他一块扒车的同伙常挤对他"爱吹"，他更蹬鼻子上脸。

"以前受压制那么多年，现在翻了身过上好日子，我还不显摆显摆？"

他说得倒很实在。

张三聊

八十亩地村距离我们坨里，往多了说有五里，中间只隔着一条夏季发水的大石河。两个村早先亲戚套亲戚，啥事瞒不了。

八十亩地，村子不大，可能人不缺。也不知是它挨着山根，听鸟叫时候多，给人叫灵醒了咋的，这边人脑瓜活、口齿利落。

最著名的出在了张家。

一门哥儿五个，按排行老三最聪明。他有胆有识，能言善谝，是大家心目中的阿凡提式的人物，坨里人都知道他这个"张三聊"。

人称张三聊，没有不敬的意思，相反是对他才能的认可。同是以单词形容能说会道，若将他叫成"张三哨"，就有些埋汰他了——"哨"，表示鸟叫的专用语。人与人之间的交谈才说"聊"嘛。

在那钱包瘪肚子空、缺吃少穿的年月，张三聊一些不得已做下的维持生活的事情，现今还有一部分让人当笑话说。

那年有一天出外打工，张三聊发现一个没人碰的干树墩子，凭经验识出是杨木墩儿。日晒雨淋了几年，人都把它当废物，唯独张三聊看上了眼。他看中的是杨木木质柔软，容易燃，轧碎了和旱烟梗子混合起来，可以冒充旱烟。那年月，能抽上纯粹旱烟已很不错；抽不起烟叶的，就抽烟梗子。张三聊把这树墩子劈碎上碾子轧，然后与轧碎的烟梗子掺和了，就当碎烟卖了。杨木渣与烟梗子掺杂一起，先是从材质上看不出来，点了火以后发一样火光，剩一样的灰。"灰白火亮"，"灰白火亮"，张三聊在集市这么一嚷，半口袋东西很快就卖光了。据知情人透露，这一个树墩子被他卖出五十多元。别人眼里的废物，在他手中变成了狗头金。

废木墩子既然都能够变废为宝，那让屎壳郎变成"神驹"便也不算稀奇。老话上讲，过了卢沟桥，银子没了腰；进了北京城，银子没了人。张三聊想到了进北京城赚钱。说的是一年夏天，他捉到了几十个屎壳郎以后，在它们身上拴了线，又在线头拴上一个空火柴盒，做成玩意儿，拿城里去卖。站在十字路口，见有领着小孩儿的，就开口吆喝："黑牛拉车，五毛钱一个！"小孩儿不知屎壳郎是什么东西，见张三聊表演，手指往黑甲虫背上一戳，它就晃晃荡荡，闷着头往前跑，觉得好玩，就坚持要买一个。大人全知道那东西是怎么回事，但拗不过孩子，就把又臭又丑的"黑牛拉车"买回了家。见有人买，一个学一个，凡路过十字路口带小孩儿的，谁都没有错过。

用屎壳郎卖钱，上了张三聊的"典"。你若还有瘾听这类嬉哈，就到八十亩地村坐一坐，那里的老老少少会告诉你很多。

拿一包点心蹭吃喝，周游半月，也是张三聊做的。春季闹粮荒，张三聊家彻底没吃的了，那天找东西，从炕席底下抠唠出一斤粮票和一块二毛钱。他这才想起是去年给工人家属摇煤球，人家给的报酬，当时没舍得用。见此他一阵惊喜。转而想，用它买什么呢？买馒头吧，一斤粮票只能买五个，花两毛五分钱，可这仅仅解一顿之饥。怎么才能吃长久一些呢，他想了想，有了主意——买点心，假意看望亲友。再考虑，买槽子糕，花钱多；买大小八件，打重，但一包装不了多少；最显数量而且又底垫少的，还是买江米条和排叉。一斤粮票的江米条和排叉包了两个大纸包。他拎着纸包，头中午去了一个老亲戚家。老亲戚见他带着礼品登门，满心高兴，忙预备饭，给他吃了一顿白薯干儿面轧饸饹，他吃得很饱。这时他才装作不好意思地说，他这次来原为看望另一亲友，因为那人不在家，便在这儿歇歇脚——言下之意，那包点心他还要拿走。赏饭的干憋了一肚子气，恼也恼不上来，白供了他一顿午饭。这以后他用这法子转悠了半个月，吃了半个月的瞎话饭。到哪儿告辞都是拿起点心包以"对不起""不合适"的歉辞做借口。时间一长，那点心的包装纸都被油脂洇透了，再往出拿送给人，连自己都觉难为情了，这就作罢，一包点心使他度过了缺粮期。

既赚了钱又是一个乐，显示张三聊脑筋灵活是这么一码事：那年进了腊月，张三聊为过年缺钱发愁，睡不着觉。一天早早起了，去河滩转悠，想试试运气，约莫能碰上个野兔子。一走，靠近了军营，在围墙外边发现了一只小死猪。

比兔子大不了多少，兴许是出生不久被老母猪压死的。

张三聊提起来看看，放下，放下又有点舍不得。最终把它装进了筐。

到了家，他一通忙活：架锅、烧水、煺毛。都弄干净了，啪啪切碎，撒上盐和作料。一头小死猪，除去煺了的毛、剔了的骨不要，肉皮和心肝肺肠子全没糟蹋。

煮了两个钟头，全煮烂了。拿手指头蘸蘸汤儿，嘶嘶，挺香。

他想法上来了，自己不吃，全卖肉皮冻儿。连汤带水扣进了大瓦盆。

第二天头晌午，他将大瓦盆用小推车推着，奔了六里外的集镇。

那儿紧靠原子能研究院，是科技知识分子扎堆的地方。小推车架着大瓦盆，在十字路口一撂，便扯开了嗓子："十三香煮的小猪肉啦，上好的肉皮冻儿，快来买耶！"立时招来一伙人。

别看那些知识分子学问大，可在当时，他们同全国人民一样，食品非常缺乏。见了肉盆，眼睛放光。

人挤着人，都想买。张三聊心花怒放，嘴上却是让人听着温存的话："东西不多，大家照应着，都匀一点儿。"

心里的词儿他没往出蹦。摁一摁钱兜，心想：这比逮一只野兔子强多啦！

哈忽人

哈忽，纯是京西土语。它和普通话里形容人的忽悠不是一个概念。忽悠，有鼓动挑唆的意思，有些居心不良，明明自己肚子里有数，却操纵别人去干自己不愿干的事情。看别人纳入了自己设下的圈套，他或许偷偷乐。乡下管这马虎人的方式叫"糊纸桥""给人瞎骡子骑"。从性质上说，还不能说他品行太坏，因为你接受忽悠，自己也有责任，甭管是贪心还是糊涂产生的危害，归总还是自己造成的。说忽悠而不说奸诈，说明有容忍成分在。哈忽是能做区分的，它只在于表明人的言行怪异。这个形容词和嘎、幽默意思相近，但程度上似乎比上者更深一步。这类人立得住，他超常的智商如同阿凡提，一举一动显示着智慧，尤其对付奸佞小人，特别有制裁的办法。人们对他们往往持尊敬和钦佩态度。

哈忽，既然是土语，就有确定读音的必要。哈，要念重音，别读平音，那么"武大哈忽"就要说成"武大hà　hū"了。真名"武刚"没人叫，而喊他外号的人却十里八村，满满当当。

别说他长得俊。他身子矬，车轴汉一个。虽说是吃棒糁儿粥的脑袋，可牙齿不黄；一张口，一字小白牙。穷得娶不上媳妇，却能够自娱自乐，还特别注意修饰，为了剃个头，非得歇工，耗费半天。

他爹妈死得早，没人供他上学，教书先生见他聪明伶俐，就想教他识几个字。有一回，路上见了，先生在路边写了一个"斗"字，教他认："记住，这个字念斗，家里使用，测量粮食，比'升'容量大十倍的东西。也念斗争的斗。记住了吗？"他一挺胸脯，大声回答："记住了！"第二天见面，先生在墙上还是写了一个"斗"字让他认，他却说不认得了。先生问："昨天不是教你认它了吗，怎么今天就不认得了？"他回答："谁能想到这个'斗'一宿就长这么大呢？"

二十几岁时，他打了几只野鸡到城里去卖，路过卢沟桥要交税钱，他跟税官打马虎眼，说钱在宛平城里的亲戚家，等他去拿。税官不耐烦地催促他："山背子，捅驴屁股的，快点！"他满脑瓜子不爱听。放了行，他反而没走，转过身说："这野鸡放你这儿，但我得点点数。"说过他就当着大伙儿的面，它和它，它和它，数了一遍。众人奇异，税官也看不懂他数的是什么数，觉得可乐，认为他肯定不识数。他走后，税官藏起来一只。过一个时辰，他回来了，不交钱还说得数数。数了一遍，他说不够数，有人偷了鸡了。收税的说你一共多少只？他说我数给你看，于是就它和它又数了一遍。他面带委屈地表示："我刚才当着你们的面数到最后是它和它，你这回看有它没它，不是你们拿了我的鸡，难道是它自己飞走了？"看热闹的哄堂大笑，税官沉不住气，把披藏起来的一只鸡还给了他。税官因为丢了面子，也不好意思再张口要那税钱了。武大哈忽完胜，留下的一句俏皮话传到了十里八村："大哈忽卖野鸡，有它没它。"

又一年，大哈忽把捡来的几个洋瓶子放在黄瓜架下，使瓶子口对着刚谢花的小黄瓜。小黄瓜在瓶子里边生长，上头细，下边粗，长着长着就从瓶口取不出来了。他往瓶子里灌上一些白酒，拿到城里带瓶卖，城里人看着稀罕，居然也卖了不少钱。

再一回进城，他三十几岁了。卖完东西准备回山，一时发现鞋破得不能穿了，就到鞋店买鞋。一摸兜钱不够，脑筋一转，指着一只鞋，愣头愣脑问店主："这——帽子多少钱哪？"店主也一愣，心想这人是真傻还是装糊涂？就想试试，捉弄捉弄，说："不要钱，你戴吧！"大哈忽拿过来就扣在了脑袋上。店主乐得前仰后合。店主乐着，他却哭了，店主忙问哭什么？他甩了一把鼻涕，哽咽地说："我爹还没帽子戴呢。"店主一时在兴头上，把另一只鞋递到他手，"再给你一只。不要钱了。"大哈忽不哭了，头上戴着一只鞋，手里提着一只鞋，傻模傻样出了店门。望着他的背影，店主久久地乐。拐过了弯，大哈忽把新鞋换上，把破鞋往远处一扔，狠狠地说："你爹才戴这种帽子呢！"

秦玉岗

有关秦玉岗的一句俏皮话，没想到越传越远。

起因是到集市卖兔子。一窝小兔儿，扛了一篮子。老苗家的来买兔子，讲好买一公一母，凑一对儿。秦玉岗在篮子里扒拉来扒拉去，像真懂行似的揪起小兔儿耳朵，掰着瞧后腿裆。挑了两只，说这就是一对儿，没跑。

老苗家的高高兴兴地回了家。可过了几个月，该到配兔子的时候了，这俩兔子不但不交配，反而咬架。找有经验的人看，这是两只公兔。

老苗家的找上门来，问怎么说假。按情况，秦玉岗自然无话可说，可由于是当街人，护着自己面子，就没理找理，说出了那句经典：它时时有变！

老苗家的向来通情达理，为一只兔子犯不着吵架伤和气，自当养了两只肉兔。气愤没了，把秦玉岗的答复当笑话说，全村人都知道了。

这句话传得远，谁也没有料到。

那年，客商在坨里收干草，山里人成群结伙到坨里卖干草。秦玉岗是雇来收草的，负责捆。成批量发运干草，要求把草捆出形状。在地挖个方坑，坑底铺草绳，一回回抱草，人在上边踩。踩实了，拉起草绳给捆上。这样打理出来的草捆个个方方正正。快中午了，拿秤的客商要去吃饭，后边紧连着的一个卖草的不打算给约了。让等到午后，等俩钟头。眼瞅着轮到自己却约不上，那位就来了气，冲拿秤的喊："这不是秦玉岗卖家兔——时时有变嘛！"

秦玉岗不干了，从捆草的坑里站起身，瞪眼珠子："你别胡说，秦玉岗是我！"被吓唬的人一激灵，远隔一百里地，没想到此时和真人对上了号。

这是秦玉岗亲自遇见过的。他没遇见，打他旗号的人就多了，远到上海、广州、东北，连俄罗斯和日本等地都有所闻。

人的一生，混好混歹，能把真名实姓和个人事物联系起来，成了歇后语一样的东西的，就不简单。能做到这点，你想古往今来能有几个？

"秦玉岗卖家兔——时时有变"，这个版权在我们坨里。

瓷瓦子

对一间缺桁少檩的老土屋，我特别有印象。我今年七十岁，曾经注视它至少六十年。它在东街顶头一上坡，靠路南的偏坡岗下边。小时候去东边玩，长大了去东边干活儿，退了休又去东边遛弯儿，总有瞧见它的机会。房是土坯垒的，大块黄土泥墙皮脱落，一个直棂窗户，一个简简单单的风扇门。老爹留给的这个家当，瓷瓦子一小儿住这儿，以后他发展人口事业，多添了四五口，这老房子也是人口生产基地。

当年，北京市号召学习大兴县红星公社大白楼生产队王国福先进典型，说他"身居长工屋放眼全球"。"长工屋"我没见过，凭想象应当很破旧，但我看瓷瓦子这间百十年老房，应甚于那个长工屋。

瓷瓦子贫农出身，乃"纯种贫农"。不是因为祖上有田，后遭变故转贫的，而是压根的血统上的贫。究其原因，又是"懒"造成的。过去贫雇农固然是穷，但十分勤谨，大凡以力气换来吃喝，家里混不下去了，就去外地找营生做。比如我们坨里，混不下去的穷苦人或去门头沟背小窑，或去塘沽码头扛大个儿、拉死胶皮架子车，或去煤栈装卸火车。虽然受累吃苦，却也能糊口。可瓷瓦子的先人不这样，懒！好干什么呢？专门喜好给办丧事人家看灶火台。坨里村大，死人的事常有发生，有句俗话"坨里村两头洼，不是死俩就是死仨"，个月期程就有办丧事的。事主办几天勾当，他得几天饱食，末了还会端走一盆"折箩"。吃就吃个撑天肚肋，饿两天也搪得住。瓷瓦子完全继承了其父的衣钵，而且干这项工作更加出色。除了劈柴蹲灶台守灶火，白事风俗上，要将一些吃食供品和冥物分装在两个篮子里，名曰"江水挑儿"，叫人挑入坟地，瓷瓦子就担着"江水挑儿"走在送葬队伍的前列。另一个仪注在起灵前进行，灵柩前要杀一只又肥又大的白公鸡，让白公鸡去叫开鬼门关，替逝者"开道"。别人胆小下不了手，瓷瓦子把鸡脖子朝后一拧，连翅膀一起用一只手卡住，另一只手用菜刀一抹，白公鸡扑棱几下就不动弹了。死了的鸡事主不要，别人也犯疑影，拿回家就酒，够他吱吱地舒坦两天。

那位说了，瓷瓦子也是旧社会生人，如果不想出家门挣钱，在本地给地主当个长工短工、挣个三五斗不成吗？我说了"不成！"他浑劲儿上来，一马勺坏一锅汤，惹不起，人也不雇用他。进了新社会，都是人民公社的社员，地位平等挣工分，为了多些收入，大多数人都想方设法创造一些价值，为娶媳嫁女盖房子做准备。可瓷瓦子呢，只去挣可怜的那一份工分，别指望他能起早恋晚割几百斤秋草，换点儿钱。

瓷瓦子长相不丑。虽非彪形大汉，他却体格健壮，手脚利索，好打架，打架对于他像吃蜜蜂屎，敢玩命、下黑手，大有名声。"光脚的不怕穿鞋的"，他穷横穷横。农村闹造反派时期，常发生"武斗"，有一回他的养子"山货"在中学操场挨了打，他听说了，后腰上掖一把斧头，手举一把镰刀，一路喊着："拼啦！"杀奔操场。揍他养子的人望见他的影子，落荒而逃。

另一回闹派性打架，揍韩家沟的"韩淘气儿"，他没上手，而是看着本家的一个青年手抡带疙瘩根的一束荆条抽打，打得"韩淘气儿"学鬼叫。他凶神一样，观旗瞭阵，旁边助威。

怎么叫的"瓷瓦子"？我问来历。东街一个上年岁的讲，瓷瓦子就是碎碗碴儿，不中用的东西却又拉人扎手，抓不得攥不得，这比喻正对他的痞子性格。

用其所长，生产队长根据瓷瓦子神不怕、鬼不怕的浑不论，大麦二秋派他去看庄稼。这活茬儿表面轻闲，遛遛逛逛，却容易得罪人，一街老乡亲容易撞在手上，好面子的人不愿干它。而对于瓷瓦子却算投其所好啦。凭良心讲，瓷瓦子也真的认真负责，一把镰刀握着好比握着一把军刀，肩上搭的一条口袋又好比一条军用毛毯，白日佩刀游荡，晚间铺着口袋坟头旁又躺又卧。什么蝎子毒蛇，什么鬼怪妖魔，不在话下。他似乎觉得自己是绿林中人，凭经验就知道什么时辰、什么方位有人爱动手脚，他对那些薄弱环节防范特别严格。因为起用了他这个"钟馗"，生产队少丢了许多庄稼。

瓷瓦子三十大几娶上妻。那一年发大水，下游的河北省挨水淹了，"呛"上来不少妇女，我们这儿管这叫"水涝儿"。河套沟以里有不少光棍儿就此娶上了媳妇。我们英雄的瓷瓦子也获得了一个。他娶上的媳妇并非肢体健全的人，一只脚有残疾，脚心上翻，整只脚横成个"一"，用脚背走道。残脚的脚背缠了很厚的布条。随娘改嫁，带来一个男孩儿叫"山货"。瓷瓦子终归成了有媳妇有孩子的人家。

瓷瓦子纯粹把媳妇当成了泄欲工具，高兴了来两下，不高兴了就不顾脑袋不顾屁股地打。百炼成钢，这媳妇给打出了顽强劲儿，虽然大呼小叫却不求饶，喝喝咧咧地哭，喝喝咧咧地骂，稍一松手就往街里跑。笨笨跛跛跑在大街，喊着瓷瓦子名号，给瓷瓦子做广告。这一街景，东街人没少看到。

后来，山货长大了，看瓷瓦子无故打他母亲，也抄起了棍棒，瓷瓦子这才有所收敛。

到晚年，瓷瓦子也知心疼媳妇了。媳妇得病，着急给瞧。这方面也有他的段子。一回，单轮车推着媳妇去卫生院看病，见了医生和护士不知道该称呼啥，在走廊"啊啊"了半天，哪个也没拦下。情急之下，想起下乡工作队召开社员大会时常讲到的——"妇女"，这在他存储的记忆里是最高档的用词。当再看到有穿白大褂的出现，便夺拉下血红眼睛，哀情十足地呼唤："妇女！快给我媳妇看病！"吓得年轻的女医生和女护士头皮发麻。

二十多年前，我响应政策，回乡承包了二百亩荒山荒坡和几十亩果园，让谁看管呢？想到了瓷瓦子。言明每月工资二百元，月底准时发放。怕给了钱，他家里人不认账，每回都让他病恹恹的儿媳妇签字。对于我给的工作机会和待遇，他很满足，重新拾起了过去的装备。我交代他只负责看管，不需要干活儿，担心他喝不上热水，担心他挨冷受冻，我给他备足了蜂窝煤，并在园子房安了一张二手软床，有饮水设备，自来水就在跟前，这个条件比在他家好多了。可是装了烟囱的煤炉，只生过两回火，以后再也没笼。我单为他置办的液化气灶他不会用，煤炉儿和蜂窝煤也白预备了。天气冷了，他仗着点儿酒劲，就在背风朝阳的地阶坎子下揣着棉袄袖一躺。他这样的日子过惯了，我心疼他，却没有办法。

在替我看地那两年，明显能看出他老了。走道慢了，仿佛挪不开步子，面上煞气皆无。他一生好喝酒，而沾酒就多，两个颧骨发红，迎风流泪的红眼边上眵目糊特别多，问他话，他常犯迷糊。冲他那家庭条件，区区二百元也轮不上他一个人花，他儿子也好喝酒。见他的衰样，我从心里边怜悯，连开玩笑带认真地说，等您死后，我给您立一块碑，上边写"老农民陈忠之墓"。他听了，半拉眼睁半拉眼合，不知我说的什么。

两把指甲一把手，老爹只留传下来他这个"种儿"。家业没有扩大。老猫房上睡，一辈传一辈；一辈传一辈，辈辈更加劲儿。祖辈流传，两个儿子也不爱干活儿，现今若论成分，他家仍旧是"贫农"。不爱劳动却爱喝酒，从根上说不差。有个儿子还爱吃肉，觉得卖肉吃肉方便，卖了俩月肉，把本钱赔光了。前几年政府推行安居工程，帮助盖了五间新房，这宽宽绰绰的大房子，可惜瓷瓦子没有住上，他死多年了。或许经济上还有困难，或许还等待救济机会，新盖的五间房至今还是空筒，没有装修上。两个儿子，只娶来了一个病恹恹的媳妇。

轱辘儿

　　"轱辘儿"这外号怨不得别人，是他自己说出来的。

　　结婚以后干不成那事，他说刚一用力，那东西就"轱辘儿"先出来了。情况说得很形象。

　　起因于一个乡亲嫂子，乡亲嫂子关心地问他媳妇怎没怀上，他在嫂子面前就不避讳讲了实话。这嫂子特别热心，给他支着儿，说用什么活物替代，演习功法，再弄或许能成。他采用土办法，炮制多时，仍无效果。没效果也就算了，那个乡亲嫂子还把他说过的话给传扬出去，这"轱辘儿"之名就算落下了。

　　轱辘儿当过工人，工作单位在大台煤矿，给井下矿车铁轨打造道钉。道钉不说道钉，说铆钉，红煤炭火，铁砧子上抡大锤，据说一个工作日能打八百颗铆钉。

　　三年困难时期，国家为了减轻城镇居民人口吃粮负担，号召来自农村的工人返乡。他响应号召，回了农村。毕竟是当过工人，又独生子一个，好娶媳妇，娶来的媳妇名叫张彩云。

　　那时的他还没外号，人也不像后来那么窝囊，穿劳动布制服，上衣为四个兜的中山装，胸口的小兜别一支钢笔，显得特别合乎"工人阶级"的形象。

外表上的"工人阶级"并没使他与农民的差距隔绝拉大，造成分离的是他的"文化腔"和"政治话"。别人讲高粱谷子、玉米扁豆，他讲国际形势，讲南斯拉夫的铁托和阿尔巴尼亚的霍查。总认为跟周边的人"不是一窝的"。

爱抽个烟，从不像在乡农民"卷大炮"，他抽烟卷儿。当着人还不抽，总在出工之前自己点上一支，悠悠达达下坡，到集合地点他的一支烟刚好抽完啦。

不会干庄稼活儿，苗儿草儿分不清，抡过大锤的人使不出来巧妙劲，耪地割谷锗棒子总被人落下。尤其锗棒子，虽然没锗上脚面，可握的耙镐子比猪八戒抡钉耙还笨！棒子地里长黑疸，棒子秆有天穗，都干透了，上手一拢棒子秆，那散了花的黑疸和天穗就落满一身，他不知道怎么防备。就着汗水，他本就黑的皮肤更像了花公鸡、泥老鸹。

自打有了媳妇，有了农业地头的低能表现，他被人尊重过的历史被彻底推翻。

张彩云是一个长得不错的女人，身材匀称，个子不高不矮，两条辫子受人喜爱。说话爱笑，牙齿挺白，粉红面孔有几粒雀斑，更显得俊俏。她住坡上，我家住在坡下，能对直了看。少年时的我常见她挑水上坡，窈窕的腰肢走过几丛吐着花粒的绿荆条，看着真美！

她干活儿是一把好手，处处透着巧劲儿！挑水栽白薯点棒子，坡上割谷，长垄地割麦子，菜地平畦打埂，与男劳力不相上下。有一样我记得清楚，那是在我学农活儿期间，大树荫底下半晌休息，年老的抽烟扯闲话，年轻男女找快活。有一个姓郑的人在壮年，特显一门功夫，坐沙土上抬起一只脚，长于常人的二脚趾搭在大脚趾上。这个动作别人做不了，只有张彩云做得不差。

张彩云的能干和她的灵巧被村里的男人惦记上了，有几个还试了水。

"穿上军装"的轱辘儿看起来很不幸（我们那地方管戴绿帽子叫"穿军装"，那时的军装是绿色），实际上他和他的家庭都有责任。他本身性无能，当婆婆的又是一老派儿，彩云怎能不受屈？赶上她晚归，婆婆常用女人的方式对她进行验身，羞臊到了极点。轱辘儿的窝囊本相也全显出来了，在强者面前不敢争执，受欺负还需老妈挡驾。老妈为论证是非，像在家里喊儿子小名一样，把儿子外号当众秃噜出来。一些屁大点的小孩儿，全敢追着他屁股"轱辘儿""轱辘儿"地叫。家庭内外环境使彩云对自家男人彻底失望。

尽管轱辘儿想维护自己的尊严，不愿看到别人占自己媳妇的便宜，可是他太懦弱了，在强者面前远不是对手。

在我们生产队，只有一处他爱去，那就是我们家。我父亲天生和善，是出了名的老实人。也不知在哪一代论的表亲，我称呼他"表叔"。每回登门，我父亲都热情接待，把他让到太师椅，沏茶，递烟，别处享受不到的礼遇，在我家享受上了。他完全放得开，我父亲也愿意听他讲一些与众不同的事理。轱辘儿的文化有了用场。

轱辘儿随大溜儿干活儿不灵，生产队长却不浪费劳动力，给他安排了不动脑子只用力气的活儿。这便是给牲口铡饲草、给牲口棚铡垫脚。牲口天天吃草，牲口棚经常起粪换垫脚，这是一个长项活儿，非常枯燥，但适合于他。两个人一组，一副铡刀，那懂技术的人当领班，掌握秸秆分寸续料，他是一撅屁股一撅屁股地摁铡刀。无论铡谷秸还是铡棒子秆，都有些暴腾，灰土飞扬。人家不怕，装束照旧，而他又是一副工人形象：戴风帽，戴围裙，戴套袖，戴脚罩，从上到下捂得严实，像防化兵一样。碎秸秆在他铡刀下哗哗地流，他一下一下学着蛤蟆跳。这项活计，生产队没解体以前，一直由他做。

人人瞧不上的轱辘儿，为我们村开发了一句口头文学。冬天早晨吃刚煮熟的棒糁儿粥，倍儿烫。他一口一口吸溜，脑门儿冒汗，当众说起吃热粥的感受，他说："痛快！"他说过的话，别人冠上了他的名讳，变成一句"轱辘儿喝粥好痛快！"的话。

自打轱辘儿离婚，试过水的男人见不着彩云了，可对他仍然进行语言打压，说彩云去了人家那儿生了两个大胖小子。他一声不吭，低头抽烟。

善者终得善果，当年欺负他的人都没得好下场，一个个先他而亡。他原先的工作单位承认他退休，给他补发了工资。因为户籍在农村，还享受到了农村人口的养老金。无儿无女，当地政府送他进入养老院。有一次我在超市遇见他，见他面容白胖白胖，精神状态良好，穿一身干净的蓝制服，别一支钢笔。我向他问安，他说："很好！谢谢表侄！"

老八爷

老八爷的名号，坨里村东街尽人皆知。家族侄男娣女、街坊四邻为了显示一下礼貌，当面叫他"八叔"，可背后一律叫他"老八爷"。

老八爷的性气好，在翟氏家族大排行，他行"八"，他以为叫"八叔"与叫名号没大区别。

我在生产队时期，老八爷年岁不是很大，论乡亲辈分，我叫他"八爷爷"。

辈分大，后来我弄明白了：一庄凡为大辈儿之人，全因其家庭人口繁殖缓慢。有钱人家十几岁就娶妻生子，而穷苦人三四十岁娶不上媳妇。早婚的已繁育了两代，晚婚者还没起步，住一起的乡亲们联络，讲究礼数，这一类论起辈分就越垒越高。

我因为与他的大儿子年岁相当，生产队时期常去他家里玩。他家住在北坡上，和街里比，那儿属于旱高台。院子不大，三间北房，出院门一鞭杆宽的街路下边是一个深深的土坎，人不注意容易掉下去。吃水更不方便了，我家离井台只隔一个门口，他家却远了许多，而且还是曲里拐弯的上坡。大冬天挑水走冰道，需加倍小心。

三间屋哇，真是骨灰级老房，在坨里村找不到第二家。闷闷沉沉的"四不露"，一根拐棒儿柁，几条瘦檩，外墙包一层黄土泥，没一块砖。最为奇特的是，三间房房顶没用椽子，一捆捆高粱秆顶替了"苇箔"，当地叫它"秫秸把子"，是非常原始的苫盖方法。秫秸把子上边压叉灰泥，叉灰泥上边扣石板。日久天长，房顶透窟窿，叭叭掉泥渣。烟熏火燎，几条檩看不出原色，一层油腻，就像铁路上给铁轨铺的用沥青煮过的枕木，油黑油黑。屋子里净见了蜘蛛网。分不清哪年哪月的炕席，靠里还连着片，炕沿边磨去之处用水泥袋子纸绷着。炕席上凑合叠着两床黑不溜秋的被子。屋地不平，迈过门槛就"跳井"，谁头一次去都得吓一跳。老八爷在世，一直住着这房。

这样的居住条件，登门入户搞运动的下乡工作队最放心。

老八爷当生产队长的时间太长了。但不是"正"的。熬过了多任正队长，总也没给他"转正"。可是，不管谁当正队长，领导班子里总有他。为什么？因为他顺从、听话。或许他原本就看不出问题，或许他看出问题也不说，人家心里踏实。

当正队长可以不参加劳动。他的职责是安排各项工作。作风清廉的干部，心里装着集体，检查生产情况会到田间地头。哪处庄稼出现问题，哪处干活儿的糊弄，他心里一清二楚。特殊年代爱搞运动，大队部开会常至半夜。平日晚上，找上门来事由好的，是饲养员报告的好消息，下猪崽啦，下马驹啦，他提起马灯就跟走。事由不好的，是不分时辰有人找上门，家务事的是抬杠拌嘴，队里事的是与人干活儿闹意见，让他评理。不管你睡没睡觉，不管你端没端饭碗，即使是嘴嚼着饭你也得给解决。这些乱事把他想找老农合计的正事全给耽误了。勤恳型干部不把当队长当回事。

哪种人最热心掌权呢？当然是私心大的人。他对集体的事业马马哈哈，对上级拍马屁，舔大舌头。权力欲极盛，想搭谁就搭谁，他一人记俩人的工分。"分儿，分儿，社员的命根"，工分是生产队社员分钱分粮的依据，他当队长最大的实惠是给自己多记工分。遛遛逛逛不干活儿，还有"跑瞎"的机会。当时，有口头文学创作能力的社员归纳了农村十等人，按利益获得大小的程度，分别是支书、支委、业务员、生产队长、出纳员、大车把式、电工、固定工、淘大粪的和普通社员。生产队长得的甜头是："四等人当队长，分儿没少挣福没少享，又是吓唬又是嚷（对社员群众要威风）。"

老八爷当生产队干部，却一点儿便宜没得到，只是一个干活儿领班的，卖头把子力气，挣普通社员的工分。没有权威，调皮社员就敢当面顶撞。因为人员调配不开，他有时也发脾气，但只是自己生气，他越生气干活儿越是表率。

八斤子家门前大槐树上挂着的，所谓的"钟"，是一小截铁轨，招呼人出工，我们管敲它叫"打点"。敲响了它，社员就走出家门，在钟下听候调遣。谁当队长都不愿早起，打点就交给了老八爷。过一时半会儿，社员聚齐了，真正有派遣权力的正队长才登场。他一副皇上模样给大家派活儿。多年以来，那一截铁轨下沿都给敲打"奢咧"了。久练成佛，老八爷打点的声音好听，如乐曲飞扬。

老八爷当长工出身，场里地里的农活儿样样行。我最爱看他摇耧耩地的情景，嘴上叼着短烟袋杆儿，脚踩"咯噔咯噔"的耧铃声，神态安详，步履从容。耩过的地，垄垄出苗整齐。提耧紧三摇，停耧慢三摇，那点基本功对于他甭讲。

老八爷家缺粮也是最突出的。青黄不接的春三月和大秋之前，最闹恐慌。当着副队长的一份差事，张口借粮并不像大头目给他派任务那么便当，借粮也困难。大头目摸透了他的脾气，不借给他他也不会反抗。春天的粮食紧缺情况我先不说了，就说大秋之前的。玉米刚定珠儿，一掐一股水的时候，他就没粮食吃了，就去自留地掰青玉米，扒刚长成薯块的门薯。都是剜肉补疮啊！待正经收获时，粮食已消耗很多了。他的面容显示着他家吃粮的情况。脸上皱纹开会，那就是缺粮了。不幸的是，他脸上的皱纹经常开会，面挂饥色。只有到了节气该刨白薯的时候，分得了大量白薯，能吃足了，他脸上才有短期的亮光。

我听说过、也见过那一时期老八爷家庭的惨状。中午下了工，家里没有吃的，就在炕上躺一躺歇歇乏，下午出工走时喝一气白开水。就是这样，下午也随队伍栽白薯挑水。肚子蔫儿蛤蟆皮似的软塌塌带褶，心口窝一呼扇一呼扇的。挑着一副沉重水桶迈白薯埂，苦了老八爷。顽强不屈，真是共产党员的性格！

老八爷家里混得穷，他媳妇应负主要责任。她不会过日子，不知道俭省，有了粮食不知省在囤尖，总在囤底着慌。花钱上也不知道算计，弄得八分钱一斤酱油，七分钱一斤醋，买酱油醋钱都时时没有。我见过八奶奶扎着小脚，端着小瓢儿四处借盐。

老八爷这辈子，就算在新社会，过的也是穷日子，就像走在漫长的隧道里，永久看不到出口的光亮一样。冬天一件大针小线缝的光筒棉袄，又短又薄，前襟撅着，冷风最容易往里灌。夏天总是光脊梁时候多。他牙齿掉得早，两腮瘪瘪的净是竖褶，就连吃软和白薯都靠扁啊扁啊的，嘴里边咕容。

一枚木制的又窄又小的印章，在老八爷烟袋绳上坠着，可动用它时极少。当扣出来了"翟忠"二字，那也是为了别人的事项，他给出具证明。

无论下乡工作队，还是大队小队干部，都一致承认老八爷的忠诚。

有一阵子，坨里划为了菜区，专一供应国营煤矿蔬菜。有一回老八爷押车送菜，半路从马车上掉下，摔伤了腿。这以后就拄了双拐走路，一条腿抬一条腿直，颠颠儿着，至死那副双拐也没的撂下。

哑巴

哑巴是一个好人。

我能记住他时，他已经四十大几。半瘦身材，中等个儿，花白头发楂。慈眉笑眼，老街旧坊都觉得可亲。

老者讲起往事说，哑巴不是陈家的正根，他是随娘改嫁过来的。一同来的，还有他哥哥。他哥十六岁，他十二岁。那么小，他就懂事了。当他妈妈和继父拜堂时，他从婚礼现场跑了。谁也不知他跑到哪里去了。太阳快落山时，才在孟家坡下边找到他。怎么劝，他都不回。正是入秋时候，庄稼成熟了，寻他的人指着一块块山坡地，比画这块谷子是他家的，那块高粱、白薯是他家的，一片片庄稼丰收在望时，小孩儿不再犯拧了，愿意跟着回家了。

印象中，他特别乐于助人，而且特别着靠。井台是一街大小每日聚会的地点，他见老人和小姑娘上井台，总是帮助摇辘轳打水。春天盖房子的多，哪户他都去帮工。和叉灰泥是盖房的第一要务，也是第一道工序，农村人都知道和叉灰泥最累，白灰块要粉化，好多好多黄土都要洇湿，捆打成泥。他不等待吩咐，挑水桶就上阵。一回回摇辘轳打水，一趟趟担水灌泥盘。盖三间房五间房的泥盘你猜有多大？它宛若天坑，需要几个人不停地灌水，他在担水人员中跑的次数最勤。

水洇足了，灰块化开，该和泥了，拿镐扒拉的略显轻松，蹚泥锄泥的费一倍力气。他在扒拉开的灰泥里反复踩踏，一双长筒胶鞋陷了进去，咕叽咕叽带响儿，抬脚拔脚很费劲。蹚匀了，蹚遍了，要将摊开的灰泥掀往一旁，堆成另一堆。图省事的，铁锨端起的泥只是挪窝，锨头一撂了事，而他要使劲地摔。通过重力作用，他那一把锨摔出的灰泥，泥花四溅，即便搅拌不匀也给摔匀实了。他的"好儿"，事主记下了。

乡村操办红白喜事，哑巴必然到场。在结婚的红事里边他去挑水、烧灶，在发丧老人的白事里边他去打坑、"抬重"（抬棺材）。冬天打墓坑，刨冻土，那是很累人的。但这些事情少不得他。

哑巴人很聪明，无论大田园田样样行。大田的耕耩锄刨，拾掇大庄稼，园田秧畦下籽绑架，侍弄蔬菜瓜果，全是行家把式。乡亲们常为此叹息：哑巴要是会说话……

乡间有句俗语，叫作：哑巴爱说话，聋子爱打岔。而且还说"十聋九哑"。

陈哑巴就特别爱说话，而且声音特别大。你要弄懂他说话的内容，必得先知道他周围环境所关涉的事物和人。他说到某个人，就给你比画那个人的相貌特征。比如，一队生产队长是个麻子，他就在自己脸上戳点几下，然后竖起大拇指，这说的就是他们的队长。他很会抓取人物特征，瘸腿的、要横的、带小孩儿的、梳小辫的、留分头的、戴手表的、修好儿的、作恶的、爱沾光找便宜的，包括多胖多瘦、多高多矮，他都能通过比画一点儿不差。被他评论过的人，你从表情上能够看出他的态度：有的钦佩，有的嘲讽。

他有一颗爱护集体的心。见到谁不爱惜集体财产，他都啊啊哇哇批评一通。他一手指着那损毁的东西，一手指着集体库房，再指指自己心口。挨了残疾人的数落，谁都会害羞。

他爱逗小孩儿，也爱开玩笑。大街上见着小孩儿，他两手像老母鸡张着翅膀似的将小孩儿拦下，一脸笑容，只是啊啊哇哇一现原形，又把小孩儿惊吓，扭头找妈妈。他能看出谁在搞对象，见到那已搞好对象的小伙子，一边啊啊哇哇着，一边以手势语言表示祝贺。他两手握拳，竖起两个大拇指，并拢着连连叩动，做出"拜天地"的动作。待你奇怪他怎晓得自己的秘密时，他已嘎嘎笑着离去。

别人同样喜好跟他闹着玩，常常表示要给他介绍对象。指指他，指指自己，然后从耳根比画下来，比画出大辫子形态，他从口型上能明白你说的是什么，嘎嘎大乐。可是，他不听你多说，不容你贫嘴下去，侧侧身将扁担搭上肩膀，乐悠悠地走了。（忘了给你说了，哑巴挑水走路的姿势感觉非常美！）

哑巴经常被派去给牲口铡饲草、给牲口棚铡垫脚，这两项都是力气活儿，他去摁铡刀。这个活茬儿算不清楚他干了多少年。

哑巴也当过饲养员，给生产队喂猪。提泔水桶、拿瓢儿喂泔水，阴天下雨，泥泥水水，他也不会让大猪小猪挨饿。

他真是爱干净啊，无论做干松活儿还是泥水活儿，他都爱戴套袖、系围裙。除了围裙上落着泔水渣、泥水点，他身上的衣服见不着汗碱。无论棉的单的总是那么利利爽爽。有家室的男人都到不了这个份儿上。

因为岁数上的差距和语言上无法沟通的限制，我和他缺少更多的接触。所记录下来的，只能是他平素行为的星星点点。那一回我从城里回来，见路上有人捡粪，可让我奇怪的是他不把粪扔进筐，而是甩在集体地里。走近了，认出是哑巴。我受感动，伸出大拇指向他高声说："你——是这个！"哑巴听懂了我的话，像小孩子一般羞涩，摆手摇头，啊啊哇哇向我解释不需要表扬。

唉，哑巴去世很久了，不知怎的我很想念他。

郑六

郑六小时候念过两年私塾，年轻时在煤铺当过伙计，解放以后务农，是一个自学成才的典型。没经过拜师，木匠、瓦匠的"黑白线儿"手艺通吃，只是缺少拜师程序，缺了在师门"三年零一节"的打磨，那些投过师的人便挤对他是"二把刀"，因此他不得以工匠名义单独出村揽"乡活"。可他的水平明摆着，他结婚时添置的小坐柜、三屉桌、脸盆架都出自自己一人之手，乡亲们有什么需要帮助的，隔墙头一喊"郑六"，他准去。给老街旧坊盖个厨房，搭个猪圈，垒个大墙挑不出毛病。这是一个多面手，又是一个热心人，他会修自行车，会焊铁壶，会编筐子，会写春联，会宰猪宰羊。村里谁家办红白喜事都少不了他当"大了"（音liǎo，总领事），写挽幛、看坟地、抬棺绑杠、样样行。让村里女人钦佩的是，他还会纳鞋底、纳鞋帮、蒸年糕、绑笤帚……有女人那般的一双巧手。

人民公社化时期，他当过生产队的会计，亮出过学得煤铺掌柜的一手绝活——一掌金。不用算盘，不拿纸笔，只在手掌的骨节上戳戳点点，就立马把百十号车马、驴骡驮运的煤炭，报出准确的数量和价钱。

就是这么一个人人瞧得起看得上的人，竟然在那十年动乱中遭遇了不幸，挨了许多回批斗。

一开始源于对自己利益的维护。他的自留地旁边长着一棵歪脖大梨树，树在路旁，而斜伸出来的枝杈却遮到了他自留地的中央。树是集体的，结的梨当然也是集体的，而为此吃的亏却归他。树荫下，长不好庄稼，而且梨子尚未成熟，淘气小子就拽着树枝偷梨，踩踏了不少庄稼。半亩自留地皆因这棵梨树减了不少收成。他为此大伤脑筋。

有一年夏天，人们忽然发现歪脖大梨树死了。大家莫名其妙时，瘸子李三提供了"情报"。他说头年秋天，吃过晚饭，他趸摸烟袋不见了，这才想起在收工路上曾与谢寡妇抽过一袋烟。于是他不顾天黑腿拐去那儿寻找。刚到郑六自留地不远处，听见了斧子砍树的声响，影影绰绰大梨树在晃动。白天他特意到那里查看了一趟，没发觉什么异常。但只隔几个月，那么凑巧树就死了。这一情报，造反派很重视，当天就去梨树那儿勘察。表面看不出什么，挖地三尺以后才把谜底揭开：原来郑六为了不让树荫遮挡庄稼，在夜里挖了大坑，把伸进自留地的树根全砍断了，然后把坑掩埋如初。

郑六神不知鬼不觉的行为暴露，顺理成章挨了批判。批判大会在小学校操场举行，被押上台时他胸前挂着的大牌子上写着——"挖社会主义树根的坏分子郑宝山"。事先安排好的发言人依次上台念发言稿，造反派带领群众呼口号。半个时辰的批判会，乡亲们没拿这当回事，而以往受邻里敬重的郑六却觉得在众人面前抬不起头，沉闷了很长时间。

那场运动结束，政策好了，郑六先知先觉，带头买了一辆小四轮跑运输，很快就成了"万元户"。十几年前，他又承包了村南村北两处果园，建了四处农家院，搞采摘，搞农家乐旅游，吸引了不少城里人。他更发达了。

在郑六过世之前，有人提起当年他受批判的往事，老人心胸竟十分豁达："该！自作自受。那梨树也是命啊！我断了它的根脉，该批。"

马向伯

马向伯在村里，人们不叫他马向伯，叫他"马拐子"。因为他左腿有残。对外边，村人仍然称呼他大名。

他那半条腿是蹚了地雷炸断的。抗日战争时期，这一带属于日军与八路军争夺地盘的"两方面儿"，白天日军从坨里的岗楼出来，到各村抓夫抢粮，糟害百姓；晚上，八路军下山，组织抗日武装。地雷本是给日军预备的，可一次日军来袭，年幼的马向伯跟随妈妈跑路，踩上了地雷，炸断了左腿。

马向伯一小儿聪明伶俐，到地里拾柴到路上捡粪时，常常溜到小学校，跟学校的孩子逗着玩，竟然也认识了不少字，还学会了"小九九"。

解放以后，贫下中农分到了土地，日子上富裕了，混得了老婆孩子热炕头。马向伯这时二十大几了，因为少半条腿，一不能弯腰割麦耪地，二不能提水上坡，田地里农活儿干不了，过日子靠他似乎没有指望。可是，"小鸡不撒尿自有便道"。这地方在大石河的拐弯处，河滩有一条从坨里直通河套沟的土道，驮煤运灰赶脚，大车小辆不断。马向伯爹妈在路边盖了两间小房，开了个饭铺，专为过往人员"打尖"供些窝头、烙饼、小米粥。心眼儿活泛的马向伯担当"炊事员"兼任店伙计。马向伯能说会做，经营得好，小铺挣钱了。车马多，肥多，粪肥充足，自家打的粮食也多。有钱有粮，人人羡慕。

日子过好，媳妇娶来了，是一又俊年龄又小的姑娘。再二年，添一双儿女，多滋润就甭提啦。

正要向富足继续迈进的时候，农业合作化开始了，土地归公，骡马犁杖入社。马向伯爹妈人缘好，又是贫农出身，村里对马向伯照顾，先让他喂牲口，后让他当仓库保管员，挣手脚齐整的男劳力同等的工分。

日子无风无雨地过了多年，马向伯的儿子也上了初中，那场运动闹起来了。村里成立了红卫兵组织，接二连三召开批斗会。山村场地普遍狭小，除了小学校，最宽敞的地点就数原来地主崔老六的老宅，当了生产队的库房，批斗会就常在那儿举行。马向伯不再孤单了，在他的地盘，他一跃而升为喊口号的"领袖"。

头一回批斗会，斗争从城里押回来的地主分子崔老六的五哥。他五哥叫崔玉安，很早离村去城里经商，许多人不了解，甚至不认识。正这时站在库房门口的马向伯左手挂杖，右手高扬，喊出了口号："地主分子崔玉安，时刻想着把天翻！贫下中农团结紧，把他阴谋来揭穿！"一呼百应，会场热烈起来。

二回斗小学教师管育民。村里听说县城中学给校长挂上"反革命修正主义"的大牌子，把有声望的教师冠上了"反动学术权威"，游街批斗。可这儿的学校太小，一个人既是校长又是老师，还兼着炊事员、保管员等项杂务，没县城那气势，但也得紧跟形势。把小学老师押上台，马向伯领呼口号，这回的口号是："反动权威管育民，他为刘少奇看大门！贫下中农团结紧，做好革命接班人！"

斗争形势一天比一天激烈，深挖细找，上纲上线，又发现了当村人物尹宝柱。尹宝柱当过国民党的兵，被俘以后参加了志愿军，入朝打过仗。这个人本不够批斗条件，但也把他列入目标了。造反派揭发他以后，一直没有人发言，会场一时冷清。这时又是马向伯打破沉默，喊出口号："阶级敌人尹宝柱，蒋介石是他外祖父！贫下中农团结紧，不让蒋介石回大陆！"喊完口号，无人跟声，会场吵吵嚷嚷，人说人笑。大家知道情况，尹宝柱曾经是村里的公安员，还是一名共产党员，跟蒋介石根本挨不上。马向伯的口号，以后成了大家的笑料。

如同吃惯了嘴跑顺了腿，喜好在批斗会上露脸，马向伯像中了魔，几日不开批斗会，心里就犯痒。

村里有一个叫二嘎子的，没啥文化，他把民兵连发给的《毛泽东选集》一至四卷撕成了"烟票"，给大家抽烟作烟纸。马向伯知道了，兴师问罪，质问二嘎子不尊敬伟大领袖，不热爱毛泽东思想，他要"奏本"。可二嘎子尽管不识字，但嘴头不瘪，反驳："我是把毛泽东思想吸收到肺腑里，融化到血液中，落实到行动上。不像你整日算计人，妄想篡党夺权，唯恐天下不乱。"后半句本不该说，也是让马向伯逼的，反过身给他上纲上线。一说呛了马向伯肺管子，他立时掉转头去向造反派汇报，把烟票作"证据"上交。人证物证俱在，二嘎子被戴上"现行反革命"的帽子，挨上了批斗。

一街老乡亲本应该化解矛盾，马向伯却添油加醋走了歪道，自以为光彩，却使乡亲邻里结成了冤家。

命运真的会捉弄人。在历次批斗会表现积极，站在上风头的马向伯，竟然也折入"覆辙"。

那回是在春节前，村里忙着战天斗地，兴修水利，大家没时间去购置年货，而马向伯有空闲，库房一锁无人过问。那天听说他去县城，乡亲们托他买这买那，他拿小本子记上了。问题就出在买年画的过程中。

按照小本上的登记，总共要买二十三张年画。那时期年画，主要是毛主席像、毛主席语录，以及林彪与毛主席在天安门、毛主席去安源什么的。交钱之前，新华书店的营业员把他采购好的各种年画交他清点，他数了两遍，总是缺一张。他挠挠头，自言自语："那一张林副主席去哪儿了？"女营业员眼尖："不就在您胳肢窝夹着呢吗？"一语点醒，他拍拍脑门，自我解嘲："嘿！我这不是骑驴找驴嘛。"

身后有耳，跟他身后买年画的几个中学生红卫兵闻听此言，大声叫喊："好哇！你敢说林副主席是驴！"

　　红卫兵的叫喊，引来不少围观的人。马向伯赶紧辩解："我没说林副主席是驴，我只是把林副主席夹在了胳肢窝里。"

　　"什么！你敢把林副主席夹在胳肢窝？真是罪该万死！"

　　马向伯越解释越解释不清，旁边也有老者劝解，说："得了，放过得了，他是一农民，说的是打比方的话。"可红卫兵激昂，根本不依。立刻把马向伯绑了，从柜台底下找出一块纸板，写上"现行反革命分子"几个大字，在县城大街游斗。

　　这日正逢春节前夕的年集，大街上人多，有一邻村的妇女认出了马向伯，给村里报了信。当天晚上，县城红卫兵把马向伯押送回村，移交给村里的造反派，并郑重交代："要继续批斗，把他批倒批臭。"

　　从这以后，马向伯再无风光，有批斗会他也不领呼口号了。

　　有个同乡晚辈，在马向伯八十多岁的时候，跟他探讨当年的困惑："四叔，您当年为啥那么起劲儿地喊口号，那些人与您无冤无仇哇！"

　　马向伯眯着小眼睛，挺不屑地说："亏你还是大学生呢！我就是想表现好点入个党，将来让儿女也跟着沾一沾光嘛。"

傻四婶

我是坨里村南街王家的门婿，按规矩该称她"婶岳母""婶丈母娘"，但她的亲侄女、我的"内人"叫她"傻四婶"，我也就跟随这么叫了。

我结婚的时候，她也就刚够四十岁。方头大脸，长相不丑。强壮的身体，连同做事情粗手大脚，特别像一个大老爷们儿。我没见她穿过花色衣服，一年四季都是蓝布，而且还是她自己做的大襟衣裳缅裆裤。冬季时裤脚扎腿带儿，脚下是自己缝的窝帮大靴子，衣襟和腿面总像喂过猪似的，挂嘎巴。追时兴的是一条紫色头巾，冬天蒙头，春秋搭脖子上擦汗。头巾算是她永生的标配，可那头巾只大略看出紫色，已抽巴得像一块抹布了。

她从不招惹人是人非，从不串门儿听闲话，在家总感到她忙忙叨叨。可是街坊四邻的表扬总不往"好媳妇"上提，只夸她"是一个好干活儿的"。

家里家外，她处于受支配地位。我的岳祖母相当高寿，论闰月活了整一百岁。老太太掌了一辈子的家。可能在卫生方面注意不够，她好像有沙眼，红眼边总挂眵目糊。可是视力不差，耳朵不聋，整日价抚着小脚在炉火边盘腿而坐，做"老佛爷"状发号施令。家里人她管束严，连我那爱闹脾气的叔丈都不敢对抗。虽然是老派儿婆婆，却是明白人，并不给儿媳妇气受，方方面面还能给料理到。她当然也想把儿媳妇调理好，可四婶的一副龙性岂能驯？改造不成儿媳妇，老太太终身遗憾。四婶说话快，还爱表达意见，在这不掌权之家，就此常挨老太太呲嗒。可是不论老太太怎么数落，她不顶嘴，像一听话的大孩子，心甘情愿接受斥责。老太太去世七个月以后，她也去世了，给老太太当了一辈子支使，这辈子没轮上她当家。

不算委屈的委屈，四婶受着，可从各方面看，她很知足。两个老人肯定是敬，男人肯定服侍，孩子肯定心疼，她处在这个家庭甘愿付出一切。春节了，一家人吃饺子，唯独她给自己吃荞麦皮黑面的。老太太看不过去，责问："大过年的你怎么还捏成两样，你不吃黑面的不行吗？"她答："好东西要紧着给老爷们儿吃。"

凡农业地上耍大家什，卖大力气的活茬儿，四婶样样行。耩地种谷，她去拉耧；整地平畦，她抢平耙；运粪装卸，她扛大铁锹；大麦二秋，动镰刀和耙镐子，尤显她精气神大。

我的叔丈在村里，大小当着生产队长，王家又是大户，有条件照顾，可轻松活儿总不派她。她的专属是给牲口铡饲草、给牲口棚铡垫脚。一冬一春，饲料棚子里始终保持饲草充足，都是她一刀一刀铡出来的。这种活茬儿不光辛苦，而且脏，无论铡哪样秸秆都灰土暴腾。铡草的二人一组，领班男子因为懂铡长铡短的技术，坐木头板上入秸秆，她去捂那个大铡刀。上半身一落一扬，弯无数次腰，纯爷们儿都想心疼一下自己，找借口偷奸耍滑，可她呢，却像与铡刀共存亡似的，手下的碎秸秆哗哗地流，人家不放弃续料，她绝不先撂下铡刀。

生产队还算公平，她干头等力气的活儿，就给她记头等社员工分。有生之年，她一天工没歇过，将男劳力的报酬拿回了家。

我的老伴儿说，四婶人傻却不说傻话，她说的尽是怎么过日子的话。往疙瘩汤洒儿滴香油，瓶子口没有滴干净，她都得舔一舔。

我问四婶是因何变傻的，老伴儿告诉我，她出身地主家，有一回家里的马车轧死了人，她着急上火，落下了气脉心跳的病根。沾地主的恶谥，却没沾上光，因为她爸娶了个后妈，再不受疼爱，百十亩地的农活儿，都是她去那领工的。女人的手工活儿，缝缝连连样样会做，只不过不细致，粗针大线"跑马活儿"。奶奶家一家七口人的穿衣都指靠她。老早她就戴了花镜。

她不知自己有高血压，去世前两年去捡麦穗，因为尽哈腰，又在中午的大日头下，她脑血管抗不住了，躺倒在地里，被人抬回来的。就此一场大病，下不来炕了。

四婶娘家的兄弟手足，都有一份离开农家的好工作，有的还为国家干部。她终身是一个农民，在我们坨里村的农家院过满一生，去世时七十三岁。

　　老伴儿还说，四婶结婚时的嫁妆有一条绸子做的大红裙子，有了
头生儿子以后，她给儿子改做成了大红斗篷。现而今，那条大红斗篷
也不知落入哪儿了。

潘五先生

坨里村的乡贤人物，非潘五先生莫属。

他高个子，长身修洁，颌下一部白须。眼睛特别像古代人物画上的那般狭长。让人好记的，还是他的眼皮，一只眼皮短，一只眼皮长，与人交谈，头微微上扬。

推测他家为老户，只看两点就够了。一是他家挨水井近，与井台只隔了一个门口，作为永久性居民，水源方便历来为第一要务。二是住处的地段好，于东街中心位置。东街的住户，住处普遍土层浅，而这一地段土层深厚。

判断潘家早年富有，看老宅，两进院落，各有规制。里外院门口皆有带门铍的板门。里院正房五间，两厢各三间配房，院场宽大。

据说，潘氏先祖是捻军首领，为逃避清廷追杀流落至此。后来在坨里娶亲，又不知什么情况使得家业发达，不算田产，畜业就不薄。有一群骡子、一群牛和一伙驴。用骡子经商，往北京驮运煤炭。

在这份家业之下，潘家人过的是上等生活。五先生同胞五人，弟兄三个，姐妹两个，他排末。两个哥哥，一名照旧习武，一名务农。有读书条件，末小的他念了私塾，以后从医。

五先生医术渐渐有名，三五八村常有人来请。来者牵着毛驴，他骑着毛驴颠颠儿去了。

那时的他与同仁堂有联系，由同仁堂进药。找他看病的穷人多，很多人付不起药费，他就给垫上了。一来二去，药费垫付不起，同仁堂伙计三番五次讨账，总还不上欠款，为此断了供应。在同仁堂不供给药的日子里，他开出药方，教给人去抓草药，照旧给人看病。

五先生还会看风水。农村盖房或者选坟地是头等大事，远近都来请他，这一名声更大了。

一个生性纯良的人，怪可惜的是染上了嗜酒、吸大烟的恶习。他分得的那份家产很快败光。却也因祸得福，后来土改时贫农团给他定了"下中农"的成分。

大节不亏，但活得光明正大，闻讯二十九军在卢沟桥打日本兵，托人捎去五块大洋，支持抗战。

他的义举在当地受到了尊敬。据说一次傅作义的部队行军路过，驻扎垞里，号房选中了他家。长官打听过了潘家的人性，不去占用上房，而是选择了外院，用仓盖当了床。挨着长官头顶挂着一束玉米，勤务兵要摘去喂马，他把勤务兵踹了出去。

五先生看着性情绵软，其实犟得出奇。一回，一杯酒刚放桌上，飞上一只鸡，把酒杯扑倒，他满院穷追不舍，直到把那只鸡捉住拧断了脖子。还一回，当地公安去他家搜查，查出了罗盘，说是迷信的东西要带走。他不给，声明砸碎了也不交，随手抄起火箸啪啪杵碎，让来人瞅着投进火炉。

他的爱整洁，延续了一辈子，一身青布衣总是干干净净。家里的屋地，炉台、炕席、炉坑板、炕沿、条案，不见一丝灰尘。光洁分明，最有别于普通农户家庭。让人看得出来还是耕读人家的，是卷沿老漆条案的正上方，挂着一轴老画，老画左右悬挂楹联："勤俭黄金本，诗书丹桂根。"条案上放置了樽、罐、掸瓶等物件，在条案一头摆放一方大砚和几本字帖。料器的菊花、石榴和佛手，让玻璃匣罩着。瓷器为古物，座钟年头也不浅，全擦拭得诱人目光。

门帘外，堂屋有青砖墁地，花架上摆了一盆多年整饬的迎春，造型极佳，当令时金灿灿闪耀。

吃着粗茶淡饭，做派与野老田父又不一样。一碟咸菜条，也切得如鱼香肉丝一般精细。

人世上的演变，就在人的视线中涌现，这就如同眼瞅着玉米豆儿硬了，玉米秆也就软了一样。五先生后来终究上年纪了，很长年头人不找他看病、看风水了，有愿意学习的青年，他也愿教。再闲，自行其乐，逗逗花猫，给花草浇一浇水，比画一下八段锦。再不然翻翻医书，看一看《黄帝内经》《金匮要略》，捋一捋胡子。那一把胡子，被他闲时捋得始终不得自然下垂，翘翘着。

老先生在世时，屋内东西一样不少。过世以后，所有摆设都不见了。古瓷被人低价收走，条案、八仙桌、太师椅，不知下落。一部摞起至小腿高的《康熙字典》，在那个年月被抄走，让他们支了桌子腿。剩下的药品，一根野山参被当成柴草，给烧了火；一颗不断削割用于配药、比中药丸还大的琥珀，被家族子弟当球玩耍，给弹丢了。

潘家的运势最终衰落了，唯有文脉没有断绝。每一辈都出了读书人。一般儿孙讲出话来头头是道，都带着文气。上耳一听就让你听出那是潘家人。

老娘婆儿

生儿育女是家庭大事，在农村尤其重要。受传统观念影响，人们普遍重男轻女，有俗语甚至说："有儿不愁富，无儿富不长。"媳妇才娶进门，家人就盼望她早早怀孕。如果两年不见喜，热心的街坊会安慰新媳妇，两年不行等三年；三年没动静，又安慰三年不行等六年……但本家的婆婆大多数沉不住气，有的还会指桑骂槐："养个老母鸡还下蛋呢，这吃饱了不打鸣不下蛋的算什么呀？"可发现儿媳妇真有了喜，全家人都会眉飞色舞，当婆婆的首先就美得走道都不知先迈哪一条腿了。在这样的社会形态下，就产生了我们要说的一种人。

老年间，中国北方农村把为产妇接生的女人，叫"老娘婆儿"。

不能说它是一门职业，因为具备这个能力的人不以赚钱为目的，她做的事是甘于付出。一个大点儿的村庄，总会有一两个老娘婆儿。

过去的老娘婆儿，以寡妇居多。家里孩子长大，没小的拖累了，也无男人的牵挂，就不知从什么事由上起，做了接生婆。

这类人，一般都遇事沉稳，干净利索。她对全村每一育龄妇女的现状，都比较了解，将怀孕妇女纳入了需要她服务的"网格"。

说起来也辛苦。产妇是不分季节不分时辰生孩子的，有人来叫门，无论刮风下雨飘雪花儿，还是半夜三更，抓起产包儿"噔噔噔"

不说二话就跟着走。遇上了河沟发大水，她就由人背着，冲过河水。

产包儿简单，顶重要的器械就一把白布裹严了的家用剪刀。

进入产妇家，先看屋内所做的准备，再观察产妇的神态，经手触摸，分辨顺产还是难产。她的出现，像一盏灯，照亮了产妇的家庭。守在产妇身边，专事伺候的妯娌也有了主心骨。烧一锅开水、备整沓草纸。劈柴烧灶，拿盆递碗，一切听凭她指挥。家人对老娘婆儿是十足信任的，倘若气喘吁吁，使尽了办法，母婴仍不得保全，家人也无丝毫埋怨。

"儿的生日，娘的苦日。"生孩子是一道鬼门关。或许就因了大出血，或难产，产妇因此丧命。乡间谣谚所谓"张大嫂、李大嫂，去东坡摘豆角，肚儿疼往家跑，到家生个大胖小"，纯是谑笑。

在乡俗上，女人生孩子时，男人是不能在旁的。他被赶到门外，于窗根底下听动静。急迫之心是希望早些听到婴儿的哭声，听到了哭，方觉心安。如果啼哭声音大，他猜是"小子"；细声细气，他猜是"丫头"。待听了屋内人证实，并报"母子平安"，他高兴得恨不得跳起来。

不分冬夏，住户家若挂上了门帘，挂了红色或蓝色布条，那就是说人家有新生儿落生了。挂红布条的，告你说生男，挂蓝布条的，告你说生女。挂了布条，示以外人不得擅入"月子房"。

早年农村卫生条件有限，因了不洁，因了着凉，婴儿容易患病。

对不明原因造成的病，民间称"四六风"，即二十四天内染的急症。夭折了，旧席片一卷，筐头一背，扔到村庄偏僻的"死孩子沟"，埋都不埋。

老娘婆儿素有德行，那一份仁义感天动地。有往常惹气的人家，到了她出场的时候，该怎么尽心还怎么尽心，从不念旧怨。邻里为重。产妇家对老娘婆儿的报答，无非于当天给煮一碗挂面，卧一个鸡子，淋几滴香油。这还算家境好的。若家境不好，只得喝一碗加了红糖的小米粥。小孩儿"落草儿"满三天，俗规要请老娘婆儿给洗身，名之"洗三"。再至十二天、满月，亦必请老娘婆儿，让她看看孩子是否"扎实"，同时请吃饭。不给钱。几顿饭食既是酬劳，又是情义。于后者，双方看得都重。

我们村是一个大村，从我记事起，就知道了姓宋的这个老娘婆儿。她住的房是土改时分到的"胜利果实"。她三十岁上下守寡，身材瘦高，一双脚是缠过足又放开了的"解放脚"。好干净，束纂儿，头发黑亮，梳理得光滑。夏天上衣爱穿偏襟月白色褂子，下边青裤，扎腿带儿。说话快，腿脚利落。唯一嗜好是吸烟，进人家，烟笸箩的旱烟也揞（音ǎn），递的烟卷儿也抽。

她是我们村的功臣，凡六十岁上下的，多半是她接的生。

另一个做派，也为乡亲传颂：她热心肠，好张罗。邻里间若听闻老人去世，她不请自到，教给年轻媳妇捻多少个灯花（逝者因为寿龄不同，捻的灯花在数量上有别，总数是寿数再加二，表示加了天地），怎么行祭拜礼，将仪注如数传授。

有功劳，大家敬，个人也时有自持。没事时，她喜欢坐在住户门口石台上，与人聊天。赶在中午或晚上遇见收工回来的人，筐里装着瓜菜，人家送，她拿，不送也要拿。她下手拿的就那么象征性的一点儿，刚够她一次吃。有的青年露出了不乐意，她张口就来："小子（音zei）！你爹都是我给接的生，吃你一条黄瓜还犯机器？"噎得那青年面红耳赤。

瞧得出来，她晚年比较落寞了，成天成天于大街上闲坐。衣服干干净净，带着熨烫的褶，靠墙根晒太阳，观望来来往往的人。很长时间以来，人们不请她接生了，孕产妇去了医院。家庭条件好的，还奔了大医院。为了新生儿的妥善，花几千或上万都不吝惜。

她的眼神不像先前那么亮了，面容漠然。被儿女送进了养老院，村里聊天时也很少提她了。

她九十五岁而终。火化厂工人师傅听说她是老资格接生员，一辈子做喜事，非常敬重，便将价值几千元的祭品，车啦，马啦，轿子啦，一股脑儿奉献给她。

扎翻气

早年，北方把民间怪异的疾病，统称"翻气"。用土法治疗，叫"扎翻气"。

叫名"乇古"，大概属于北地土语。

一方水土养一方人，一方医疗治一方病。此祛病招数源起何时，难以核实。被扎翻气的人神秘化了的"孙真人鬼门十三针"，恐怕也是托医圣之名，行医术有自之实。

以此忖度嘛，它应比理论周密、体系完整的针灸术出现得早。针灸的着针点清晰、准确，穴位定名雅驯，显然经历了文化的醒润和梳理。而流传于民间的七十二翻，名称十分原始，不难猜测它和农耕社会早期形态有着紧密关联。翻气种类，一半以上冠了动物名。属于节肢动物类的，如蚂蚁、蜜蜂、蝼蛄、螳螂、豆虫、蝉、蝎子、蚰蜒、蜈蚣；属于飞鸟类的，如乌鸦、斑鸠、鹌鹑、老鹳、喜鹊、鹰；属于家禽家畜类的，如马、骡子、水牛、羊羔、母猪、猫、狗、兔子、鸡、鸭、鹅；属于野生哺乳动物类的，如虎、鹿、象、猴、骆驼、老鼠；属于水生类和两栖类的，如鱼和蛤蟆；属于爬行动物类的，如蛇、蝎虎……皆是四野里见得着的活物。其外，表现人特征的，如白眼翻、豆喉翻、滚肠翻、刮刀翻、吹气翻、哑巴翻、挠痒翻、滚脑翻、缠丝翻、纺车翻等等，一概拙朴。

生产力低下时期的手段，"土"和"直接"表现得鲜明——所凭仅为一根缝衣针。

家什简单，却治病灵验。大人孩子得了翻气，扎几针立马见效。很多年以来，坐堂医生那儿不用去，"串雅"的郎中不用叫到家，就近就有人能把病给治好。

旧时京西，哪个村庄没有仨俩会扎翻气的？老辈子扎翻气的，多数为半老妇女。

怎么是这种情况呢？我问过，也想过，结论如下：过去，男主外，女主内，女人长期居家，有空闲为街坊老邻治病。再者，患者不分男女老幼，倘若男人行医遇上弟媳一类看病，双方会很尴尬；遇了孩子，也可能摆弄不好。而半老的妇女，就不用犯含糊，男人女人的什么部位可无所顾忌。女人手脚灵活，用针灵巧，自然比粗手笨脚的男人更具优势啦。

为什么又是半老的妇女呢？那要说扎翻气此项技术不是无源之水，无本之木，从认识各种病症到熟悉掌握每一个环节，需一个经验积累过程。扎翻气诀窍在于口传心授，年轻媳妇经年跟班学艺，挨到全面掌握，老的"交班"，她也就半老喽。

我们京西大邑坨里村顶出名的扎翻气老太太，有两人：一个是井四奶奶，一个是王二奶奶。二人于方圆十几里，名气挺大。

有传说就很神。当村一个六七岁孩子，一早醒来，两条腿忽然不能动窝了。孩子的父母非常着急，请来了井四奶奶。当时孩子见她从针线包取出几根针，吓得哇哇大哭，怎么哄也不让扎。她让大人抱住孩子，一面和孩子说话，一面伸出双手，好像在轻轻抚摸孩子的身体，不知不觉间，已将几根针扎进了穴位，而孩子竟毫无察觉。行了一会儿针，她轻轻地拔出针来，拍拍孩子的屁股，笑着说："下来走吧！"孩子下来一试，果然和以前没啥两样。孩子的父母感激得不知如何是好，她却连茶也不喝一口就走了。

井四奶奶的手法，挑刺部位多取肛门、鼻腔、舌下、脐周、耳后、头顶、项背等处。凭经验就知道病症无论多蹊跷，均与寒湿有关，引起了气血不畅。常见病例，肚子疼得满炕打滚儿，有一番询问必不可少。问是否睡了凉炕、单衣受寒、吃油腻后喝了凉水、在冷环境下饮酒等情况。问了，看肛门和两腮。查看肛门肌肉紧不紧（若松弛开张不属翻气）、周边是否散着充血点或紫色血泡；两腮内有无锥子形冒白尖的小泡。问清了，看明了，老太太心里有底，就开始施展了。若从肛门上看出问题，用针尖沿周遭将紫泡挨个挑破。紫黑色毒血滋滋流尽，再流就是鲜红的了。看流外的血正常了，就用针挑出一些烟袋油，蘸棉花球上，塞入肛门。整个治疗结束，老太太一边擦拭针，一边嘱咐：几天内不许吃"发物"（如鸡蛋、小米）和凉的东西（包括水果）。郑重告你说，若不"忌口"，原本戳破的血泡会复原，之前遭的罪就算白受了。

老太太本事有多大，要看她对病情病理看得有多透。得翻气者奇形怪状，治法也因病而异。比如男人得了"下翻"，小便腔口长白泡，疼得要命，就必须用针挑。个个挑破，就算好了。得了"羊毛翻"，是心口窝处起一个白泡，白泡里边有一根汗毛向里长，变得又黑又硬，那心口就疼得厉害。要治，则先用凉水拍击他的心口窝，让黑毛支棱起来，再使针将泡挑破，把黑毛挑出来，达到疗效。

却也有多种翻气，无须用针，或少用针，伴以别的方式。比如"白眼翻"，其症发作，病人总止不住地翻白眼，治法是在其脑瓜顶灸三个艾炷，一次不愈，隔日再灸三个艾炷，即保痊愈。"哑巴翻"，症状为着地不能言语。治起来男女有别。给男人治病，用布鞋底蘸凉水拍脑门；治女人的病，则将头发蘸湿，用凉水拍头。均见效。"蝼蛄翻"，病情外显，乳房两旁生蝼蛄似的疮，刺痒难忍，施治是用盐醋炒麸子反复拭之。"纺车翻"，症状为恶心头昏，坐卧不宁，治疗方法是把纺车弦烧成灰，用黄酒服下。"蛇曲溜翻"，症状表现为揪心战战，舌下见紫疗，治法是用针挑破舌下紫疗，再以烟油点上创口……

老话讲："扎针、拔罐子，病去一半子。"扎翻气，医术简单到不能再简单的地步，却可以治疗许多种急难险症，可见它包含的医理深不见底。现代医学固然伟大，但过度凭借仪器医疗，把简单的也搞成复杂，原因在了唯科学论（科学是好东西，唯科学论是坏东西），过度迷信设备，而不愿在个人医术上精进。一般中医认为，普通疾病均与湿热有关，"邪聚"导致病发。每一种疾病都有特定的病理敏感点、显露点、对应点，找到这些点及时有效地加以处理，便能祛除疾病于顷刻之间。扎翻气法朴素，但它暗合科学原理，通过针刺的放血疗法，把血氧改善了，把热清掉了，使患者气血恢复正常，诚然是古时良技。中医认可的挑针疗法、火针疗法、巨针疗法，看似原始、残酷，却是救命的绝活，从古至今不知挽回多少人的生命。

往时扎翻气者生于民众，长于民众，你让她们讲理论，她们说不出道道，但其中所含的哲理和应用知识，千变万化，无穷无尽，已在她们的掌控之中。说她们是民间的"圣者"也不为过吧。

井四奶奶、王二奶奶那一代人，长什么样子，我当然没有见过。但我能够想象得出来，这种老太太相貌一定很"帅"：得体的家做青布衣裳，衣襟平展，扎着腿带儿，面容一副开朗模样。爱说爱道，肚里装着不少的故事爱对孩子们讲。按她们的习惯，头上的发纂儿必然别着挂了青线或白线的针，不是她需要，而是为了别人需要——出了门，遇见的人多，料不定集市当中就被人喊住脚，去给人治病。大街小巷，挨家挨户，乡村玉米叶蹭身的土道，多少个春秋里，晃动着她们的身影，留下她们奔走的足迹……

长辈人说，井四奶奶、王二奶奶在世，不爱财。她俩所希图的，是那眼看着"瞪眼儿"、别处不给治的孩子，经她们几针扎下去，哇地哭出声来，她们才最乐。

老乡们的回报，多种多样。有当爹的嘱咐儿子："别忘了她。不是她，你小命早扔了！"有的逢年过节，带礼物登门，感恩之心溢于言表。家庭生活实在困难的，过节也未忘端去一盘饺子。老太太家里盖房、操办喜事，那阵势出奇地雄壮。

井四奶奶到死都很受人尊敬。据说，那一天，现场陪灵的、戴孝的，人数很多。顶为显眼的，是由一位教书先生写的，灵棚高挂的挽幛上大字。他替代了原本写挽幛的青年，不待迟疑，饱蘸墨汁，挥笔落下四个大字——"仇氏遗风"。

闲从旧妇话当今

经师易找，人师难求。我庆幸交了谭泽这样的朋友。都曾是乡村子弟，但他的运气好，"文革"前上了大学，而我命中是"老三届"初中学历。他原本于县城中学当数学老师，后来当了多年校长，退了休迷上古体诗词和篆刻。终归同道，亲密。一日，见我俯首入魔，续写《村女乡风》之题，扬起笑脸言道："老弟，写一写寡妇吧！数她们命运最苦啦。"我一听，来了神儿，和他一同聊开了乡村记忆里的另类妇女。

摘选了几例，恭谨为文。

王氏

王氏十六岁出嫁。丈夫因为患肺痨，给他"冲喜"。丈夫于次年殁，无有子嗣。王氏精明能干，里里外外一把手，口一份手一份的，公婆欢喜。经历了短暂痛楚，她认头，精心伺候公婆，做饭、缝衣，打理家务，庄户人日子井然有序，得族人夸奖。生产队时期，虽说度日艰难，但有了她的勤恳，白天下地，晚上揽些缝纫活儿挣点零用钱，生活倒也过得去。当过妇女队长，带头耕耩锄刨，样样农活儿拿得起来。对一群女社员的爱嚼舌头、爱计较，她直言快语。虽然引起那些女社员不快，但大家从心里边认可，认为她心眼儿不坏。此妇劳苦一生，孀居六十余载，未沾惹闲话。官称"大寡妇"，既是说她在族内同一辈中排行为大，却也是肯定她的人品：行事大方，仗义执言，顶门立户。于人们心目中有大的气度，而无平常妇人的琐碎……

谭按：艰辛守业型。倾心治家，可叹可敬！此类型者不在少数。近人还记得《红色娘子军》电影中主要人物"吴琼花"的同伴，当初不就是守着床上木头雕刻的男人，认了命吗？"吴琼花"的姐妹们遍布四方，而苦命遭遇不分南北西东。

靳氏

靳氏嫁于王家。四十岁时丈夫患大肚子痞，亡故。留下三女，分别为七岁、五岁、三岁。靳氏乃旧式缠足之妇，身单体弱，夫亡有如天塌，叫天不应，叫地不灵，脱不开的饥贫使她度日如年。面对三个幼小的女儿，只得以命挣扎，白天下田劳动，晚间缝衣、洗涮，做出第二天一锅窝头、饼子的干粮，不误出工。留在家的三个女孩儿，也是以大领小，衣衫、鞋子破旧不堪，个个面黄肌瘦。没经济来源，连买盐打醋的钱都没有，活一天指靠老亲旧邻接济一天。她生病，能吃上口的就一碗白水汤面。生活压力压得中年寡妇愁眉不展，苦不堪言。见不到丝毫光亮和前景的她，内心挣扎了数月，终一日下决心，含泪望过睡觉的孩子，服卤水身亡。年仅四十三岁。其后，靠生产队抚养这三个孩子。

董按：生儿养女，本为艰难负担，况乎孀妇？吾地《四马台村志》收入了一首民间小曲，曲词完整讲述了农家母亲的辛酸情感，历数了抚养子女由小到大的过程。前边小段，逐月表孕期痛苦，中间部分陈述了育儿辛苦："生下儿，娘心喜，难关已过，受尽了，人世苦，度日如年。坐月子，好美味，不得不咽，脏屎尿，满身下，能忍擦干。/缺了奶，煮把米，昼夜几遍，三九夜，煮米喂，怎说不寒？出天花，闹瘟疹，双亲操短，恨不得，替我儿，渡过此关。/为父的，请医生，腿脚跑软，老娘亲，神灵前，祷告苍天。好东西，到嘴边，不能下咽，无奈何，口对口，吐与儿餐。/左边尿，右边睡，胳膊当枕，两边尿，不得睡，儿躺胸前。每日间，为儿忙，心甘情愿，儿啼哭，娘心酸，何曾安眠？/屎一把，尿一把，娘心不厌，三九天，结了冰，洗尿布，怎为不寒？一生子，两岁时，娘常怀抱，只累得，两膀酸麻，无怨言。/三生子，四岁时，学说学走，走一步，叫声娘，娘心喜欢。五生子，六岁时，刚会跑玩，怕火烧，怕饭烫，又怕水淹。/到七岁，送学堂，把书来念，怕我儿，不聪明，又怕师严。怕同学，到一块，欺负于俺，怕我儿，不用功，惹是生嫌……"一身辛劳，一肚子的委屈，然比起贫困寡妇养儿的艰辛，她起码还有自家男人的靠山。

陈氏

陈氏又为一类。二十岁嫁夫，生育一子，两年后丈夫被抓了壮丁，音信皆无。陈氏身材窈窕，面容俊俏，在乡下人中也算见过小世面，梳妆打扮得体，风韵悠然。看见她，村里就有居心不良男子搭讪。她或不睬，或叱喝后嬉笑走开，自得一乐。她的生活靠一个城里人供养，不显贫困。与那个男人时来时往，街上人指指点点，当作街头新闻传来传去。后期谈论的语气竟含有几分羡慕。不为传言所动，她把儿子拉扯大，改嫁到城里，照顾后老伴儿生活。

谭复按：此妇之形迹，可谓当世思想开明者之先驱。

李氏

李氏怎么说呢？恐怕说不准。三十岁上盖房，一根房梁掉落下来，砸死了男人。生了一子，起名"石头"。她天性懦弱，相貌平平，却也招致一些男子惦记。失去男人，力气活儿、地里活儿，她显得力不从心。那些男人便找机会献个殷勤。搬石头啦，推煤啦，起猪圈啦等等重体力活计，去给帮忙。来者忙了半天，留下喝茶、吃顿便饭，情理之中。久而久之，李氏提防的心懈怠下来，加之又有实际需求，男人便步步为营，终于有一天一个有妇之夫在她家过夜。这男子之妻性情刁蛮，以往管束男人笔管条直，使男子多年不得自在。如今

有了奔头，就把家里的威慑甩在了一边。蛛丝马迹被其妇发现，那日
丈夫夜不归宿，她哪里容得？一早正值出工之时，选准时机，立李氏
门前破口大骂。骂声真是抑扬顿挫，有哭有闹有叫，引来众多社员围
观。大家以前听过一些风言风语，又是家务事，不好出头劝解，此妇
之"河东狮"更吼出了精神。指着李氏连连骂道："半夜里借××，
你使人家不使？！""你缺德的玩意儿，找野汉子，挨×着急了吧？
姓李的！你寡妇×一板板吧！"逗得围观者窃笑。自家男人从后院溜
走，旁人告知，悍妇方愤愤而归。以后，人们便称这个男人为"兔
子"，称李氏为"窝边青草"了。

董复按：男人可恶，殃及池鱼！人间另有一类男子，快活过了，
爱"显摆"，打比喻说什么"比吃肉还香""好到肉里"，真不晓得
他为何这般肆意……

在我记忆中，寡妇活在世上，那是被怜惜的。有一门为两代寡
妇。寡婆母在世时，挨肩的孩子还小，过日子实在是累。睡梦里都想
给老小肚子填点顶用的东西，就假借打猪草，偷队里几把粮食。窗台
常晾晒弄回家的豆子和谷穗。生产队社员发觉了，不去告发，咂咂嘴
走开。另一"狼虎"型寡妇，偷庄稼不怕抓，看青的发现了她就解腰
带，往下褪裤子。未加防备的这一招，吓得看青的社员魂飞魄散，撒
腿狼奔。其放纵大胆还赢得了喝彩！

在苦水里浸泡着，绝大多数寡妇安分守己。各自怀揣着伤残的心，卑微地活着，还要努力活出人的样子，把丈夫的骨血养大成人，是她们意志里最坚硬的部分。平素因为衣食所迫出一点格，乡民理解。岁月煎熬于她们，亦是贫贱可受，而心志不可欺；一个茕茕之躯，反而有着他人不可抵挡的刚烈！一旦受了辱，投河跳井者有之，服毒上吊者有之，高昂着做人的气节。厚道的男人但凡与之交往，慎之又慎，"寡妇门前是非多"，不得不提高警惕。痛斥缺德做损者，只用一句"踹寡妇门、挖绝户坟"，就骂到了极点。"从一而终守门户"，既是旧时对寡妇的规定形态，也是寡妇的自我禁锢。

打听一下上辈人，旧封建礼法对寡妇约束甚大。据说，旧时京西的寡妇再婚，要等到守孝期满，守不到三年要守到百日，守不到百日要守到坟上的新土晾干，足够六十天。寡妇出嫁，不能坐红色花轿，只许坐蓝色的。结婚那天，男家在半路上迎娶；寡妇下轿，要抱一抱树，说法叫"抱抱树，又到一处"。寡妇登进新家之前，门口立两捆干草，说是"避灾"。

卖寡妇与抢寡妇，也为乡村旧习。女人死了丈夫，守孝期满，婆家不想要了，或她也想嫁人，就恳求婆家把自己卖掉。哪个男人看上了，或找媒人去买，或中途去抢。只要入了新家，炮仗一个个放了，寡妇就是人家的了。

…………

想一想，看一看，男权行主体时，还有一则压制手段，将女人纳入了精神游戏。寡妇缺少人道保护，就有许多与性关联的意味冲着她们来。在聚会中大言炎炎，斗趣演习。像衣物上的"拉链"，她们心灵上的那处"瘢"，随时有可能被男人拉开。

人随社会草随风。这四十几年，人的观念发生极大转变。人性的张扬，尤为彻底。释放代替了郁闷，豁达代替了哭泣，面对中途丧偶的不幸，人们看得越来越开，落单的不甘长久忍受，当有一个先行离去，孤独会使另一个思想开窍，再去寻求另一半。理由硬气铮铮——"满堂儿女不如半路夫妻"。未展露的心语还有，与其因失偶受苦闷，心脏做了"支架"，不如尽早丢了伤痛，让心脏流通新血液。农村接受新观念，也不比城里人差，老头儿去世了，隔不了多久，老婆儿就托人给自己张罗后老伴儿。家庭里若出现儿子早亡，做婆婆的不但不阻拦儿媳妇另觅伴侣，还对儿媳妇迈出下一步加以鼓励："你已经对得起他啦，再找一个吧！"十分开通。

千年陈规，千年流习，在风云中落败了！

日前酝酿此篇新作，归家已晚。这是一个特别的日子：12月24日，人道"平安夜"。我感觉得出来人间的躁动：广场路边停满了轿车，"我心中最爱的人呀"，一曲曲歌声娇音撩人；走过洗脚屋、歌厅，吧台上摆一堆着了彩纸包装的苹果；大街见着的人，有的像情侣，有的不像，但都非常贴近；公交站上枯立的个把男人或女人，好像等待着谁，迷路羔羊一般目光茫然；确实也见到领着小孩儿行走的年轻夫妇，光影之下，兴致翩翩，非常浪漫……霓虹灯熠熠闪烁，被高楼切割了的夜空迷离，人心若波浪翻翻，天上人间，此夜不眠。

社会已到了新的一程，随它去吧。

大力王三

王吉宽去年刚死，活了八十四岁。他爷爷叫什么名字，已无人知晓，只传闻叫王三。听街上乡亲讲，王三是这一带非常有力气的人物。

怎么有力气，有几段传说。

由坨里村往里的河套沟，盛产煤炭，北京城内生活用煤，都是房山和门头沟两地供应的。运输上靠骡子，骡子驮一个装饱了的煤口袋。赶牲口的人受雇用，这个活计叫"驮煤脚"。他单人装，单人卸，还要跟脚走一百多里路，所以要挑选力气大、脚力好的人。王三就做了这个营生。一天，他去给西直门里一个大宅门送煤，等着结账工夫，见院里散放着几块制子石，以为无归置，好心帮助收拾，便一块块码成垛。

这制子石，方方正正，少则百十斤，多则二三百斤，原本是"练家子"习武、练力气所用。他不懂，给码整齐了。码得有点怪，小块在下，大块在上，垛起来顶胸口。

东家出门一看，暗自惊叹：此人怎恁大力气？猜他有武功。

东家高兴，以为遇上了同道，热情款待。他吃了一屉馒头，半盆子干饭，还喝了半锅汤。问吃饱了没有？他摩挲胸脯，说"凑合"。

吃过饭，再试试他的力气，叫他把码好的石头挪下来，再码上，如此试验了三回，他做得一点儿不差。

接下来，东家便有一块儿切磋的意思，留他住下。第二天招待尤其丰盛，他也更显能吃能喝。习武之人有习武之人的考量，在他吃饱了一天的饭之后，饿了他两天，再叫他搬石头，他竟一块也搬不起来了。由此断定，他的力气是"饭力"，并非会武功。经这么一测试，就放他走了。

再说那一年，王三进山买煤，挑着一副草筐。草筐平时是给牲口担饲草用的。你别一听说草筐就以为它像灯芯草或柳编那么轻。它是来自野山，编不成篓子、篮子细活儿的老荆条编的，每根荆条都如老爷们儿中指粗，编成了的筐，高过男人的大腿，筐口宽似面笸箩，一个筐的自重即有几十斤。他当扁担的是一根檩条。这副筐装煤，每一筐都足够四百斤，比一头骡子驮的还多。瞧这架势，窑主有意难为他，说两个筐装满了煤，你挑走，过了土地庙不摞挑儿，两筐煤白送。他说是真的吗，你们装吧。窑上伙计听罢，顿生歹意，装入筐的每一锨都带着分量往下蹾，而后还让筐里的煤冒了尖。这一筐煤的分量更超过四百斤了。窑主以为他挑不起来，谁知他将檩条穿过绳套，一低身一侧肩就挑了起来。一点儿不显吃力。

煤窑距土地庙三里，窑主派伙计跟踪。就见他挑着两筐煤，比空身行走的伙计还轻松。过了土地庙又一大截了，他还没有摞下歇歇的意思，回过头跟伙计打镲说"你就别送了"。

还有一回，春天榜地，肚子没食，他饿得难受，便躺在一个斜坡，头朝下控食，以此让食物反流，降低饥饿的感觉。一只狼见他合着眼，以为是死人，吐着舌头蹭他的脸。他惊醒了没起身，由后脑勺攥起狼的两条腿，就势往外抡。狼受了惊吓，蹿出一泡稀，喷他脸上，把他的脸给烫伤了。

王三最终落了一个饿死的下场。那年遭灾，谷糠成了主粮，王三吃得太多了，干涩的糠皮滞留肠道拉不出屎，生生憋死了。

大力王三过去了一百多年，现今证明他有力气的实物，是十字街上的两块石头。范玉明家那座前出廊后出厦的老宅外，靠东墙撂着两块供人歇脚当座、顺顺溜溜的大石头，哪块都有四五百斤。年深日久，两块石头已被人坐得光光乎乎的了。据说，那是王三独自一人，单臂斜么欠儿地挎着，从三里外的河滩弄来的。

"秃儿"来啦

发生在我们坨里村老郭家的这档子事情，距离现在一百多年了。

一百年以前，我们那个地方虽然所占地面不小，然而住户稀稀拉拉，远不如现在繁华。因为靠近了山，野兽时常出没。为了防备野狼夜间来袭，住山坡顶和道边的户，在房前屋后的墙上用石灰水涂了几个大圆圈。据说，跳高不跳梢的狼，夜里看见白晃晃的圈害怕。解放以后很久，靠河沟村口的老范家，那堵墙上还存留着吓唬狼的石灰圈痕迹。

——老郭家怎么会和"秃儿"拧一块，得细说。

先说他们老辈儿的营生。世上三百六十行，他们家开"杠房"。杠房做什么用，得跟现在的人讲清楚。早先，娶媳妇要坐花轿，死人要装棺材抬。红事白事，均需要杠房的东西。娶亲省事，把轿子供给他们即可，顶多再派遣一拨吹鼓手。而发丧老人就不那么简单了，租用的器具除了长杠、短杠、大绳、小绳，还要由杠房人去辅佐。绑绳子费事，特别需要结实、牢靠，保证抬的棺材一程平安无事。待棺材入坑时，所有的绳扣还必须容易解开。这当中离不开杠房的人亲力亲为。往往，事主会把杠房的人请去帮忙。

十里八村，老郭家的杠房为独一家。

冬季里的一天，郭家老爷子在为外村一家忙完丧事以后，迈上大石河草桥，发现桥上卧着一只软塌塌的小崽，它冻得"吱吱"叫。至跟前，小崽叼他的裤子。会不会是一只未离奶的小狗呢？这么想，见可怜，就把它抱了起来，捂进皮袄，走五六里到家。

接长补短外边有业务，郭老爷子带回家来的一些肉食，喂了这个小崽。

养了一年多，这东西体格不显大，食量却变大，并且，剩粥剩饭一概不吃，就喜欢吃肉。在肉食断顿的时候，它就焦躁不安。也发现几回头天晚上关严的大门在天亮前开了一道缝。之后，就听街坊老太太喊"丢鸡"。有一天中午，他假装睡觉，忽然间院里的鸡一阵大乱。隔窗一瞧，是这狗东西追赶，鸡掉魂似的扑棱棱乱飞。是不是狼崽呢？邻居提醒，郭老爷子这才谨慎起来。

再行观察，判断无误。

不能再养下去了，再养该出大事了。郭老爷子暗自拿定了主意。有了主意，他也不跟旁人说，在一次赶集的时候，买回了几斤肉，他准备喂饱了它再把它送走。

一刀一刀将肉切了，一块一块喂给了小狼。待小狼把肉吃光，他对小狼说："我不能养你了。养不起了。养你一场，留个记号吧。"遂即拿刀子割了它一截尾巴。小狼也无反抗。

把小狼装进筐，老人背着离开家，他决定抛弃的地点在七八里

外靠近山林的地方。一路走一路跟小狼嘟嘟囔囔说话："以后你就叫
'秃儿'啦啊，自个儿过生活，就别回这个家了。"小狼在筐里咕
容，低声呜呜，仿佛听懂了话。老人目送小狼上了山坡，一段山路上
老人看见它几次回头张望。

几年过去了，郭老爷子没再和小狼碰过面，却平白无故地遇见过
几回被咬死的兔儿、山鸡堆在自己家的门前。都是夜间来的，老人不
知道是谁搁的。

那回他又去外村帮助料理丧事。主家招待热情，多饮了几杯，临
行又送他几块肉，回家时天色大黑。酒劲上头，晕晕乎乎，半睁眼往
家走，哩溜歪斜。在迈上草桥时，恍恍惚惚看见桥头闪着几盏绿灯。
揉揉眼，他立刻识出了那是三只狼的眼睛发的绿光。前不着村，后不
着店，进退两难，他的头发根发乍，酒醒了。幸好人家给了几块肉，
他想把肉甩给狼，对付过去就行了。便一块肉一块肉地往出甩，甩出
一块，狼让开道，他就往前多走一段路，可是甩出了最后一块肉，狼
还是不紧不慢、搭拉搭拉地跟着。离村还很远，喊人听不见，正发愁
之际，由后边又追来一伙狼。多可怕呀！老人一拍大腿，仰天叹道：
"完了！这回狼皮棺材睡定啦！"

就在绝望之际，朦胧月光下瞅见后边追踪的狼群，领头的是一只
秃尾巴狼！他试探性地喊了一声："那不是'秃儿'嘛！"只一嗓，
那领先的狼止步，扬起头看他。随后，它一声长嗥，左一口，右一

口，咬开了它的同伙。群狼四散，他脱险了。"秃儿"没跑，一路护送，直送到村边出现人影，它才往回走。

这档子事，最早听说的那一茬儿娃娃，成了爷爷以后，全离世了。新社会之初诞生的一茬儿娃娃，也做了爷爷，可这个故事还在往下传说。

一个"等等儿"叫到今

有性格急，就有性格肉的，咱说的这性格肉的，由民国二十八年（1939）发大水暴得大名。

老辈人说，民国二十八年七月份，黑夜白日连降暴雨，半个月不晴天。大石河涨水，淹到了铁道边。黄泥汤冲下来大仓大柜、大柁大檩、猪羊鸡狗。推断出来山里发生了"杵龙扒"（泥石流），只见带秸秆的玉米、带秧的倭瓜、满枝青皮果子连同拖着巨大树根的果树，七股八杈，于大河里一撅一颠。

坨里村在大石河下游，主村与河道原本有二里多地，这时一些住户屋门口进水挡不住，雨水泡了牲口棚，水挨到了牲口肚皮。

因为山里边产煤，坨里这儿一百多年前就设立了火车站，通往这儿的铁道叫平汉支线。使用机械化运煤，由矿区到坨里架设了空中钢缆，村人叫它高线。通过高线斗子（形状如今天旅游景点的空中缆车），运输煤炭。高线由铁架支撑，大水平息，人们见几丈高的铁架半腰挂了苲草。有一个三号架子愣是给冲跑了，躺倒在口头村的南灰窑。大水淹了河北省多少地方闹不清，只知过了水灾，河套沟的光棍儿全娶上了媳妇。管这种原因嫁过来的人为"水涝儿"。

发水一开始，坨里靠河近的还沉得住气，还想捞点财物，后来见水一个劲地上涨，有那眼里看出危机的老爷子忙提醒："发河了，快跑吧！"

笑话就出在了躲水的时刻。

冯家两口子听到街上有人喊"快跑"的声音，慌忙抱着老二小三跑出了屋，边跑边叫老大跟后面一起跑。可当他们跑到一个高处时，回头瞧老大并没跟出来。那时洪水已没过小腿肚了。冯婶不顾旁人劝阻，回去找大儿子。她往屋中一看，老大正在炕上坐着。冯婶喊："儿呀，你干吗呢？大水来了你怎么还不跟着跑呀？"老大穿着一只袜子，举着一只袜子说："妈，我在穿袜子呢。"冯婶见老大仍旧慢慢腾腾穿袜子，又气又恨，叱喝："别穿了，快点儿，赶紧跑！"说完转身就走，心想他准能跟来，可跑了十来步，回头见老大还没出屋，又折回去，朝着黑灯瞎火的屋里喊："儿啊，你干吗呢？怎么还不跑呀？"老大这时也心急了，说："妈，等等儿，等等儿，您别催了，您不是不让我穿袜子嘛，我脱袜子呢！"听到回应，冯婶快被他气晕了。

"等等儿，等等儿"，十来岁的冯老大的特殊定力，被村里人叫绝。小小年纪在所有慢性子人中，一举夺魁。

"冯等等儿"若是活到现在，将近百岁，而他的外号还能传一百年。

巧嘴媳妇扳倒婆

东街有个年轻媳妇，满街人夸。说她心灵手巧，干什么像什么，家里家外一把好手，可无论外人怎么夸，自己怎么勤快，婆婆就是瞧不上眼，一天到晚挑刺儿，净跟她闹闲气。一会儿怕她吃，一会儿怕她喝，时不时还无根无由地数落几句，这般找碴儿，日子过得太不顺心。媳妇想，总不能不哼不哈地长久忍受，得找机会杀杀婆婆的锐气！

一天，做晌午饭，玉米面贴饼子。一锅能贴八个饼子。熟了以后，她吃了一个，但故意还留着那贴饼子的印儿。婆婆进门，数见七个外焦里嫩的饼子，锅帮上却是八个饼子的印儿，顿时气从心来，拉长了脸训问："我说媳妇啊，锅里明明是八个饼子印儿，怎么只有七个饼子呀？那个饼子去哪了？一定被你吃了！"媳妇本来就等着婆婆发话质问，听此不慌不忙作答："妈呀，您是不是老糊涂了？没听说七个菜畦八个背儿（畦埂），七个饼子八个印儿吗？不信，您到外边菜地数数去，看看那菜畦是不是七个菜畦八个背儿呀！"老婆婆气冲冲去了菜园，一数，果然如是，七个菜畦八个背儿。老婆婆无话可说。（儿媳妇的说辞，尽显机智，有农业经验的人都清楚，打七个畦定然出现八个畦埂，没农业经验的人一想也能够明白。而七个饼子八个印儿，并不实际，因为一个饼子只会留下一个饼子的印迹，她把不相干的两码事囫囵一说，听着似乎在理，而实际不过是庄稼人的智力游戏。）

接下来还有一次，家里杀了一条狗，狗下水炖熟以后，媳妇把狗肝先给吃了。等到上桌时，婆婆发现没有狗肝，又一下急了眼，不过她忽然想起上次贴饼子自己"嘬瘪子"的教训，便按下火，平心静气地问："我说媳妇呀，这狗杂碎还有不？"媳妇说："没有了。"婆婆再也压不住火，气恼地说："你真是老黄花烟——上劲了！好端端的狗肝说没就没了，是不是叫你这馋嘴的东西偷吃了？"媳妇又不慌不忙地说："妈呀，您真是老糊涂了，您没听人说过呀，河没头，海没边，牛没上牙，狗没肝，小鸡喝水眼望天吗？不信，您到外边看看去。"老婆婆又是生气又是不服气，跑外边去看。一出门，正好看见一群鸡在喝水。小鸡喝水的姿势，真是喝一口，抬起头望望天，再喝一口再抬起头望望天。走近牛槽，几头牛正在吃草，她仔细观瞧，牛确实没有上牙。

生产和生活方面都算得上行家里手的儿媳妇，用真真假假打包，套用谚语，再次胜了婆婆。

经受了两次挫折，婆婆彻底服了气，以后再也不敢刁难媳妇了。

对策

    李五爷是一烟瘾子。烟龄谁也比不上他。三岁受业，五岁学成，在爹爹怀里的时候就有了这门童子功。那时，只要爹爹拿起烟袋杆儿，他就知给揸上烟末儿。爹吸了一口，将烟袋杆儿递给他，他小指捏着烟袋杆儿、吸溜烟的模样与爹爹特别像。

    一晃儿，李五爷抽烟抽到花甲之年。抽烟有害他不信，该怎么抽还是怎么抽，只是抽烟吐痰受限制让他不快活。那回侄子跟他说，在永定门火车站吐了一口痰，被戴红箍儿、侦缉队似的老太太发现了，罚了五块，整是一只老母鸡的钱。

    他心里这么想，抽烟就得吐痰，这是天理。抽烟不叫人吐痰就不该卖烟。社会要是真对人好，就应像早先禁止吸食大烟似的，别再生产烟草。

    那天有事，李五爷也坐火车进城。下火车，走入广场，就想着赶紧补上一袋烟。找一能落脚的地儿坐了，吧嗒吧嗒过他的烟瘾。抽了两袋，精神大好，可嗓子眼犯了咕容，随着一声震动四方的咳嗽，一口痰眼看就要喷吐。

    似吐未吐，他掌控住了神经，四下一趔摸，戴红箍儿的老太太在广场一角正注视着他。手里的一沓罚单也露了一下。见此情形，他不能往出吐了，将痰核又咽下。

咽了痰，不舒服，也不符合他好斗的习惯。

起心动念，有了办法。他脱下一只大袼子鞋，捧着，脸对着鞋底，将痰啐在了鞋底上。

那个扬着罚单，噔噔走向他，正要准备罚款的老太太，登时瞧花了眼，她想象不出这情形是否为犯规。上级也没规定这么吐痰怎么定性。李五爷好像给她施了定身法，她离着李五爷老远，干干瞅着他。

李五爷慢条斯理把挂着痰迹的鞋重新穿上脚，瞥一眼老太太，示威似的使劲踩着硬底子鞋，"咯噔咯噔"，从老太太眼皮底下走出了广场。

孙半仙儿

孙良小时候念过两年书，识些字。因为他知道的事比别人多，而且他预先说出去的话，到时候大多能应验，所以特招人信服。别人不注意的事，他留心。比如，哪月哪日几点发生日食或月食，他知道后，提前几个月就散布出去，张三传李四，李四传王五，没几天工夫就众所皆知。又如，农耕、气象、物象等等，他一说就是一大套，不知从哪划拉来的那些东西。农耕方面，他说"庄稼不认爹和娘，深耕细管多打粮"，"土地深耕有三好，保水灭虫又除草"，"黄土变黑土，多打一石五"，"人靠五谷养，禾靠粪土长"；气象方面，他说"东风刮三天，无雨也阴天"，"天上灰云悬，地下雨绵绵"；物象方面，他说"蚂蚁搬家，大雨哗哗"，"麻雀洗澡，大雨快到"，"燕子飞得低，雨必来得急"，"收音机里杂音大，不久就要把雨下"；等等。有些是当地流传的俗语，有些是看书看来的。

由这，村里不爱动脑筋的凡俗就说他是先知者，给他起了个外号——"孙半仙儿"。

有人想晒粮食怕下雨，去问他："半仙儿，明日有雨吗？"他说："有雨没雨你自己就能知道。今晚上你观察一下，鸡是早上窝还是晚上窝。""这跟鸡上窝有什么关系？""有。晚间鸡子早入笼，次日太阳红彤彤。"问者晚上观察以后欣喜，次日果真是个好晴天。

有人盖房，求他给择个吉日，他说："现在盖房省事了，以前盖房太麻烦，梁上得贴用红纸画的阴阳鱼儿，鱼儿两边还贴上'姜太公在此，众煞神退位'字联。鱼儿跟前还画有八卦图，乾坎艮震巽离坤兑。北方为坎，东南角为巽，所以讲坎宅巽门不用问人。院落南北得成'日'字形，不能成'曰'字形，因为你是想过'日子'，不是过'曰子'。还有一点，宅院前头不能对着直道，后头不能有水沟，老话说前怕道后怕闹，对着的直道仿佛是箭射着你，闹就是水流。"

人们越相信他的未卜先知，越感觉他神秘。农民，特别是岁数大的农民，文盲较多，就是识几个字的人，因为没有看书的习惯，便缺少了新知识。其实孙良就是爱看杂书，如皇历、万年历、风水学等等。

孙良到了四十岁的时候，正是改革开放的年代，农村的生产队散了，实行了土地大包干和家庭联产承包责任制，可以把土地承包给个人经营了。有些人怕政策改变，不敢承包土地。正当人们观望时，孙良承包了十亩。这地种什么，一开始他也犯琢磨。有人对他说："半仙儿，你承包的地种了东西后，万一政策有变，你不是白吃亏吗？"他说："你们总是不研究形势才吃亏的。我相信政策不会变。没听说嘛，让一部分地区一部分人先富起来，先富带后富，最后全部都富。生产队时，把人捆得死死的，不允许外出挣钱，所以人们的生活就是提不高。现在开放了，叫你挣钱你不敢去挣，将来吃了亏，怨谁呀。"听者心里打鼓，忐忑而去。

孙良在琢磨这地种什么时，订了一份面向农村的报纸。除了看报，电视上的《北京新闻》和央视《新闻联播》，他每天必看，专门收集动态信息。从这些方面他分析，近几年可能要大搞绿化，于是把十亩地育成苗圃。桧柏、侧柏、雪松、火炬、金丝柳、馒头柳、绿竹等。两三年工夫，他就受益了。各单位绿化任务很大，他的树苗供不应求，有的单位怕买不着树苗，还交了预付款订购。大苗起走，又急速育上幼苗。孙良的小苗圃红火了，哪年都有三五万元的收入。

北京奥运会闭幕后，除向集体交足承包费，他又翻盖了五间新房，置全了家用电器，还存入银行二十多万元。有人听说他存了那么多钱，眼馋了，问："当初承包土地时，你怎么知道种树苗能挣钱呀？"他说："其实我也不知道，我是注意了国家的发展趋势。奥运会在中国举行，北京争取到了办奥运的机会，理所应当一番修饰，我想，可能得大搞绿化。""我当初不如跟你学，也承包些土地呢，后来我想承包，可是没有地了。""你们不学习不跟形势吃亏了吧，怨谁呀？"孙良一通责备，那人面红耳赤。

后来孙良年纪大了，把土地交回了集体，他要安度晚年了。他天天骑着三轮逛集市，逛商场，或到风景好的地儿玩上半天，自得其乐得很哪。一位乡亲侄子问他："半仙儿叔，您存那么多钱，为啥还骑脚蹬三轮？又慢又费力，买辆电动的吧，又快又省劲多好哇。"他说："我可不买那玩意儿。我骑脚蹬三轮，一举数得。一不烧油，二不用电，三不排放废气，四能仔细观察事物，五能强壮身体，六能多吃东西，你知道这叫什么吗？""不知道。""不知道吧，听叔告诉你吧，小子，这叫当今提倡的'节能减排的低碳生活'。"

　　侄子一听，向孙良一拱手，说："行，叔，真有您的。"

　　这是孙良在世听到的最后一句恭维他的话。

高山上耸起来的骨肉

银子爹头一回出远门，乡亲们都来送。

他一遍遍劝，大伙儿仍跟着往前走。

走亲戚或者做生意，走多远一庄人从来不送的，他这回是担着特殊大事，去部队接三银回家。

三银"光荣"了的通知，是乡里陈秘书走了两天山路送来的。银子爹不接通知书，先问三银是怎么"光荣"的。陈秘书说，三银，不，张长河同志是在一次民兵训练中，为救人而"光荣"的。陈秘书在说的时候，周围人听得真真的。银子爹听完，啥话没说，进屋洗了手，洗了脸，换了干净衣服，一脸庄重接过通知书。他脸上没挂一个泪滴。

两天没吃饭，没出屋，在屋独坐，一口一口噙着旱烟。一会儿捧起三银"光荣"的通知书，一会儿展开前些时候三银寄给家里的信和穿着军装的照片。拿手摩挲，顺着光亮一遍遍瞧。

揣着乡亲们凑的盘缠，走了几十里，银子爹才搭上了往山外运木头的汽车。这二百块钱凑得不易。山里穷，穷得人光杆儿炕席上睡觉不着一个布丝。村里出个兵不容易，给个名额恨不得争破了头。三银当上这个兵，全仗了家庭几辈人的好名声。没给村干部送礼，银子爹领着三银挨家给干部表决心，说咱娃上了部队，家里保证不仗着军属名义给村里添累；更不会像别的人家娃，未定兵时下保证不给村上添负担，待定下来，则前脚刚走后脚就找村上提困难，讲问题。

出门走时，二银也要跟去，让爹给拦了。一个人的盘缠已让乡亲尽了力，再搭一个，乡亲负担不起。

部队领导很重视银子爹的到来，团长亲自作陪。向银子爹做了检讨，说有什么要求尽管提，部队一定尽量满足。银子爹提出他一个人要静静地守三银两天。他坐在三银的床位上，摆了两双碗筷，斟上两盅酒，拿出三银爱吃、说给战友尝尝的家乡菜，一一摆好。他没动筷，就这么坐，一口一口抽着烟，到晚上也不让人把灯点上。一明一灭的烟袋锅火光，映出老人满脸的淡漠和苦涩。

部队见银子爹这样，便有处理过此类事情有经验的人暗下商议，多预备些钱，等着老人说出口。

第三天头上，银子爹背上三银要走。部队很感意外。部队一方执意让老人提条件，银子爹说按部队规矩，该咋办咋办，没有额外要求。部队同志没达到预想，甚感过意不去，一定要让银子爹开一开口。一说再说，银子爹就对着子侄一辈部队干部说了："我有三个儿子，走了一个，只当挖了块肉。这肉能用钱补？""咱娃死得正义，咱不能为几个钱毁了娃的名声，更不能毁了我们那边乡亲的名声！"几句话，说得部队同志感动，扑簌簌地泪水直挂。

　　部队的领导出面挽留，让银子爹再多住几天，说要给张长河同志开追悼会。银子爹知道这是规矩，就依从了部队的安排。

　　开追悼会这天，不光三银所在团的战士们来了，三银救下的民兵和他亲属，以及那个村的乡亲也来了。会上，团长亲自念悼词，悼词历数张长河在部队的优秀表现，怎样刻苦训练，怎样团结同志，怎样学雷锋做好事，一长串事迹。团长念完了，银子爹将悼词要来，用心叠了，揣进贴肉的衣服兜里。银子爹准备将悼词刻在三银的墓碑上。

　　团长一定要让银子爹给战士讲讲话，他拗不过去，就在台上讲了一遍儿子如何当的兵，如何向村干部下的保证。他又讲："我们那儿土薄，不养人，三银能出来不易，他没给我们那块儿丢人，他死得值！"说到最后，他掂着部队给的几百块抚恤金，哭着说："这是娃娃的命钱哪，咋花呢？"一语下来，全场静默无声，战士们泪如雨下。

　　三银救下民兵的那个村，给银子爹拿来五千块钱，表示一方的心意。银子爹坚决不收。他还是刚才那句话："咱娃死得正义，咱不能为几个钱毁了娃的名声，更不能毁了我们那边乡亲的名声！"他不收，那村的人就不依。推来让去，银子爹只好说："这么着吧，这钱我替娃收下，回村给小娃娃们置办点学习用具。"那村的村长听了，让人又从村委会拿了五千块钱助学，再给银子爹。这回他没拒绝，认为这是乡亲帮乡亲的情义。

部队战士听到消息，也主动凑钱。这个战士九块，那个战士八块，三十、五十的也有。银子爹知道当兵的挣钱都不多，好多人家庭都不富裕，等着钱用。一万块给村里小学校添置东西差不离了，就不收战士的钱。

他不收，战士们就不走，而且越聚越多，让他转不过身来。有战士还喊起了"请张老爹收钱"的口号。见此情景，老人激动得浑身颤抖，眼睛闪着泪花。最后，跟战士们讲条件，每个战士只许给一块钱，要不就不收。战士们不答应，也跟他讲条件，让收十块，不收就不走。扛来扛去，老人收了每个战士五块钱。他跟战士们讲，这钱给学习用功的孩子买奖品，还要告诉孩子这笔钱的来历。

部队上用一口棺材殓了三银生前穿过的军装，并刻了一块碑。

银子爹本打算把三银骨灰全背回去，见部队这般有章法，就分一些给了部队，由部队安葬在了烈士陵园。

银子爹抱着半空的盒子，回程想跟三银说些什么，却什么也说不出来。山道上静静的，草丛里的鸣虫轻吟。

银子爹忽就打开三银静卧的盒子，用手一点点、一点点将三银请出来，撒在回家的路上。

有话就说

杨家岭出产煤。杨家村坐落在高山上。

杨家村杨老囤子，这一回要不是书记老婆"干政"，他原本为小煤窑看场的差事就算黄了，该卷铺盖，屎壳郎推粪球——滚蛋了。

事情必须从根上说起。

杨家村自打开办了煤窑，活气起来了，立马感觉人丁兴旺，吸引了很多外来打工的。本村好腿好脚的，男女不论，基本都在煤窑寻得了一份挣钱的差事。

杨老囤子这人，大伙儿管他叫纯光棍儿。他曾当过生产队长，在农业地有一把好活儿。可是到老没混上个媳妇。人是老实巴交，独自一人过日子没落闲言碎语。他有个侄儿自称给他养老送终，可身在外地，说是照料他，也仅仅是一句空话而已。人情冷漠，一些人瞅他无利可图，即便看见需要搭把手，也装作没看见。

毕竟年岁大，干不了重活儿，为了活下去讨个事做，就在煤窑干点零碎八五的活茬儿。

矿长觉得他干的事还不够多，就把夜间看场的事也交给他。这新添的活儿看似无事可做，但是得熬夜。给他两项工作，没给两份工钱，老人也忍了。

问题就出在这儿。那年春季，他抓空闲刨点自留地，年纪原因，干点活儿就疲惫，晚上到了窑场，见没啥事，就钻进门房，沾床呼呼大睡。

可这一晚不平静，来了窃贼，把库房里的电缆全偷了。他清早发现库房门大开，知道坏事，跟头跟跄地跑到矿长家，把情况说了。一边报告一边检讨，边说边眼泪啪嗒。

矿长看不出表情变化，其实他的主意正在拿定。他老婆的娘家人，外省大姨妈的三表舅的外甥，一个瘸子，早就通过他老婆递话想在煤窑找个事做。他为此也动过脑筋。以前想辞掉老人，可找不出理由，这次事发正好是个机会，于是假心假意安慰老人几句，送走了老人，便立即找村长捏咕换人的事去了。

报了案的当天，矿长也去报告村支书。支书没说什么呢，支书老婆从鼻子眼哼了一声。支书老婆是杨老闫子没出五服的侄女，生在杨家村，长在杨家村，结婚也落在本村。她是家里的老闺女，打小父母当宝贝养。受父母行事仗义的影响，她也养成了正直、敢说敢道的性格。嫁给村支书那会儿，村支书还是一名支委，没掌全村的大权。她不仅能过日子，还为丈夫进步、当上书记赢得了支持。对内对外，她都有说得住支书的资格。

出事那天晚上，书记刚吃完饭，在家闲着没事，正仰炕收听半导体唱的河北梆子。村长推门而进。书记称村长为表兄，在工作配合上一般都给表兄留面子。

村长不是个简单人物，人称"小诸葛"。现今，他既是村长，又是煤窑的法人。

他屁股还没坐稳，矿长也推门而入。矿长在外人跟前牛气烘烘，对书记这一村级高干却不敢不敬。他原是个混混儿，在外闯荡几年，见过一些世面，书记见他有些头脑，用人之际让他当了矿长。以后又介绍他入党，进了两委班子。他明白他的地位都是书记给的。

俩人挨着坐在沙发上，东拉西扯闲聊一会儿，村长捅了一下矿长大腿，使一个眼色。支书老婆瞧出了二人另有目的，给两位领导沏上茶，借口晚饭家伙没刷，进了厨房。她心里很清楚，俩人前后脚找书记，肯定是为煤窑发生的那宗事来的。他们合伙来就为了说服书记，同意他俩的主张。

已经碰过头的俩人，早就统一了口径。

矿长先开口："出了这事瞒不住，怎么也得处理。辞掉老光棍儿，不叫他赔偿，就已经讲老乡亲面子了，你们说是不是？"

村长看了看支书，又瞧了瞧矿长，两眼一眯，想笑却没笑出声。他心想，决断的话应该由书记说出才好，可矿长一炮打响了，便也随之附和："出了这码事谁都不愿意，可咱们当干部的不能不讲原则。"

村长跟进了，矿长又讲："让老光棍儿回家，找有责任心的顶上。"

俩人见书记还不表态，继续阐发各自理由。村长说："值班睡觉，本身就是错。那么大动静，生没听见？从集体利益出发，不能再留他了。"矿长说："他啥也干不了。有他五八，没他四十，趁早换人最好。"俩人你一言我一语，一唱一和，把老光棍儿踩咕得一无是处。

书记听着他俩发表意见，虽然弄不清他俩的小九九，但听着在理。他准备拍板赞同，也掂量怎样表达才能够显示水平。

正做考虑的时候，自己老婆从里间厨房走出。其实，外屋讲的一切她一直在听。她觉得那俩是在演双簧，撺掇自己男人入他们套中。越想越觉得那二位面目可憎，这么对待一个孤苦老人不近人情。眼看一码小事被俩人弄得沸沸扬扬，就等着自己男人给坐实了，她不出来说话不行，便一边擦手一边进客厅，冲着本村的三巨头讲："你们这群挺腰乍膀的大老爷们儿，跟一老光棍儿较啥劲？他只是个看场的，谁愿意出这事？老虎还有打盹儿的时候。让他回家，再来一个，就能保准不出事故？"

艮萝卜辣葱，支书老婆开口够冲。她拿眼扫了一下三人，又讲："老光棍儿在农业社干了一辈子，从初级社到高级社，我们还没生下来的时候，他就为集体出力了，现今谁还记得？我们应该把他当功臣养起来，活一天养一天。一个老农民，无儿无女的老光棍儿，周济还周济不过来呢，处理他回家让他吃啥？这么大年纪他还自食其力，想想都心疼。你们去外边扶贫，眼不眨地一人给扔下五百块，有这钱谁舍得给他？给外人行，给本村人舍不得，这算是哪门子账？你们足吃满喝有儿有女，站着说话不腰疼，想没想过老人？你们现在也是有头有脸的人了，别弄那些浑蛋一屁股泥的事。欺负一个崩了豆儿的干豆角子，逼迫老人去要饭，亏你们想得出来！"

当、当、当，支书老婆的一派言论，把仨大老爷们儿镇唬住了。细想想，她说的全在理上。

三个大男人，矿长先僵了。村长眯着两眼，想乐，又不知为谁而乐。书记这会儿似乎有所醒悟，一阵哈哈大笑。

一场讨论，以继续留用老人的决定而终。

农村不像别的，会上讨论的事遮掩不住。这事情结果传出来，很多人拍手称快。

由古到今，遇难事总需要人居中调和，世界大事是这样，村庄小事也是这样。家有贤妻男人不遭横事，支书老婆的行事为人，起到了助长丈夫行得端、走得正的作用，避免了一起侵害弱者的事件发生。通过这事，不单矿长、村长对她佩服，村里有正义感的人对她更有赞扬之声。

四

岁土尘心

推碾子

一进腊月门，京西农村推碾子的格外忙。

碾黄米、推白面、轧豆面，各家各户离不开碾子。

家家为过年做准备：碾黄米，为了蒸年糕；推白面，为了蒸馒头；轧豆面，为了炸饹馇——全是制作节日食品之所需。

家庭中张罗推碾子的人，是当母亲的角色。初步确定了碾米磨面的日子以后，这家不算年纪很大的母亲，便捯饬得干净，梳亮了头发，去街里各处看碾子。

一条街，总会有几盘碾子。她要一处处地看，心里掂量被用上的碾子经过约定，与自己确定的日期是否吻合。

看适合了，遂"婶子""二妈""大伯媳妇"地叫一声，然后说"我就跟在您后尾（音yǐ）儿了"，就算排上了队。

遇上空碾子无人，就在碾盘上丢一把笤帚，留下已占先的记号。倘如别人也来使用碾子，须跟她商量。

在所碾谷物当中，数黄米和绿豆不易出面粉。为了多出面，这两种谷物需经温水浸透。浸足了捞出，放置大笸箩中，倾斜着"控汤儿"。这一环节，为磨面之要素，俗称"投米"。投过了水的谷米，半湿半干，才适合出面。否则，过湿、过干，皆不适宜。

碾黄米和绿豆,时间长,耗费体力大,也最辛苦。必须一遍遍轧,一遍遍筛,方能出尽面粉。

碾它时,是以酸枣木的碌碡轴为中心,沿碾盘上凿刻的花纹撒出来一个圆圈。黄米撒得厚,约莫二寸;豆子撒得薄,略高于几枚铜钱。

此时推碾子,正在北方最寒冷季节,滴水成冰,寒风刺骨,黍米刚着了碾盘,就与碾盘冻结。做母亲的须夹在两个推碾子人中间,不时地用铁铲子匆忙翻铲。黄米被碾出面了,母亲便撂下铁铲,沿着碾盘外沿往出扫面。扫入了簸箕,回归一旁,折进"二细子罗",将筛面棍支架在大笸箩上,开始筛头轮面。筛剩的渣滓,随时倒入四围碾轴根,接着又从碾盘外沿继续端回该筛的面。周而复始,一轮面端上端下,不知倒腾多少回,直至碾盘上的余渣越来越薄,越来越少,而笸箩里的细面越来越多、越来越厚。

越往后,也越不容易出面,越不好碾。上了碾子的二三烂儿黍渣,曾经浸过了水,在外冷冻时间过长,便一块块一坨坨粘连在了碌碡上,如碎豆饼一般。碾盘上有空处和实处,轧空轧实,碌碡颠簸,发出"吭噔吭噔"的声音。筛面也如是,因为寒冷天气作怪,做母亲的要一只手筛着,另一只腾出来的手不停顿地捆打罗帮,"嘭嘭嘭",不使罗中米面沉积。

抱着碾棍,转圆圈推的,多是家庭里的半桩小子。"小子不吃

十年闲饭"，于此时就被派上用场。身在露天地推碾子，小孩儿耐不
住寒冷，手指缩进了棉袄袖口，指头仍会被冻僵，产生一种钻心的痛
感。鼻子眼冻出了清鼻涕，不时地抬起棉袄袖，钢一钢。

好在碾子旁边，墙旮旯地方，有前番使用者留下的火堆，还有余
亮，稍微放几根玉米穰，可重新燃起。小哥儿俩遂倒换着，轮流去烤
火，补充身体热力。

经过几个时辰，面彻底磨完了。望着整筐箩金黄黄酥软的细面，
做母亲的和孩儿两者心事却不一样。母亲露出一丝苦笑，疲惫的脸上
略展笑颜。撂下碾棍的孩子，突然感觉任务完成得很快，刚才受冷痛
时间没有那么漫长，只像是挨着母亲身边做了一次讨大人喜欢的动
作。为自己感动一番后，孩子更多的是想到了美食入肚的温暖。母子
一场劳作赢得胜利，大家都松了一口气。母亲提着盛面桶，小儿分别
拿着空筐箩、簸箕、罗和筛面棍，仰起脸回家。

经历了自己付出的辛苦，终将粮食变成了半成品，一路上的小男
孩儿喜之不禁，愿意听到路上行人的夸奖。忍受住了饥寒，推碾子换
回来的补偿，是将一颗接受劳动锻炼和珍爱劳动果实的种子，早早播
种在了心间。

未来的男子汉，挺起了胸膛。

赶年集

但凡农村有集市的地儿，约定俗成，集日或逢双或赶单儿，每月出现几回，习以为常；唯有腊月二十八这一个集日，意味独特，各地均称为"穷汉子集"。

怎么叫"穷汉子集"呢？你可以掐指算一下：离大年三十，还有几天？家境稍富裕者，在此之前已将年货购置齐，就等过年了。而实在混不上来的，就只剩这最后一次购物机会，再也躲不过去了。年，有钱没钱的，都要张罗过，所以，贫困家的男人不管从哪儿拆借来钱，总要在这末一个集日像模像样购点儿东西，给家中眼巴巴的老小一个交代。

——要不怎么说"年关"呢。

京西坨里，是一方古镇。它的东面和南面连接华北大平原，四通八达；背靠的，是西北群山。从百花山以下，一百多里山谷，以此地为门户，各个山村的远行者不经由此处，别想进京下卫。独具的地理条件，极易形成集市。古镇本身自来繁华，又因河套沟矿山、果木出产丰富，平日南来北往的客商和骡马车辆络绎不绝，因此这儿的集市一二百年来始终红火。方圆百余里，若言"坨里大集"，无人不知，无人不晓。

　　集市的确切地点，雨季时在村西铁道旁，到冬天，挪到村中心的老河沟。这改了的地儿，于外乡人更好凭记：有岁月悠悠的关帝庙，有又粗又茂盛、直冲云霄的大杨树。

　　刚才说了，坨里平常的集日，就兴隆扑脸儿，何况到了腊月二十八，买的和卖的多少人心逐这一集，就更显市场庞大。

　　卖白菜的骡马车，最早进入集市。他们或于头一天晚上住进了马车店，或者起五更赶来，马车上苫白菜的稻草帘和卖菜人戴的狗皮帽，都挂了冰霜。他们将骡马卸了套，给牲口搅拌好草料，便兴致悠悠从四处捡来碎柴，一边蹲着倚菜车烤火，一边等候时辰。

　　待大杨树顶儿罩上了太阳红光，东南西北做生意的人，就像潮水一样，陆陆续续赶来了。马鞭声，驴叫声，人喊声，各种声音汇合，渐渐使空旷的集市热闹起来。

　　各自占好了摊位，一拨卖鞭炮的先绷不住劲，个个逞强。他们将最响的鞭炮用竹竿儿挑着，连放几挂整鞭。间或有"二踢脚""咚——""噔——"响起。

　　鞭炮声犹如出场锣鼓，向四面八方宣告"开集"。远远听得响声，禁不住诱惑的，就数各家的男孩儿了。大人还能沉沉气，而小男孩儿却谁都不依，用胳膊肘、肩膀磨蹭坐炕沿的大人的腹部，嘴里哼哼咻咻督催。这时，当爹、做爷爷的，再也架不住，冲屋内人响亮地喊一声："走——上集！"便低头再扎一扎腿带儿，起身抓起墙柜上的"捎马子"，或出屋挎起背筐，拉着戴虎头棉帽的男孩儿，兴致浓浓地迈出了院门。

一路上所遇，缕缕行行，俱是赶集的人。

坨里大集年节火爆的真容，登时在人们眼前展开：好大的集市呀！摊位一个挨着一个，从南大桥一直通到北头的石梯村，足有三五里。河沟两旁全挤满了摊位，只留中间一小溜儿走道容过往行人。随着逛集的人不断涌入，卖东西人涨满了情绪，他们时而扯开嗓子大声地吆喝，时而与赶集人攀谈生意。嗡嗡锵锵，烘热了这一块土地。

集市上摆列的年货，看似驳杂，然场地割据却有规矩。卖大宗与卖大宗的组合，卖零碎与卖零碎的联体。还有情形，一种主要货物旁边，有相关的小品种随着。

年前几个集，白菜永远是大宗货，一串儿马车常常十几辆。卖菜人敞开车尾巴，手提一杆大秤，向过往行人夸奖他的青口菜，多么包心，多么瓷实，"开锅即烂"。插在各个马车的空儿，还有卖脆水萝卜、灯笼红萝卜、胡萝卜、香菜、大葱、小干白菜、粉条儿、萝卜干儿、豆腐丝、豆腐的。

卖炮仗的自然会找卖炮仗的。贩运工具除了驴车，也有人力"排子车"。他们在集市上，表现最欢。围观者图热闹的，要比买炮的人多。而往往看的，撺掇卖炮的"试声"，更起劲儿。卖炮的也禁不住起哄，又开大腿站车辕上，你一挂，我一挂，又是噼里啪啦，又是

"咚——""嗤——"。大杨树上做巢的雀儿鹰被时时惊起，围着树顶盘旋。树下周遭看客落了一身炮仗皮，而嘻嘻乐，过足了不买炮而听声儿的瘾。

卖猪肉的夹在了集市中间，场面也不小。一字大木杠排开，大铁钩子吊着一扇扇鲜猪肉。围拢肉摊儿的，以中年汉子居多。他们总是耐着性等，总是横着手指去量有几指厚的肥膘。都愿意买肥的。买肥肉解馋，还能炼一些油。磨蹭来，磨蹭去，咽着唾沫等待。这还算有钱的。真缺钱的，他肯定不瞄"后臀尖"，而是盯着"血脖子"，或者肉案底下的"头蹄""软下水"。

卖烟叶的必不可少。有敷弄平整，一片片绑在一起的"褙子烟"；有不事敷弄，也捆成把儿的"绺子烟"；还有将青烟耳子揉碎，掺兑了黄花烟碎末，又称"黄花烟""蛤蟆烟"，吸一口能躺倒人。蹲在烟摊跟前的，多数是扣着毡帽壳，上了年岁的男人。卖烟者先让他们尝上一锅，然后介绍名产地是夏村"王家疙瘩"，他施用了多少酱渣肥，这烟怎么"不要火""灰白火亮"等等。见买烟老人舒展了皱纹，喜形于色，向棉袄襟里掏钱，这卖烟的也就端起了秤盘。

纸制品怕风吹日晒，避风背阴地向来为卖纸品的净地。卖年画的，卖财神爷、灶王爷、门神爷像的，卖窗花、挂钱儿的，卖烧纸的，卖高香、蜡烛的，总会扎在一堆。卖刺绣所用花红线儿的，卖木梳、腿带儿、老太太束纂儿用的青丝网的，也常在纸品旁出现。年画出自天津"杨柳青"，小四扇、八扇屏，描绘《西厢记》《三国演义》里面的故事，且有传统内容《二十四孝图》等等。连轴画儿买的人不多，爱买的是吉利的"肥猪拱门""胖娃娃抱鲤鱼""春耕图"等单张儿。有些纸品，买者尽管直说"买"或"揭一张"，唯独买神祇图，财神爷、灶王爷、门神爷，有忌讳——一定要说"请"。

做山货生意的，是背篓子来的山里人，他们摊位一般距热闹区较远。所卖山货，即食吃的，有桃干儿、杏干儿、梨干儿、柿饼、黑枣儿、山楂、冻柿子、红肖梨；炖肉的作料花椒，也摆在地摊儿。草编、秸秆编的，有大小酱篷、大小锅拍儿；荆条编织的，有篮子、背筐、抬筐、篓子、畚箕、鸡笼、烘笼等制品。

永远，永远，儿童都是社会消费的重要群体。年集这一场大戏，离不开孩子们登场。供孩子们现场吃的，有又酸又甜的山楂糕、冰糖葫芦；有黏掉牙的关东糖；有煮在大铜锅里冒泡，吃一碗可以热身的炖炸豆腐或豆腐脑。且乐且迷的，是吹糖人巧手制作的食品：揪一丁点糖面，在手心搓一搓，吹出来的空心公鸡、猴子、老鼠特别像，尤其那老鼠尾巴、猴子尾巴全带着弯卷儿，挺长挺长，又好看，又好吃。供孩子们娱乐的，不算风车、拨浪鼓、玻璃球和用竹劈去拨的小洋人画片儿，光泥玩具就好多种：有面颊描红了，通身上颜色，眯眼睛乐的胖泥娃娃，有大小不同的泥鸪鸪、泥哨、泥公鸡。玩具都挂了色，露出苇子节气孔，上嘴一吹，就发出"呜呜"的响音，都很便宜。小孩儿使旧胶鞋底、碎铁、牙膏皮换也行。孩子们把玩具得到手，就一路捧着吹，泥玩具上的颜色会因为潮热的呼气，将挨着的嘴唇、鼻梁蹭上红，又染上白，看着特别可笑，又可爱。

在坨里大集，让孩子们记忆终生的，是看"拉洋片"和"五河漂子"。

——看走乡串集的艺人"拉洋片"，孩子们从那个木匣子的观望孔，看到里面许多稀奇八怪的东西。随着艺人拉线绳变换画片儿，西洋人、大洋船，打打杀杀的人物，没见过的西湖景，神气活现地都出现在眼前。每变换一个画片儿，旁边艺人还照着画片儿新旧内容，老腔老调地唱上一段。一段唱完，该翻片儿了，艺人会手脚并用击镲、敲响云锣。云锣声止，换又一个画片儿。如此循环放映。观看的人或者站立，或坐在长条板凳上。小孩子眼睛够不着画框，却急着瞧，便由大人托着，或骑在大人肩膀上，伸长了脖子看。

对于农村孩子，观看"拉洋片"，是他们了解外部世界的一个窗口，从而很早就知道了地理风情和人间万象，具有启蒙作用。

——看半癫半傻"五河漂子"，也是孩子们奔集上的念想。他逢集日必来，老老少少称他"五河漂子"。他的打扮：头扣一个无底儿破洗脸盆，盆顶用红的蓝的杂色布条绑了一个用麦秸填满猫皮、犹似活物的猫，猫尾巴垂在后脖颈上。一走起来，猫尾巴乱晃，如戏剧舞台匈奴人头戴、垂挂在两肩前的毛绒坠儿。他一年四季破衣拉撒，敞胸露怀，现时，破棉袄、破棉裤秃噜着黑棉絮，分不清楚是什么鞋的鞋面捆绑麻绳、稻草，腰间挂一大嘟噜铁器。铁器里边有赛小西瓜的大杆秤秤砣、锤子、铁路上常见的道钉，还有一把铁链拴着的二三尺长、黑铁片砸的大片儿刀。他的言语特征是爱说"五"。方晃入集市人群，即旁若无人一迭声高诵"五台山，五热闹！有五老，有五少，有五骑马，有五坐轿，也有五推车、五担担"。集市上，他是被嬉戏的对象，按他习惯说"五"，就有生古人"冒坏"，问他："几个爹？"他磁古磁古眼，不理你。若说："是不是五个妈？"他咧开大嘴岔就笑。当时他的年纪，大约五十岁上下。他家在坨里东边的一个村庄，据说身世很苦。自小给地主放牛，日本兵来了，杀害了他的媳妇和孩子。为了报仇，去五台山学武艺，可由于报仇心切，练疯了，只练得一身自创的功夫。吃生粮食、喝凉水、吞沙子。外人看他疯癫，但他个人也需要被尊重。当着面不能叫他"五河漂子"，他喜欢听人叫他"武生"。如果不尊重他，他不听你的，如果恭维地叫了他一声"武生"，让他练什么就练什么。开练之前，他先"打场"，用铁链拴着的秤砣抡一圈，圈内即为他表演武功的场地。众人起哄，让"拿大顶"，他就把道钉揳进地，再蹲下身，脑门对着那颗道钉，念叨着"五刚立——五刚立——"，头戳地表，将双腿对齐了慢慢抬起。几次三番，他累得气喘吁吁。再催促表演砍肚皮、吃沙子，他也听话，鼓起软塌塌、无数褶、一层黑泥的肚子，拿大片儿刀"嘭嘭"朝肚子砍，肚皮上留下五道经久不消的白印。吃沙子，也真吃，随地抓起沙子，连吞进五口。粗俗人对他有虐待意味，他浑然不知，而孩子却觉得他是有法力的人，一群小不点儿跟随他屁股后头，"喔喔"嚷着给他助威。他乞食的方式也很特殊，不直接要，而是将身子在食品摊前一立，言道："我来啦！"摊主抬头，会给他一点儿吃的。

这个流浪汉给逛大集的孩子留下的印象，太深了。

腊月二十八这一次集，收集比较晚，差不多挨到日落西。集散人空，河沟里留下一堆堆骡马粪，一片片菜帮和一地炮仗皮。

有老妇人拾柴草，捡菜叶。

有几只野狗，寻来找去。

"好过的年，歹过的春。"这一言说事理的口头禅，总有些悲凉、凄苦在，像无法驱散的乌云，于尘世节期逐欢之际，依然有些落寞占据农人的心理，连应景的和答谢别人的笑也奉陪不彻底。倘有个别户，到春节也闻不到荤腥，见不到鞭炮，小孩儿哇哇地哭，妇人唉声叹气，这男主人也只好硬下心肠，忍受那番钻心的疼痛……

唯其生活屡屡艰辛，方使过来人记忆得深。

集市里没有卖粮食的。仅凭这一点，今人就可知20世纪五六十年代，农村和农民是个什么境地。

　　——时光接续既往，情景却不同了呀！那昔日令人刻骨铭心的纠结，已一去不复返。

祭祖

年三十上坟祭祖，是这一日京西人家头一等大事。

此前数日，则是为迎接先人和神祇"驾临"，与全家团团圆圆过春节，做准备。

腊月二十三，小年过后，"忙年"便铺天盖地：仔仔细细打扫庭院，砸好了煤块儿，劈好了木柴，节期各种吃食，蒸、煮、烹、炸、焖、炖，陆续备齐。到了年三十，屋里屋外，一切应用环节，安排就绪。

惬意而成功的气象，展现眼前——

暖融融的土屋，新糊的窗户纸，花花绿绿的窗花；一眼望到，紧挨条山大炕的正墙，贴上了小四扇和"胖娃娃抱鲤鱼"年画；在年画上方正墙高处，贴了春条，这一纸春条也可以在屋地正中的房梁上斜跨，都是斜着贴，右高左低，一般为十六个字：宜入新春，万事顺心，阖家欢乐，人口平安。大墙柜上"招财进宝"和小仓柜"黄金万两"斗方，是集字组合，每处的四个字，都以偏旁部首衔接，汇总成一字；门框贴了红对儿，门楣悬了挂钱儿，门上贴了门神。迎面墙的墙壁，大大的"福"字斗方下边竖着贴了"出门见喜"或"抬头见喜"的吉庆字条。

辞旧迎新之时，一年的活计告一段落。宅院里也着笔墨，粮囤上贴"五谷丰登"，猪圈墙贴"肥猪满圈"，牲口棚贴"槽头兴旺"，碾框贴"青龙大吉"，磨盘合扇处贴"白虎大吉"；马车辕或骒马鞍子上一副对儿，"车行千里路，人马保平安"，永不更改……

临街两扇大门，是两个鲜红耀眼的"福"字斗方。

与院子内外红光悦目，墨迹生辉，迷倒人的情形不同，土屋内还有庄户人家的一团纯良和肃穆。

尘封一年的家堂，被"请"了出来，悬挂在堂屋正面墙壁中央。老家堂上松、鹤、鹿的古朴图案，上托着密密麻麻的先人名讳，渗出一脉相传的岁月苍茫。两侧悬挂一副对联，"灵爽世凭宗祖泽，频繁时事子孙新"，意味深长。家堂下边条案立的神主匣，拿下了木罩，安放以小楷书写、字体端庄的列祖列宗的灵牌。八仙桌子，挂了围桌儿，桌前铺好了行拜礼的祭垫。桌案上边，为四干、四鲜、四食、四菜，十六碗大供。每碗供品上边摆一片儿鲜艳的胡萝卜，胡萝卜片儿之上各插供人儿。供桌的祭品前，香炉中数支细香和蜡扦的两支蜡烛点燃，青烟袅袅。两侧香筒、烛台，擦拭得干净利落。以上恭谨礼数，是让老祖儿和各路神仙安然归位，天地人神得以济济一堂。

屋子里面，尽数布置周全了。年三十这天，从清早至中午前这一段时间，各家子弟要亲身去家族坟地，"接"老祖儿回家过年，以表示子孙后代事孝的赤诚。

坟地有远有近。远地有数里，近地则在村旁。然不管远近，家人必须亲往。

老坟地的地势也不一样，有的设在平地，有的设在了偏坡山岗。老坟地平面形态，犹如撑开的伞，顶尖部分为一世祖的高丘，其下，坟丘一层比一层宽度加大，终而成为了一个向中心辐辏的伞裙儿。就坟数瞧，谱系已不知经历了多少代。再从那坟圈里各种粗大的柴树和不易长大的酸枣树、山荆子树看，那酸枣树都长成了水桶粗相，山荆子形成了冠状树，遂由此揣度出先人于此一方水土，筚路蓝缕、拓田兴耕的久远，并由衷萌生崇敬和珍视血亲的感怀。

去祭祖上坟，一门大家庭五服之内的一茬儿弟兄，也会相约一起去。那队伍就很浩大，一二十人不止。在乡亲面前，表现了家族的壮观，也显示了和睦向善的门风。当这一拨人说说笑笑走过村庄，会使单门独姓的人家艳羡。

一路上，脚前脚后会遇到年龄不一的同行者，还能远远见到各个山坡、各块农田上坟人的身影。

奔坟地去的人，都携带供品，盛供品的器具，簸箕、篮子、背筐、托盘等，各不相同。但是，家什上面都盖着毛巾或者豆包布。

至先人坟前，先用手将坟前一片地的杂草、落枝清理一遍，然后一一摆供品。除了三十晚上家人吃的一样馅儿的饺子，供上四碟，还有干鲜果品。然而，不管是四碟、六碟、八碟……每碟里的数量一律为"四"。此讲究在于有"神三鬼四"之论。先人为凡体，不为神，沿袭的数即为"四"。供碟摆好，继而将酒斟满酒盅，放好筷子。这样，先人就可像在人间一样享用了。一切置妥，上坟来的弟兄依次向自己的父辈先人磕头。轮番跪拜，磕过了头，就该由其中一二人供冥币、烧纸钱了。手执一沓冥币点燃，徐徐燃烧，掷于地表后再接着续。看着它在冷风里美妙地燃烧，飞起的灰烬像群蛾子舞蹈，即边续纸边念念有词，小声叨念。先向先人表达孝敬之言，再叙说家族里一年间变化，出现的喜事，诸如：长孙结婚啦，女儿出嫁啦，重孙子又降生啦，盖了新房啦……只要是家族里面值得庆贺的大事小情，俱可陈述。新一年的打算，也于坟前诉说，以祈先人庇护。

倾心倾意的样，以及带着俏皮语调的言辞，与先人在世时面对面交流分毫不差。

一脸的虔诚，一心的仁厚，欲让先人知。

倾诉的时候，若见喜鹊立在寒梢"喳喳"叫，更会以为"先人显灵"，祷告者心里就漾起茁茁心苗。

一俟礼数告毕，即于坟地燃放鞭炮，以敬肃之音呈报天庭。

心到神知。祭祖人怀着对祖先礼成之后的满足情愫，怀着对当晚阖家圆融场景的憧憬，一路说笑着，迤逦而归。

三十晚上阖家团圆。三十晚上鞭炮喧天。三十晚上会演人间盛典。

　　大年初一，祭祖仍在继续。初一早晨，主食吃素馅儿饺子。为敬戴先人，第一锅饺子捞出来，要先给祖宗牌位摆供。依然是四个碟，每碟放四个。并摆好酒盅、筷子。接下来，一门男性老家长给祖先施了祭拜礼后，膝下子孙轮番给祖先、给祖父母和父母、给兄长、给姐姐——循礼如仪。

　　家庭之礼行过，遂团团席炕而坐，共同吃饺子。吃饺子时候，沿袭老规矩，爷爷奶奶早嘱咐过了，小辈儿不要说"没了""少了"等等犯忌讳的话。在馅儿少了时说"面多了"，在面少了时，说"馅儿多了"。下一锅饺子捞上桌之前，盘里的留两三个，不要吃尽。这方面言行，是让心目里的先人听、先人看的，表明这一门后代过日子年年有余，而且有教养，让老祖儿舒心、放心的意味尽在其中。也不敢耽误时间，抓紧吃。此般约束，既恐吃饭中途来拜年的，受干扰；又惦记早出门，去给本家族和街坊拜年。

　　一个家族，各成员家庭，必然要去。一条街、一个村庄的熟户，也不能丢下。

　　快乐时光，总觉时间过得快。

　　转眼到了初三。

　　初三白天，仍然是除了吃，就是玩。

　　到晚间，情形有变：吃晚饭时刻，暮色四合，临街的门口旁，燃起一堆堆火焰。那是在烧冥币。依然有祷告、有祝语；一阵鞭炮响，送老祖宗，让老祖宗脚踏祥云回天。

吃过晚宴，收拾供桌，收拾残羹余饭。将家堂、祭联摘下，重新包好，入柜收藏；将神主匣再罩上布巾，一切恢复如初。

心绪既豪壮，又戚戚、缠绵。

…………

很长一段时光，古典式祭祖形式消失了。

至20世纪80年代以后，世风有了变化，各地兴建公墓，公墓成为了大众礼仪沿袭之所。

由于旧式村庄改造，由于城市化占地，由于许多农民搬迁，使得许多农村家庭游离于故土之外。旧坟难全，遂将先人骨殖和新去世的亲人，葬于公墓。

百姓的日子，总体上还是变好了。礼义廉耻，亲情归属感，在隔膜了许多年以后，从心窝复苏，蠕动起来。

公墓祭祖气象，年胜一年。在早，有骑自行车、三轮车，开手扶拖拉机的，也有开面包车、大卡车的，等等不一。而后，代步工具逐渐升级，自行车、人力三轮，变为了电动三轮车，大卡车变为了轿车。轿车类型之广，仿佛办车展，夏利、桑塔纳、捷达、现代、奥迪……各式各样，豪华的奔驰、宝马等等，也不鲜见。男女老少，党政军民，于各不相干处，来了一次大聚会。

供品确实丰盛了，档次也高了。且伴有鲜花、纸花、金色银色纸锞，一簇簇一堆堆十分耀眼，墓地就呈现一片缤纷、花花绿绿……

是春天来了吗？不是。

只需听何处鞭炮最持久、音响最吓人，见哪里摆得最炫艳，便可断知行为招眼者的身份。其意态既有自身张扬，亦有为其先人"拔份儿"的含意。

世俗的轻狂、浮薄，侵入了冥冥世界。

其实，这么做真不符合先人做事习性。世代先人，讲厚德，求朴实。生活的哲理，是"夹着尾巴做人"，"十分伶俐用七分，留下三分给儿孙"，劝诫后辈莫将"势"使尽。

从尊崇文化上说，节，在《说文解字》上解，就是竹约，约，为缠束之意。以竹节的节，引申出节制、管束的意思。节日，就是自我节制、管束、停顿的日子。中国的节，一般都是停下来，以古老仪式、细节，追思先人之德，怀念亲故之情。春节从祭祖开始，清明思念祖先，中秋怀念亲人……所有的节日都是要回到对先人、历史、经验的纪念、沉思上。

但无论怎么说吧，这般人的举态，也比楼群里终日追着宠物，于年于节忘了远天远地先人的恩义者要强。

总而言之，他们还存有善念，明白自己身从何来，承传着敬祖报本的余绪。

先人沉睡的落寞坟圹而得儿孙缅怀，那是一脉血缘的认同，是心性由芜杂而净化、单纯的回归，亦是哺育家国之念的纯良基地。

今人，季羡林先生的学问应该说做得很大了。融汇古今，精通东西方文化，对于濒临灭绝的东方文化希伯来语的学术研究，当是世界上研究者中的顶级一人。而他在九十岁以后返归故里，距其母亲的墓地很远处，下车步行，痴痴，踽踽。至于坟前，长跪不起，眼睛里盛满了泪。发出来一个声音：妈妈，我以后也要睡在你的身旁……

贤明所展传布于世，令无数人生发感慨。

这便是凡情朴素，对于人的影响力。

旧时农村的老坟地祭祖，没有惊动天，没有惊动地，而是将人性之中最柔软的部分裸露出来。

——质而实绮，癯而实腴。

守岁

七十岁有个家，不如八十岁有个妈。

家中有老母惦记，遂于年三十这一天，热烘烘奔回京西乡下老家。

比之于老母，儿子也白发斑斑。见高堂音容俱爽，就感觉生身之处的柴门草舍亦如同弘宇明轩那般豪壮。

尘封一年的家堂，由儿亲手挂上；大门口的"福"字和对联，由儿的手张贴。老妈妈颠着一双小脚前后跟着跑，让她喜盈于怀的，就是儿子进家门此一时的这个表现。

在祖宗的牌位下边摆上了供品，做好了团圆晚宴的一切准备。一长串红油纸封的整挂鞭炮搭在了香椿树枝上，等待倾听它的响音……暂时沉静的时刻，远处传来了鞭炮声音，近邻的礼花也纷纷飞上天，这时，兆示本宅门人丁兴旺的鞭炮，便于晶光采焕之中点燃。

闪着吉祥光色的彩影，映进了老屋玻璃门窗，老妈妈以不减当年的洪亮嗓音，快活地宣布："开饭！"

其乐融融。室外的喧阗与屋内的轻盈笑语，汇成了一片。

嗑瓜子，剥糖果，饮茶水，看春晚，拉开了乡间一年一度守岁、一台春之年戏的帷幔。

"过年了！""过年了！"

老妈妈并不注意观看电视节目，也不参与八仙桌上摆开的扑克牌大战。她只于屋地上扭搭，独自重复这一吉祥话。

一炉煤火，升腾着快乐，将两间土屋炙得暖暖和和。

鞭炮声于午夜，再一次蓬勃作响，而音声逐渐稀疏以后，老妈妈建议大家不必玩一宿，可以随意休息。

她跪趴在炕上，先给儿子焐好了被窝。

按照乡俗，年三十的灯火不能熄。躺倒睡下了，灯光仍要保持彻夜通明。

自己在土炕上躺倒，入了被窝，而思绪盘桓，不得安眠。

身下的这一条土炕，曾有过自己儿时的尿迹，曾屡屡见过母亲盘腿坐在炕席上，给自己缝补衣裳。那时母亲是青丝满头，面驻容光，虽则家庭贫穷，然处于生命旺季的母亲，对于隐乎胸间的人生期待，十分豁亮。

"儿不嫌母丑，狗不嫌家贫。"就从那一时起，从那个时刻看母亲一针一线地纳补鞋子和衣裳，为儿操劳，自己早早地就立下了报答柴门的志向。

庄户人家也循旧礼。祖父母在世，对母亲约束甚严，母亲向来是低眉顺眼，不敢以高声应对公婆，只有到了年三十，长辈才给她"松绑"。"打一千，骂一万，全凭三十晚上一顿饭"，是她一年里享受宽松的期盼，这一句乡下谚语含有柔化旧礼法的力量。

土屋内外，处处有母亲洒过汗水的痕迹，也处处有她身体的余香。由于她善持家务，度日节俭，使得当时的九口之家，吃，有得吃，穿，穿得上。未曾在灾年波及面甚大的民众缺粮时，发生大的家庭恐慌——这在贫穷的年代，是何等的不易啊！

心从孝顺，而又尊香火传续。她于中年之际，以无愧怍之心，送走了她的爷娘，又于贫寒岁月里，将四个儿郎培养成了读书人。

欢欣与凄苦，都曾于两间土屋中发生，然而，那也是岁月给过眼人酿造的琼浆。

而今想明白了，为何四个弟兄轮番请她去住楼房，"享清福"，她一次次地拒绝。原因就在于，这里，这个农家院中埋藏着她太多的记忆，埋藏着她种植的希望。

她就是庭院中那一棵老槐树啊，繁育了子孙，有一茬茬儿幼树长成，行将替代老树，而她的那棵老树却仍于旧土上顽强地守望。

她就如放风筝人一样，任凭风筝飞得再高再远，然而经过她拽线的手，一个个出走的儿郎也必然要回归到她的身旁。

…………

"小孩儿盼年，老人怕年。"此话怎讲，又是谁说的呢？是爷爷。

那也是春节当中，见小孙子们屋里屋外一个个欢蹦乱跳，他触摸酒杯时所讲。

幼小时，不省悟。过年多好，有何可怕的呢？而今，体会到了这一意境的苍凉。连自己的头发都已经斑白了，昔日的小儿郎今时也有了孙子。

于幽思冥想之际，发觉炕之一端有窸窣声响。是母亲坐起来了，她又将一条新被子盖在了儿子的身上。此时，不能够惊动她，不能睁眼望，要顺从她自作的主张。

炕，已被柴草烧得很烫了，而又添了棉被，更觉卧脚处如暖炉一样。现在，烫身的已不是那条土炕了，而是老娘至心。母子情深的一股暖流，将儿子在外闯荡已经麻木的心，变得松软起来了。

——在母亲眼中，儿子永远是婴孩，永远需要她的爱护。

…………

"宁使身子受苦，不使脸皮受热。"这句话又是谁讲的？是自己的老娘。那是儿子走上了工作岗位以后，为公家做事，母亲的时常教导。而今，可以坦然相告：她养大的四个儿子，没有一个做出让她伤心的事，没有一个被别人戳过后脊梁。

寒门出孝子，寒门也抚育忠良。今时思量，人的一生，干啥都一样，但必须要把心搁周正。不管前程走多远，永不失为一个堂堂正正的人。记得武则天传于后世的造字，有十七个（若言十八，有一个字为两种写法），其中的"人"字，是由上边一个"一"，下边一个

"生"组成。此字可会意理解为，人是否成其为"人"，并让世人认可为"人"，他要经过一生的修为才能够达到。还记得，有几副古联，对于修德润身极有益处。其一，读书好，种田好，学好都好；创业难，守业难，知难不难。其二，发上等愿，结中等缘，享下等福；择高处立，就平处坐，向宽处行。其三，竹以虚受益，松因静延年。于此，且允许信服者在下附以村言：横批皆可用"善是福源"四个字。为不忘祖籍，我家还可以用"汾阳传芳"横批将古联罩上。将这几副对联领会深了，总会得到苍天佑助，不至发生心灵的恐慌。

若将人比喻成庄稼，以传世忠言作农家肥养料看待，也有意思。上述的几副联，便不是以科技手段合成、催植物疯长的"尿素"和"激素"，而是使庄稼平稳生长、秸秆还田、持久性高的土性肥。有它做护身符，可使生物物种的本色不褪。

布衣暖，菜根香，诗书滋味长。

感谢上苍，感谢上苍，将我降生于柴门农家！

拜年

京西乡村里过春节，拜年是重要习俗。

大年初一，家宴甚早。屋外夜空还闪着星星，黑咕隆咚一片，屋里的热炕席上就安好炕桌，摆上了丰盛的宴席。

长辈的酒盅已给斟满，大小人儿的碗筷也已放齐，儿孙辈却不敢就座，要先行拜年之礼。

祖父母在炕上稳坐，父亲起身，母亲亦撂下手中的活计，对祖父母进行叩拜。

其后，由小一辈拜年。兄弟们从大到小，单个轮流，从家庭辈分至尊者开始，逐渐至平辈对年龄大于己者，一一行礼跪拜。

年龄越小，跪拜的回数越多。

拜年时，要先呼长者之属，直立着道一声："××，我给您拜年啦！"然后跪地磕三个头。对于全家受礼者，所行礼数如一。

和顺的气氛，离不开和敬的场景烘托。为表明传宗接代有后，且表示庄重，跪拜时要面向堂屋正墙上挂着的家堂。此时家堂最显庄严了，下边的供桌摆放着几样供品：盛得冒尖的白米饭，上边插着柏翘，贴着几片鲜艳的胡萝卜片儿；笑开口的馒头皮上，摁着几个大料瓣的红印；还有几小碟饺子置放其中。供品两侧，两支蜡扦上一对蜡烛燃得很旺。

家堂是除夕吃团圆饭之前悬挂的。悬挂好了以后，家庭里居中层位置的男丁，要带上供品，先去坟地祭祖。请回来了老祖儿，让先人皆入了位，以下方习礼如仪。

家堂的纸面被年月沤成了黄色，上部的影格是先祖名讳序列，也有图案。最上端门楼图案额首处有四个大字，标写不一，或"木本水源"，或"慎终追远"。影格下方两旁，为叼着灵芝的两只梅花鹿，或衔着桂花的一对仙鹤。对于图案的表意，小孩子们不懂，只觉得神秘、神奇。过了多少年，有了一定的阅历之后才知道：梅花鹿，代表着福禄长久；双鹤，代表着"五伦"之一的父母……

磕过了头，小辈儿会依次得到长辈的"压岁钱"。此为对于磕头的奖赏。然根据年景丰歉，得到的数额不一，值灾年，只能给几毛；好年景，也不过一两元钱。

——从长辈的表情，小孩子早就算计出能得到哪个钱数。

稚儿接到了"压岁钱"，快乐无比。有的当即极快地掖进衣兜，有的就攥在了手心，分秒不离。那股兴奋劲儿，真希望天天过年才好！

初一早晨，主食是饺子。吃过以后，就要挨家挨户给家族里的长辈拜年去了。如果年岁幼小，就由家长领着去认族亲。各家的院里铺着芝麻秸，闻听院子里有响动，或听到呼喊，户主即出外迎接。年幼的小孩儿拜了年，所得到的是这家主妇从仓柜里抓出来的花生果儿，或红枣儿。陪同去的家长表示谦辞，小孩儿也羞涩地躲闪，似乎做情不成了，这家主妇就必会揽过来小孩儿身子，将两把果物笑嘻嘻地塞入他的衣兜……

拜过了家族，即由近及远，沿街拜老乡亲。不论贫富，不分姓氏，皆去行拜。一两天下来，小孩儿的裤腿、鞋面，都沾满了土和泥……

全村各户拜了一遍，初三、初四，就该去给亲戚拜年了。姥姥家、舅舅家、姑姑家、姨家、表叔家……一处不能落。

这种依血缘关系远近分先后，逢年遇节的拜礼，断代于那个疯狂的年代，"文化大革命"兴起，传统文化遭殃，农村里过年就不见了此等民俗。

究其实，沿袭了千百年的古典式拜年，是上了年纪的国人浸在骨子里的对民族传统文化的具体认知。年节礼俗与本民族其他节日一样，蕴藏着中国人的精神之根。采用古老的仪式，追思先人之德，建立起与亲人、邻里、朋友、同事的和谐关系，体现了中华民族淡定、从容、厚重的情怀和精神特色。完整保留了它，保留了礼俗，就是保住了民族的精神根基，高扬民族自信。

中国传统式拜年，形式上简明，内涵淳正，见人伦、明性情、知孝悌。"登门就是拜"，就算是平时结下了疙瘩，而怨家值过年节期登门，行礼问候，便是消除隔阂的机会。两相融洽，于世之祥和非常有益。

放鞭炮

"丫头爱花，小子爱炮，老头儿爱顶破毡帽，老太太爱着破裹脚！"

这首童谣，于昔日春节，唱响京郊大地。

男孩儿喜欢炮，是天性。遇上过年，即便是穷苦人家，宁可少买二斤肉，也要给娃儿买几挂鞭炮，听听响儿。为的是崩崩晦气，将一年来一肚子怨艾通过鞭炮发泄出来，以期新的一年吉利。

男性家长都有这方面志趣，就早早培育了男孩儿的魂魄，也使他们有了买炮、放炮的机会。

那时鞭炮，品种多，包装朴实，也货真价实，坑人的时候少。论挂卖的，有一百头、二百头、三百头、五百头和上千头的；论品种，小炮仗有小铁杆儿、干草节，大炮仗有二踢脚、麻雷子、灯花炮。另外，还有专门为低龄小孩儿考虑的娱乐品，归属鞭炮一类，然而却不爆炸。其一，称"耗子屎"。制品为灰白色，粗细如蚯蚓，一小揪儿，样子和真正的耗子屎没啥区别。点燃前，将它放在茶盘，抠开一端的封泥，用香火头点它的"屁股门儿"，即闪烁火星，滴溜溜地旋转，略微飞起。火药尽了，则跌落在茶盘里。其二，称"旗火"。像一杆旗一样，竹杆顶部缚一个鞭炮样的纸管，药捻儿很长，只消将药捻儿点燃，火星入内，那擎在手中的旗火便会"吱溜儿"一声，带着响儿，脱离了手心，飞上天去。放旗火，最好在夜间，可观赏到夜景。一道弧形霞色升空，金星溅射，直可与星星争辉……

两种玩乐，非常安全，不会对幼童产生危害。

越过了玩"耗子屎"初级阶段的半桩小子，已不屑与幼童为伍，他们有自己的娱乐天地。三五个凑在一起，或去场院，或至街头空地，尽兴地玩。你掏出一个小铁杆儿，点着了扔上了天；他掏出一个干草节，点着了甩在了地，共同感受着小男子汉的刺激。

男孩儿在一块儿，就有出"嘎主意"者。见有女孩儿过来，彼此会意，将点炮仗的炭火棒儿避之身后，若无其事地等候女孩儿来临。等她走近，不容从面前走远，就各自点燃炮仗，纷纷向女孩儿身后甩去。"叭""叭""叭"几声连响，会惊吓得女孩儿踮起了脚丫，肩膀哆嗦……看到女孩儿的惊恐，男伙伴乐上了九霄。

更有甚者，嘎把戏出奇，专找大街上的雪堆和猪屎放炮。见有可戏弄者将由面前走过，便掐算好时间，使其能够"中计"。一经临近，这帮人躲离了，而飞起的雪粉或炸飞的猪屎，会将遭袭者的头面、衣服溅上秽迹……

——自然是招来骂声，自然是"被害人"找上门去。惹得爹妈训斥，再给人赔礼作揖。

…………

　　过了"破五"，男孩儿炮仗的"库存"所剩无几。这时候，他们就要寻找新的替代品，于各家院落的炮仗皮中，或被清扫出外的垃圾堆上，搜寻"死炮"。成挂的鞭炮燃放时，药效急缓不一，就有刚燃着的单个儿炮仗被急促的整挂鞭炸熄了捻儿，因而坠地。这种带捻儿的炮仗找到，仍可以放响。而有的捻儿已完全燃尽，就为实实在在的死炮。让死炮也成为快乐资源，就是将两个死炮折成了弯，挤出一点儿药粉，平放在阶条石上，中间吐一口唾沫，然后由两个人操作，将各自把守的弯弓死炮药口点着。两边的火药就急促发射，越过了"界河"……别有一番乐趣。

　　哪家的日子过得如何，富裕不富裕，就看其庭院里的炮仗皮。炮仗皮若是一层土似的累积，撒满院，必是富裕家庭。若只是星星点点，那家的日子必过的紧巴。

　　但是，那时代放鞭炮，皆为欢乐。放炮多的人家，乡邻并不嫉妒，不花钱就能听到炮仗响，也是其乐。放炮少的乡邻，富户登门拜年，多有怜悯之心，而无嘲笑之意。几代居住在一起的老乡亲，都为了平平安安，和和气气。

　　眼见到20世纪80年代以后，农村贫富距离拉大，过年放鞭炮逐渐变了味儿。有的以承包集体矿山起家的"暴发户"为了炫富，至春节整汽车地往家拉烟花爆竹。自己放不过来，就找护院的或者雇工，代替他放。一连多日烟火连天，炮声彻夜不绝，就容易招致乡邻愤恨的情绪。

我所居住的小区，虽有明文禁止燃放鞭炮，却形同虚文，禁而不止。楼群里的鞭炮声，与农村的声响效果不一样。农村的响声，听声音散漫、朴实，充盈着祥和，与质朴的乡亲性情一致，而由水泥峰谷连缀起来的楼群，则共鸣震荡大，声音阴冷，久久不得散去。而且，常有如使用了"梯恩梯"炸药一般，上"吨位"的巨响骇人。那种不知何时突发，不知何时炸响，发出巨大的声响，冒出鬼舌似的火光，使人除了胆战心惊，便是将其诅咒……

而今，为了不招致精神疾病和心脏病的发生，过春节最好的去处还是奔乡下。既能陪伴老妈，又能获得那一块土地上燃放鞭炮时的趣味。

饮酒

饮酒，能够敞开性情，引出十足劲儿的真心实语，你且记住：那场合不是与自己家人，也不是跟酒席场朋友，而是在农村老家与本家族哥们儿相聚。

这需要一个前提：系一个大家族，叔伯兄弟众多，且彼此若干年未发生过大的分歧。值春节年禧，人意和顺之机，就有一热诚人发起，邀请各支系兄弟，以家庭酒宴招待，共享欢娱，便谁也不能够推托，如约而去。

这一茬儿弟兄，溯源，先人都在同一个坟地，然因支系不同，而致关联有远有近。总的讲，为一个高祖的玄孙，俱在五服之内。

应邀者，有的少小离家，平时难得一见，有的膝下已得孙子，皆是上了一把年纪之人。每个人生活境遇也不一样，有的财势不倒；有的流年不利；有的早期辉煌，而今衰退；还有的时运皆背，连个媳妇还未讨上。但就因了这层血缘，俱有情分，一声召唤便不论贫富高低，而高兴地凑在一起。

平素难得碰面，于今得了机会，旧日的情义即重现。互致寒暄，互为问候，互相打趣儿，我笑你添了皱纹，你乐我白了胡须，尊一声"大哥""二哥"，称一句"三弟""四弟"，炽热就热到了心里去。这边的凉菜已经备好了，在等候晚来者的时候，早登门的哥们儿，会凭个人嗜好，玩一玩麻将，或打几把扑克，为接下来的推杯换盏进行感情热身，酝酿欢乐场儿的情绪。

宗法观念是起作用的。一干人入座，上首居中位置，必为"大排行"兄长之席。围绕他，两侧鳞次展开，谁也不用拉不用拽，按年龄长幼顺序就位。人员坐满，圈儿大人薄，将一张大圆桌围拢得严实。

七碟子八碗，冷荤热炒陆续上齐。斟第一轮酒，是由筹办者开始，从长至幼，给大家斟齐。酒满心实，每一个杯都满满的。这时刻，家族兄长就要说话了，他言语不多，可句句情重、语热，显示了众望所归的魅力。

进行到第二轮酒，秩序尚良好。起身敬酒的人，挨个彬彬有礼；受敬的人，也面容和悦，端坐如笑眼佛。然而自第三杯酒下肚，开始乱哄哄炸营。有用"先干为敬"激将法劝酒的，就有不甘示弱的，大大咧咧端起酒杯，豪迈地回一言"不就是拒马河的小水子嘛"，一仰脖搁了下去。一个酒瓶，你争我夺，乘着酒劲，个个出语也渐渐鲁莽起来。一声声"清坑"乱了礼，一句句"干杯"吵一起，还有的嚷嚷着比画"不达到中央不算数"，桌子下边的空酒瓶被踢得东倒西歪、叮当作响，直将气氛推向了高峰。

接下来的饮酒，杯中物下降速度转缓，而言论占了大部分格局。腾出了空的嘴巴，施展自己的口才。有擅言者，滔滔不绝，手擎着酒杯，酒在杯子里边晃，几次做出饮酒的样，就是不沾唇。

席面上，再不夸主家"四嫂"或"四弟媳"菜炒得好，鱼炖得香，"四喜丸子"不见动箸，大鱼大肉剩了半席，而花生米、萝卜皮、菜缨、白菜心，倒成了下酒的上品。菜盘子凌乱，盘与盘压上了，在这辰光里，满桌儿净听一个人说话，这个手伸向了一块萝卜皮，那个下手抓一把花生米，只是下意识动作，而心思全扑在了接话茬儿和抢话题上。

意绪纵横，言语争锋。一时场景，竟像英国议会保守党与工党互不相让的争执，恭顺姿态全无；有抢着发言的哥们儿，站立其身，一条"本命年"系的红腰带，也甩在了裤腰外边，露出了一大截。当兄长的一时不像了兄，当弟弟的也一时不像了弟。

追随至于酒场的三五个女眷，先是倚着沙发悠闲地嗑瓜子，说体己话，见此时自家男人与别家兄弟俱面红耳赤争论，却谁也不加以阻拦，只是旁观嘻嘻地乐。

酒在酣畅时，人皆为半癫，酒量不知了多大，说话不知了深浅，男人全不顾忌女眷在旁，或听没听见，总要谈论到其他女人，诚如"做过贼十年，不打自招"一般。那平素看起来很守规矩的哥们儿，没想到也有风流韵事，他"扒了人皮讲话"的真诚，将以往埋藏很深的行为道了出来。他敢于袒露自己的姿态，直博得大家倾慕。众人品味了，不觉他灵魂有何污染，反倒觉得那过失里面也有缕缕的香气。

众哥们儿都是从一个大院分离出去的，孩童时的情景，大家历历在目。就有人谈到了一块儿弹玻璃球的乐趣，就有人提一块儿怎么地捉弄邻家无子女老头儿时的淘气。聊着，聊着，席上就有一个年纪较轻的弟弟站起，眼睛里噙着泪花，动情地讲：当年他有错处，将挨爷爷打，是自己的大哥用身体挡了过去，替他挨了巴掌……大家听了，跟着他一起受感动，那被表述的大哥，此时却一脸憨相，像是听着别人的故事。

这种重情重义的饮酒场合，肯定会有一两位超量者。席上的弟兄就争相着将醉了酒的哥们儿搀扶起来，小心地扶进卧室，回转身各自检讨，不该让他喝得多、喝得急。

现在需要郑重地表明：就算是处于醉态，那位醉酒的哥们儿，口中也无非礼之语，他的脚被架得脱离了地面，口里仍在呼喊着"三哥"和"四弟"。

…………

与家族内叔伯弟兄一同饮酒，是人生最值得享受、最值得回味的境遇。这里边没有物欲，没有龌龊，没有鄙视，没有心机，没有像江湖讲究尊卑秩序的场合那样装扮温顺。这里讲求平等，讲求坦诚，讲求血浓于水的礼义。大家信奉血缘，共同渴望两小无猜的情景回归，渴望着将此份感情变为永久。酒不醉人，人自醉，"除却巫山不是云"，那是一种人至老境的酒脱，并非人人能轻易得到。即便是席间某位兄弟说了过头话，言辞过激，然言者与闻者，皆以"臭嘴不臭心"来平衡心态。当哥哥的要能够听得懂弟弟慷慨陈词的起因，当弟弟的也要能够领会哥哥劝解里的衷心苦语。

一席正月中饮酒，重叙着家族里的亲情，同时，也是一次认真修正自己品行的契机！

那年那人

我们坨里村啊，有潘姓和翟姓两户人家，因了男当家的在春节时特殊的情绪心态，我便将他俩常记不忘。

这个姓潘的人，与我同为一个生产队，住处就隔着一个水井台。按老亲戚叫法，我称他"三表大爷"。

潘氏家门历代有墨底儿。他的父亲，人尊称"潘五先生"，懂医，教过私塾。鼻若悬胆，颌下长髯，颇显学问气。

在我小的时候，就觉这三表大爷性格过于活泼。他走路，总像跳着似的，跟谁都爱开玩笑。农村里的红白喜事，好张罗。到春节，常帮助街坊四邻写春联。

他的个子略矮而眼大，面色红而细润，牙齿整齐亮白，下巴颏儿光滑。在生产队做记工员，兼任出纳。

我长大一些，知道了他的一个缺点：他与别人打赌，竟以"换媳妇"做条件，十分荒唐无稽。

他的晦运，始于农村成立了"红卫兵"，"造反有理"的时期。

构成的罪状根源是：八路军攻打坨里地区炮楼，几名受伤战士被"白箍儿"抓获，示众后要枪杀。其中有一名重伤员，痛苦不堪，哀求围观者尽快地结束他的生命。估摸这三表大爷当时也就二十岁上下，看此人惨状十分揪心，遂拿了看守人的枪将伤员打死。

运动中，有人将此事揭发出来，他被定为了"历史反革命"。

出纳、记工员，干不成了。全村"四类分子"集中起来，由造反派看押着，去河滩打机井。不管他们偷懒不偷懒，只要造反派高兴，看准欺负对象，就用带铜扣儿的皮带，狠狠地抽打。他们的人除了抬石头肩膀上有磨出来的伤疤，脊背上也常有被抽打过的血印。

"最新指示"来临，最使他们遭殃，脖子上吊着姓名打了红叉的牌子，大折度弯腰，面向群众低头认罪。会场群众高呼口号的时候，谁都可以上台打他们。

我这三表大爷在同类中表现不俗。不管谁下手有多重，他不吭一声，亮出一口白牙，回转身冲着打他的人嘻嘻乐。

他的态度，对于打他的人产生了磁性和弹性反应。因此，他遭鞭打最多，身上新伤压旧痕。

荒河滩上打机井，危险性很大，伤人的事极容易发生，这耗费两三年的工程，让"四类分子"们干完了，就遭回了各自生产队。分派活茬儿，多数是"淘茅房"。两种活儿，一个冒悬儿，一个脏。

这潘姓人，以苦为乐的精神很强。他劳动态度认真，经他淘过的谷道轮回之所，不留一勺粪汤，几乎把粪坑老底儿都舀了上来。而且，连洒落在粪坑盖上的秽迹，他也用干草、树叶擦抹干净。

从没见他苦过脸。去厚道人家，那户主见他辛苦，要跟他说说话儿，他摆摆手，笑一笑，不言声，怕别人受牵累。

过春节了，全村面貌一新，喜气洋洋，一片灯光火海，他的家却十分凋零。门上不贴对子，炉火半灭，死屋凉炕。由于"阶级立场"禁锢了人们的头脑，没有人去他家拜年。

他的老伴儿万分凄苦，却又不得多言，怕说出的话再添烦闷，只得蜷坐炕角上，用被子捂着脚，发几声微弱叹息。

谁都想象不到，这是什么举动——

五十多岁的他，就那么心甘情愿，跪在了潮湿屋地上，连续给老伴儿磕了三个头，连续给老伴儿作了三个揖，嘴里还叨叨：大姐，我给你拜年啦！

一副孩童似的真容。

老伴儿一身抽搐，眼里闪着泪花。

另一户翟姓人家，属于南街第三生产队。男当家的，外号不雅，人称"气包子"，性格急躁，好生气。他夫妻未曾生育，中年时有个侄儿过继。我称呼他"四爷爷"。

此人体格强壮，有力气，一副"傻大个儿"的模样。不分冬夏，爱流清鼻涕。

春节时，家里冷清，他就去串门儿。

那一回，正赶上我家族的四爷爷一家人围拢着炕桌，吃年夜饭。

我这本家的四爷爷是个车把式，体形修长，好喝个酒而红鼻子头。生育了七个孩子，与"五男二女"的彩头不同，他家是五女二男。人口多，挣工分的少，其饭食也不会多优裕。只是那现场气氛，让来客翟四爷爷深受刺激：土屋子炉口煤火欢腾，被煤火烧热的一条窄炕中央摆上了炕桌，桌上摆了盘盘碗碗，这个孩子喊声"爸"，夹一箸菜送上口；那个孩子有眼力见儿，又斟满一盅酒，递给"爸"手里。当父亲的稳盘大坐，在四周儿女呼应中，看得出来他的拔尊，占据了一朵莲花的主调。他用俩指头捏着酒盅，不着急不着慌嚼着酒菜，显着真真自得。酒，当然是二锅头，吧嗒一口肉，滋溜一口酒，神圣而谦和地接受孝敬，红鼻子灿灿有光。尽管看着饭食不强，但那过日子的亲热红火劲儿，比搂一座金山都舒畅。

农民过日子，混得就是一个人气儿啊。

翟四爷爷遂坐不下去了，不顾情面挽留，一路甩着清鼻涕回了家。

家里，老伴儿已为他准备好了一桌酒席，并碗筷伺候。老伴儿催促他上炕，不料，他竟掀翻了炕桌，喘着粗气，冲老伴儿发威："吃什么吃！有什么好吃的！"吼过了，搂起棉被蒙了头，躺下身子"呜呜"地哭。

老伴儿吓得浑身哆嗦，不知如何安慰。

我这个乡亲翟四爷爷，干各种农活儿，都是一把好手。就因为膝下无子，在人前论事辩理总缺少底气。

对待孩子他都很亲热。他在装卸队卖力气时，我去铁道边玩，他给过我一个白面馒头。那个解了我馋，现在也觉特别香的馒头，让我记他，记了五十多年。

类似的情形，在我们村庄也有。我们东街，也有一户无子女老人。他家住在北坡的村边，三间老土屋，院子里有一棵"鹰不落"脆枣树，枣儿结得非常密，也非常甜脆，不少男孩儿都吃过。我偷过没偷过，记不清了，但肯定的是，我对那棵树的枣儿产生过动机！

两个老人啊，怕孩子爬树摔着，见有二三个男孩儿探头探脑朝院张望，就招呼进家，主动给打枣儿。枣儿落了一地，让孩子随意吃。临走，还允许把兜装满。

春节时候，这样的人家愈显孤单。节日展开的盛景，会给他们带来巨大的心理压力。生为农民，他们为新中国的农业奠基付出了辛劳，然而，就因后继无人的命运，造成了他们在万家灯火腾欢之时，虽则倚身家园，一颗眷顾人间之心却无处可栖。

潘家三表大爷、翟家四爷爷，都相继过世多年了。我回老家，偶尔路过他们的老屋，总会扭过头去，望一望。

三表大爷晚年还是很幸运的。改革开放以后，摘了"帽子"，他又得以欢声笑语地与乡亲们融在一起。我有时惋惜，没有郭沫若先生那如椽大笔，像他给曹操翻案那样，替三表大爷写一篇文字。可是，历史酿成的东西，怎好随意评说？好在现今政治昌明，平头百姓也能够分析出原因。

那些个在我年幼时，疼过我、爱过我的乡亲，他们的面容时常在我脑海里闪现。他们善良、单纯的人性，以及在坎坷和艰难岁月中表现出来的顺生态度，也常使我生发崇敬和怜悯。遂有一种心愿：今后不管人类文明怎么演进，人间不再产生孤独、不再沿袭悲剧，那才是一个良好的社会。

年节，休整时间于每个人都很充裕，直可想一想自己的平生所为，在何处曾有缺失；想一想人世的纯良、乡间美好的东西。宁静时刻，会不会催醒自己的良知呢？

——能够触及这些，或许，也是一种年味儿吧。

后记

一生最爱是天然

我是喝坨里村井水长大的娃娃，今年满七十岁。

和同时代身有公职，胸怀大志，踏遍神州的人相比，我一辈子没脱离生养我的村庄，我的农家院。

这在变动不居的当下，实难想象。

我的写作动力从哪里来？我的老村，我的老宅。乡亲和亲人近在身边，我钦敬老辈儿的忠厚、仁义和勤谨，他们教给我生产技能和生活智慧，尤其向我传输知足的生活态度，认可本命食，使我对哪怕一碟腌渍野茼蒿、苏子叶碎就饭，都深感其乐无边。我永远不会忘记他们的恩义！

老宅里边寄托着情愫。出屋门即踩上乐土。在这儿，我见识了哪一种蒿草于冬雪未融尽的早春率先出土，又是哪一种野菜之属的绿色生命到了冻手冻脚的严冬仍然翠而不衰。亲眼瞧见，胖嘟嘟的小刺猬一点儿不笨，在当院灯光底下家人谈笑的中心，轻捷地迈着粉白色小爪，快乐穿行；绿树遮掩下，不明方位，传来的带水音的鸟鸣，一大早儿叫响清晨。"杏花吹满头"，士子通过郊游才得机会亲近的情景，我日常就身在其中。我打扫着庭院，就可换来丁香花、山里红花花瓣落身的惬意。无事找事，带一颗童心去院角竹丛测量竹笋的生长速度，证实它一天一夜升高二十四至二十六厘米；营救小生灵，将为了饮水坠入水盆挣扎不起的小蜜蜂捧出，给它生路。对于一些不请自来的花草和昆虫，在哪儿生，就让它们在哪儿长，一点儿不破坏它们的规则——人生都是那么不容易，遑论弱弱的生命个体，得给它们一席之地。我的泛爱主义，好似得东坡居士"为鼠常留饭，怜蛾不点灯"那方面的真传。

这些个想来，清心独具，是上天给我的福。

回报乡亲，回馈乡土，报答父母，我写了眼前这本书。浅陋的文字倘若到了父老跟前，被有资格称我乳名的长者议论："呵呵，老董家的二小子没有忘本。""他种的文字庄稼是正经粮食。"便是对本人最大的慰藉。

2021 年 7 月 9 日生日时草拟于坨里家园

图书在版编目 (CIP) 数据

垄间击缶 / 董华著. — 北京：北京十月文艺出版
社，2023.6
ISBN 978-7-5302-2292-8

Ⅰ. ①垄… Ⅱ. ①董… Ⅲ. ①散文集—中国—当代
Ⅳ. ①I267

中国国家版本馆 CIP 数据核字 (2023) 第 032395 号

垄间击缶
LONGJIAN JIFOU
董华　著

出　　版　北 京 出 版 集 团
　　　　　北京十月文艺出版社
地　　址　北京北三环中路 6 号
邮　　编　100120
网　　址　www.bph.com.cn
发　　行　新经典发行有限公司
　　　　　电话 010-68423599
经　　销　新华书店
印　　刷　河北鹏润印刷有限公司
版　　次　2023 年 6 月第 1 版
印　　次　2023 年 6 月第 1 次印刷
开　　本　880 毫米 × 1230 毫米 1/32
印　　张　10.5
字　　数　200 千字
书　　号　ISBN 978-7-5302-2292-8
定　　价　45.00 元
如有印装质量问题，由本社负责调换
质量监督电话　010-58572393